JN063827

冬彌《トンミ》・邵慧婷《シャオ・フイティン》［作］
二駒《ニコマ》レイム［イラスト］
李響《リキョウ》・武石文子《タケイシアヤコ》［訳］

HIStory3
那一天

あの日

MAKE OUR DAYS COUNT

すばる舎
プレアデスプレス

那一天（THAT DAY）
Copyright © 2019 by 巧克科技新媒體股份有限公司
(CHOCO Media Entertainment) (the Author)

Japanese translation rights arranged with
SHARP POINT PRESS (CITE PUBLISHING LIMITED) through
Japan UNI Agency, Inc.

［あの日 目次］

項豪廷《シャン・ハオティン》

アクティブで感情的。世の中に怖いものがないらしい。頭がいいが、勉強には時間をかけたくない。学年二位を取ったことがあるが、それ以降成績は崖から飛び降りるように急落し、戻らなかった。両親ももう万策尽きている。

毎日友達とわいわいがやがや騒いで、トラブルを引き起こすこと多々。何からも束縛されない自由な性格。多くの人の目を引いて、学校ではカリスマ的存在。

于希顧《ユー・シーグウ》

自立していて、他人を利用することも、他人から同情されることも嫌う。

両親を事故で亡くし、子どもの頃から叔母に育てられた。その後、叔母に負担をかけたくないとの思いから、勉強に励み、奨学金をもらう。その奨学金とバイトで稼いだお金でシンプルな暮らしをしている。

友達と遊んだりする余分なお金がないので、同世代の友達ができない。だんだん学園内で一匹狼になってきたため、女子たちは彼を仙人のような世俗を超越した人だと思っている。

孫博翔《スン・ボーシャン》

単純で衝動的な性格。何も考えずに前に進む無謀なタイプ。項豪廷の親友。

従兄《いとこ》の孫文傑にジムの手伝いに呼び出されたおかげで、ジムの会員である盧志剛に出会って、一目惚れしてしまう。

項豪廷の気持ちをいつも明るく照らす存在であるが、自分の恋愛は順調ではない。

盧志剛《ルー・ジーガン》

素直で善良で、人助けが好きな人。昔、恋愛に失敗したので、心をさらけ出せずにいる。自分でビジネスをしていて、ゼロからの起業にもかかわらず経営はうまくいっている。于希顧は彼の店でバイトをしている。

于希顧が経済的に苦しんでいることを知っているので、食べ物を用意してあげるなど、いつも面倒を見ている。

夏恩《シャ・ン》

夏得の双子の兄、項豪廷の友人。富裕層の家庭で育ち、いつも金持ちらしい振る舞いをしている。項豪廷、孫博翔、高群とクラスメートである。義理堅いが、衝動的で、力で問題を解決しがちである。

夏得《シャ・ダー》

夏恩の双子の弟、項豪廷の友人、于希顧と同じクラス。

于希顧が、夏恩の挑発で友達にいじめられたことを申し訳なく思っている。ゆえに、いつもこっそりと于希顧を気にかけ、友達グループ内でも、彼を擁護する発言をすることがある。

高群《ガオ・チュン》

項豪廷の友人。友達は彼のことを「学園オッパ（オッパは韓国語でお兄ちゃんのこと）」と呼んでいる。

項豪廷の荒っぽいグループと仲がいいが、厳格な家庭に育ち、優しくて穏やかな性格。そのため、友達にからかわれても、いつも笑顔でいる。夏恩と一番仲が良く、「高小群《ガオシャオチュン》」と親しげに呼ばれている。

Book Design　Coji Kanazawa
Illustration　二駒　レイム

あの日

序章

人は誰も、忘れられない記憶のかけらや思い出を抱えている。

それはある種の感情であったり、絆《きずな》や気がかりなことだったり、もしくは忘れようとしても忘れられないことだったり。

そしてそれは十人十色であって、思い出は人によって異なる。

十人いれば、その思い出もばらばらで違う意味を持っているものだ。

項豪廷《シャン・ハオティン》にも忘れられない思い出があった。

その思い出そのものも、その主人公もただ一人の彼が占めている。


あの日、君が僕を見つけてくれた。

あの日、僕たちは出会った。

あの日、僕たちは怒りまくった。

あの日、君が流した涙。

あの日、初めてのキス。

あの日、一緒に見た星。

そしてあの日、僕はすでに幸せを手に入れたと思い込んでしまったんだ。

たとえすべての「あの日」が時間とともに過ぎ去ったとしても、僕の心の底には深く刻み込まれている。

たくさんの記憶のかけらは、唯一無二の「あの日」そのものだ。

いつも星に一番近いところに立って、夜空を眺めながら、二人の間に起きた様々なことを思い浮かべる。

口からほとばしる呼びかけは、優しく、高まる感情をまとい、繰り返される。

何度も何度も。

その名前こそが彼の魂そのものであって、彼と決して決して切り離せないものだった。

「于希顧《ユー・シーグウ》、于希顧《ユー・シーグウ》、于希顧《ユー・シーグウ》……」

第一章

氷をいっぱい詰めたアイスパックで痛めたところをそっと覆ったまま、彼女は心配そうな顔で、

「ここなの?」と聞いてきた。

「うん……あっいてっ!」

その瞬間に、彼女は心配そうな顔をさっと怒りに変え、患部をぐっと押してやった。

項豪廷《シャン・ハオティン》は痛みで眉をひそめたが、李思妤《リー・シーユー》は彼を逃がすつもりなどなく、ぶつぶつとつぶやき始めた。

「悪い点数を取って先生に叱られただけで、口答えして。その挙げ句かっこつけて、机をまたいで教室から出てさ。それで、塀を乗り越えてフライドチキンを買いに出ようとしたら、うっかり肩をぶつけたなんて、本当にバカすぎるよ」

彼女の文句は止まらなかった。

アスリートがよく愛用している冷却スプレーは痛みをやわらげてくれたし、李思妤《リー・シーユー》は彼を叱りながらも、注意深く患部を処置してくれている。

項豪廷《シャン・ハオティン》は胸を押さえながらふざけて、「ここが痛いんだ」と言った後、二人は顔を見合わせて笑い、キスをした。気持ちが高まって、いちゃつき始めた時に——。

シャーッ！

カーテンがいきなり開けられ、于希顧《ユー・シーグウ》がそこに立ち尽くして二人をじっと見ていた。最悪すぎる。

＊　＊　＊

胃が痛い。

于希顧《ユー・シーグウ》は胃のあたりを手で押さえて、軽くマッサージをした。今まではこうしたら少し良くなっていたのだが、今日はなぜかますます痛みが激しくなるばかりだった。

それで仕方なく、お昼も食べずに保健室に向かったのだ。保健室の先生は彼の状況をよく知っているので、いつもベッドにしばらく寝かせてくれる。

彼は廊下を通り抜けた。顔は重苦しく、表情もない。ようやく授業から解放されたといううれしさもなく、お昼を食べてお腹がいっぱいになるという期待もない。まるで淀《よど》んだ水たまりのように、一匹の生き物さえ生きられないという感じだった。ただ、あれを除いては……。

彼は足取りを緩め、掲示板の前に立ち止まった。

なんの表情もない瞳は、漢字と数字だらけの紙に書かれた、探し出さなくても見つけられるあの名前に留まった。

項豪廷《シャン・ハオティン》。

今回はその名前が、成績ランクの後ろから探した方が早い位置に戻ってきていた。

この前、二位に浮上した時は、後ろから一つひとつ探すのに時間がかかってしまった。能ある鷹なんだと驚いたが、やはり、この順位こそが本来の位置なのだろう。

しばらくして彼は視線を戻し、また足を進めた。

前回は二位、今回は最後から二番目……彼はいったいどれだけ自由なのか、どれだけ束縛されないのか？

そういう疑問を抱きながら、ひどくなる胃痛を抱え、保健室にたどり着いた。


ノックせずにドアを開けて入り、いつものところへ向かった。カーテンを開け、ベッドに上がろうとしたところ、目の前で繰り広げられている光景にただただ呆然としてしまった。見なかったふりをするか、それとも、目を閉じて立ち去るべきか、は最大の難問だった。

ベッドで体を絡め合った男女が目に入り、掲示板のあの名前の彼が自分の目の前で女の子とキスしている。

その二人ももちろん驚いて、キスが止まった。彼の手が彼女のスカートの下からさっと抜け出たのが見えた。女の子の胸には小さなピンク色のあれが見える。項豪廷《シャン・ハオティン》は素早く彼女を遮って、「閉めろ」と怒ったように言った。


その「閉めろ」はまるで鉄ハンマーのように于希顧《ユー・シーグウ》の頭と胃を強く叩いた。そしてその痛みが、この場から離れるという選択をなしにしたのだ。

彼は言われた通りにカーテンを閉め、黙ってもう一台の空きベッドに上がって横になった。

カップルは、一緒にドアに向かっていった。彼女の方は好奇の眼差しを于希顧《ユー・シーグウ》に向けながら。

于希顧《ユー・シーグウ》はただ黙っていた。それは痛みがますますひどくなって、耐えられなくなったことも原因の一つだった。彼は不安な気持ちで目をゆっくりと閉じ、寝ている間に、その痛みが消え去ることを期待していた。

ただ、これは必ずしもいつもうまくいく方法ではない。寝ることは必要なことではあるが、ベストなことというわけではないからだ。

その時于希顧《ユー・シーグウ》は、視線を合わせたことで、馬鹿げた誤解を招き、大きな災難に見舞われてしまうことを、まだ知らなかった。

＊　＊　＊

家族四人で食卓を囲んで夕飯を食べ、その後、項豪廷《シャン・ハオティン》の母親はキッチンに果物を切りに行った。

夕食の時からずっと目をキョロキョロさせている兄を見て、項永晴《シャン・イオンチィン》は聞かずにはいられなかった。

「何を企んでるの？」

そう聞かれると、項豪廷《シャン・ハオティン》は妹の額に手を当て、ポン！　と叩いてごまかした。それから母親のそばへ行き、満面の笑みを浮かべた。

「何、笑っているの？」

母親が軽い調子で聞いてきた。

「ね、母さん、お小遣いを前借りできない？」

項豪廷《シャン・ハオティン》は甘えたように言う。

それはまあ、いつものリクエストなので、母親は、引き出しの中にある三千元を持ってくるように言った。

ところがちゃっかり息子の項豪廷《シャン・ハオティン》は、

「それじゃ足りないよ！　半年分欲しいんだ」と顔をしかめて言うではないか。

「そんなたくさんのお金、何するつもり？」

母親は驚いたように言った。それは二万元に近い大金なのだ。


項豪廷《シャン・ハオティン》は慌てて「シー」と指を立て、口を尖らしている。二人は同時にリビングに目をやり、父親に気付かれていないことを確認して、胸をなでおろした。

「小さな声で言ってよ。ゲーム機を買いたいんだよ」

「ゲーム機？　あなたね……」

息子がまた「シー」と言い続けるのがおかしくて、怒りの半分は消えていった。

「ずっと前から欲しかったんだよ」と彼は懇願するように言う。

「無理よ……」

「項豪廷《シャン・ハオティン》！」

そう言いながら、リビングでやり取りを小耳にはさんだ父が、ゆっくりとキッチンに近づいてきた。

「お前、また何をする気だ？」

項永晴《シャン・イオンチン》はふふふと笑いながら、ゲーム機を買いたがっていることを、すぐ父親に告げ口してしまった。

この兄妹はいつもこのように足を引っ張り合う。

項豪廷《シャン・ハオティン》は苦労して得たチャンスを台無しにされてしまい、妹の頭を強く小突きたい気持ちでいっぱいになった。


「今回のテスト、あんなに悪い点数を取ったのに、それでもゲーム機を買いたいのか？」

「いやー、悪い点数とゲーム機を買いたいというのはまったく別件でしょう。Two things is different（二つは別のこと）、話を別のところに持っていかないでよ」

「違う話じゃないだろ！　ゲーム機をまだ持っていないのに、もうすでに学年の最後から二番で、買ったらどうなる？　学校にも行かなくなるだろう？　ビリすら取れなくなる」

「それなら、お金を借りるよ！　その代わりに、家事でも使い走りでも何でもやるからさ」

彼は、ぱっとひらめいて、奥の手を出した。

「母さん、自治会の仕事も手伝ってあげるよ」

母親が頷《うなず》こうとしたところ、「だめだ、だめだ」と父親に阻《はば》まれてしまった。

「こいつは高三、受験生だよ！」

自分の提案が次々に却下されて、彼は怒りまくりながら言った。

「何で俺の取り引きを邪魔するわけ！」

父親はタイミングを見て、「敵」に対し打って出た。

「いいだろう。半年分のお小遣いはくれてやる」

「マジ？」と項豪廷《シャン・ハオティン》は喜び勇んだ。

「次のテストで、二年生の時のようにトップ3に入るんだったらな」

たちまち項豪廷《シャン・ハオティン》の顔から笑みが消えた。

「今回売るのは体で、頭は売らないんだよ！　騎士は殺されても辱《はずかし》めは受けないんだ！」

開戦を意味する言葉が出た途端、父親はすぐにスリッパを脱いで、臨戦態勢に入った。

項豪廷《シャン・ハオティン》は「攻撃」をかわすように後退し、リビングからダイニングまで使った親子の追いかけっこが始まった。

母親と妹にとっては見慣れていることなので、お皿を持ってのんびりと果物を食べながら、この親子の戦いを無料で観覧することにした。

＊　　＊　　＊

ジムで、孫博翔《スン・ボーシャン》はタオルでマシンを拭きながら、チェストプレスで汗を流している盧志剛《ルー・ジーガン》をこっそり見て、スマホを取り出し、盗撮しようとしていた。

二人が一緒に写真に入るように、アングルを調整して撮影しようとしていたところ――。

「何やってんだよ！」

不意に声がかけられ、孫博翔《スン・ボーシャン》は慌てた。

トレーニングウェア姿の従兄《いとこ》の孫文傑《スン・ウェンジェ》が突然現れ、ニヤニヤ笑いながら、素早くスマホを奪った。

それから二人でスマホの取り合いになり、苦労の末、孫博翔《スン・ボーシャン》が取り戻した。

「うちはまともなビジネスをしているんだよ。お前は何盗撮しているんだよ」

と不機嫌な声で迫《せま》られると、

「盗撮なんかしてない！」

やましい気持ちはあったが、それでも大声で反論した。

盗撮されるところだった盧志剛《ルー・ジーガン》が二人のやり合いに気付いて、微笑《ほほえ》みながら近づいてきた。

「どうしたの？　また喧嘩《けんか》？」

「なんでもない。盗撮現行犯を捕まえただけさ。こいつだ！」

まるで謝罪をしに来た親子のように、孫文傑《スン・ウェンジェ》は従弟《いとこ》の耳を引っ張って言った。

「でたらめを言うなよ！　盗撮なんかしてない……」

「でたらめじゃない。お前が志剛《ジーガン》を盗撮してたところを見たんだぞ。本当にしていなかったって言うのか」

彼は両手を腰に当てて詰問《きつもん》した。

「俺が盗撮したのをどの目で見たのさ？」

それは死にぞこないのあがきに過ぎなかった。

「この目とこの目の両目だよ、両目！」

このレベルの低いやり取りを聞いた盧志剛《ルー・ジーガン》はフフッと笑っている。

「僕を盗撮したのか？」

盧志剛《ルー・ジーガン》は手を差し出し、「見せて」と言った。

もし、相手が孫文傑《スン・ウェンジェ》だったら、孫博翔《スン・ボーシャン》は平気な顔で怒鳴り返すところだが、盧志剛《ルー・ジーガン》には、何でも言うことを聞く犬になるしかなかった。

「見せて」と言われ、恥ずかしくてたまらない。でも、変態だと思われたくないので、孫博翔《スン・ボーシャン》は思い切って、とぼけることにした。

「はははははは、また冗談を言ってる！」

「はははは、こいつは本当にあなたを盗撮したんだよ！」

盧志剛《ルー・ジーガン》は、その漫才のような会話を楽しんでいるうちに、盗撮されたかどうかはもう気にならなくなった。

孫博翔《スン・ボーシャン》は痛いところを突かれたので、

「ジムの手伝いで、会員の成長を記録しただけだよ」

とちょっと怒ったように言った。そして、

「志剛《ジーガン》さん、あまり変わっていないじゃないですか。ちょっと見せて下さい」

そう言いながら、盧志剛《ルー・ジーガン》の服をまくり上げた。

盧志剛《ルー・ジーガン》の腹部が無遠慮にさらされた。

4パックの腹筋がくっきりと見えて、孫博翔《スン・ボーシャン》はそれをじっと見るや、頭が殴られたように鳴り響いた。盗撮や弁解など、もうどうでもいい。彼はその男のたくましい体と腹筋しか目に入らなくなってしまった。

「店長、またこんなことやられたら、退会するぞ」

それを聞いた孫文傑《スン・ウェンジェ》はすぐに顔をしかめて、困ったような表情になった。

「そんなこと言わないでよ。あなたの体で僕に見られていないとこはないでしょう。あの大事なところも見てるし」

二人は目を合わせて笑い合った。


この時、盧志剛《ルー・ジーガン》は少しおかしな視線に気付いた。

そっちを向いてみると、孫博翔《スン・ボーシャン》がへらへら笑って、白昼夢を見ているかのような顔をしている。

「おい、君、大丈夫?」

盧志剛《ルー・ジーガン》は気になって聞いてみた。

この一言で孫博翔《スン・ボーシャン》は瞬時に現実に引き戻された。

気が付いたら、盧志剛《ルー・ジーガン》の、あのどこから見てもかっこいい顔が目の前にあるではないか！　孫博翔《スン・ボーシャン》は驚いてよろめき、倒れそうになった。

「大丈夫?　こんなに汗かいて」

さっきの一瞬のことがあまりに刺激的だったから……しかし、そんなことを口に出すわけにはいかない。

孫博翔《スン・ボーシャン》は恥ずかしさのあまりその場から逃げ出していった。

孫文傑《スン・ウェンジェ》は見ていられなくて、盧志剛《ルー・ジーガン》を連れてその場を離れた。従弟が逃げた方をじっと見ながら、今日のあいつはおかしすぎると首をひねった。

＊　　　＊　　　＊

「于希顧《ユー・シーグウ》！」

李思妤《リー・シーユー》が彼を呼びながら追いかけてきた。

「数学を教えてもらえない？」

「時間がない」と言うと、彼は足を進めた。

「時間がないはずないでしょう」

彼女は彼に追いつくとさらにたたみかけた。

「放課後、学校にいるじゃない」

「毎日はいないよ」

彼女はにっこりと笑った。断り文句をまったく気にしていなかった。

「私、観察したの。週に二日学校にいるでしょう」

「勉強のスケジュールがあるから、邪魔されたくないんだ」

「でも――あっ！」

彼が立ち去ろうとするのを見て、彼女は追いかけようとしたが、誤って階段を踏み外し、彼の肩に手をかけたまま転びそうになった。

于希顧《ユー・シーグウ》は自分が倒れないように体を前に傾けて、仕方がなく彼女を自分の方に引っ張り上げた。そのまま二人は抱き合う形になってしまった。

突然の濃厚接触で彼女はドキドキした。

項豪廷《シャン・ハオティン》と一緒にいる時とはまったく違う感覚なのだ。このドキドキ感と二人のおぼつかない感じがまるで青リンゴのようにさわやかで、甘さの中に程よい酸味があるかのようだった。

彼女の心はざわざわとし、彼に言った「ありがとう」も妙になまめかしくなっていた。

于希顧《ユー・シーグウ》は他人と親密に体が触れ合うことに馴れていないので、視線をそらし、「どういたしまして」と冷たく言い放って手を離した。

二人は気まずい空気に包まれ、どちらも勉強の話にはもう触れずに、肩を並べてゆっくりとその場を離れた。その一方で、さっきの接触が二人の距離を縮めてくれたはず、と李思妤《リー・シーユー》は一人喜びに浸っていた。

しかしその時、彼らの後ろに、項豪廷《シャン・ハオティン》の親友、夏恩《シャ・ン》が通りかかったのだ。遠ざかる二人の後ろ姿をスマホで撮りながら、「あの野郎」とつぶやき、そして「于希顧《ユー・シーグウ》の奴、まさか……」と訝《いぶか》しがった。

＊　　＊　　＊

「俺の話を信じないのか？」

項豪廷《シャン・ハオティン》と一緒にいた連中は夏恩《シャ・ン》を無視していた。あり得ないと言いたいぐらいに、その話が本当かどうか疑ったのだ。

無視された夏恩《シャーン》は怒り出して、撮った写真を夏得《シャーダー》に見せた。夏得《シャーダー》はびっくりして、目を見張った。彼の反応を見た孫博翔《スンボーシャン》と高群《ガオチュン》もおかしいと思い寄ってきた。階段で抱き合った二人の写真は説得力抜群で、二人を動揺させるには十分だった。

「おい、お前の彼女がほかの男と抱き合っているんだよ。見ないのか？」

事態が動かないのが我慢ならないように、孫博翔《スンボーシャン》は声を上げた。

ところが、項豪廷《シャンハオティン》はチャーハンを食べながら、呆れたような表情で友人たちをただ見ているだけだった。

「豪《ハオ》、お前の彼女が抱きしめられたんだよ！」

奪われたのがまるで自分の彼女のように、夏恩《シャーン》は焦って言った。

「誰に？」

項豪廷《シャンハオティン》はちっとも気にかけていないようで、ようやく口を開けた。

「于希顧《ユーシーグウ》だよ！」

孫博翔《スンボーシャン》が答えた。

「それ誰？」

項豪廷《シャンハオティン》の頭にはその名前がないらしい。

「あのガリ勉！」

「知らない」

やはり記憶にはなく、項豪廷《シャンハオティン》はあっさりと言った。

「本当に気にしないのかよ！　あいつらはこう抱き合ったんだぜ――」

高群《ガオ・チュン》は孫博翔《スン・ボーシャン》をさっと引っ張り、真似してみせた。

不自然なその演技を見ていた夏恩《シャ・ン》はイライラして、高群《ガオ・チュン》の腰に手を回した。高群《ガオ・チュン》の目の前に夏恩《シャ・ン》の顔が急に近づいた。しかも、夏恩《シャ・ン》は「希顧《シーグウ》」「思妤《シーユー》」とぶつぶつ言って、ふざけている。

ところが、彼らがどんなに頑張って演じても、項豪廷《シャン・ハオティン》は相変わらず気にもかけなかった。そっちを見もしない。明らかに心ここにあらずだった。

夏得《シャ・ダー》はそんな項豪廷《シャン・ハオティン》を見て、「やめろ」と大声で制した。

それを聞いた夏恩《シャ・ン》はカッとなった。夏得《シャ・ダー》が自分の味方をしない上に、自分に向かって怒ったからだった。

それで、今度はみんなの見ものが兄弟の方に移った。それは見ている連中にはまったく影響がない。なぜなら見るものが変わっても、盛り上がればいいのだから。

その一方、項豪廷《シャン・ハオティン》は「彼女はそのタイプは好きじゃないんだよ」と言うと、保健室へ昼寝をしに行ってしまった。

ここ数日、彼はゲーム機を買うためのバイトに専念していた。

それで授業中でも、寝られる時は全部寝て過ごしていた。それもあって、于希顧《ユー・シーグウ》が李思妤《リー・シーユー》を奪い取ることなどまったく気にならなかったのだ。

保健室には誰もいなかった。先生もいなかったので、彼はいつもの二番目のベッドへさっさと向かった。

ところがカーテンを開けると、びっくりして倒れそうになった。ベッドにはすでに寝ている人がいたからだ。

「またお前か……」

この前も、思妤《シーユー》とイチャついていたところを、今ここにいるこいつに邪魔されたっけ。

今日はすでにベッドも取られている。項豪廷《シャン・ハオティン》はがっかりして隣のベッドに座り込むしかなかった。一方、彼の天敵は気にせずすやすやと眠っている。

日差しが窓からベッドに射し込み、于希顧《ユー・シーグウ》の顔がいっそう白く見えた。項豪廷《シャン・ハオティン》は冷たい笑みを浮かべた。

彼は静かに、引き出しの上に置いてある赤いペンを取ろうとした。

その時、于希顧《ユー・シーグウ》が少し動いたので、目を覚ますかと思い、項豪廷《シャン・ハオティン》はドキッとして、冷や汗が出てきた。あやうく于希顧《ユー・シーグウ》に上から覆いかぶさってしまうところだった。空気が急に引き締まったかのようになった。

一秒、二秒、三秒……彼は息を殺してじっとしていた。

目を覚ましていない。

これで不安な気持ちが収まった。あの白くて、きめ細かい肌の顔が目の前にある。于希顧《ユー・シーグウ》は睫毛《まつげ》すら微動だにしなかったが、彼は静かに動き、ペンの蓋を口でそっと開けた。

さあ、于希顧《ユー・シーグウ》の顔に絵を描いてやるぞ、どこから描き始めるかな、目か、頬か……と考えていたところに、「項豪廷《シャン・ハオティン》！」という声が響き渡った。

その声に驚いた項豪廷《シャン・ハオティン》は、つんのめって、ちょうど于希顧《ユー・シーグウ》の顔のすぐそばに倒れ込んでしまった——。

息を呑むと同時に于希顧《ユー・シーグウ》から漂う匂いが鼻をくすぐる。爽やかな石鹸《せっけん》の香りだった。李思妤《リー・シーユー》の甘い香りに慣れていたので、このいつもと違う香りについ眉をひそめてしまった。

一方、于希顧《ユー・シーグウ》は項豪廷《シャン・ハオティン》が目の前に現れたことに驚いて、相手を見つめた。

保健室の先生が現れて、項豪廷《シャン・ハオティン》をベッドから引っ張り上げた。


「立ちなさい！　彼が寝ているのに、どうして邪魔したんだ？」

「僕も寝たかったんです」

項豪廷《シャン・ハオティン》はやましいことは何もないかのように答えた。

「体調が悪いのか？　どこが悪いんだ？」

「元気が出ないんです」

「元気が出ない人は、教室に戻って机に伏せて寝てなさい！」

二人はその後も言い合いになったが、そのうち先生は我慢できなくなって、彼を外へ連れていってしまった。

部屋には、状況が把握できないまま、平静さを取り戻していない于希顧《ユー・シーグウ》だけが残された。彼はそのままベッドに静かに座り込んだ。

しかし、これはただの始まりに過ぎなかったのだ。厄介なことが次々と起こるきっかけだったということを、于希顧《ユー・シーグウ》は知らなかった。

＊　＊　＊

于希顧《ユー・シーグウ》は、こいつらをいつ挑発したのかわからなかった。

彼は横になろうとして、保健室に向かっていたところを、夏得《シャ・ダー》に「成績の話をするからちょっと来て」と呼び止められ、そのまま連れていかれた。

おかしいと気付いた時には、すでに遅かった。帰り道はすでに夏得《シャ・ダー》に阻まれていて、仕方なく指示通りに階段を上《のぼ》るしかなかった。

項豪廷《シャン・ハオティン》の仲間はもう屋上で彼を待っていた。

「何の用だ？」

于希顧《ユー・シーグウ》は暗い表情で聞いた。

不意に、夏恩《シャ・ン》に襟首を掴まれ、「どういうことなんだ」と凄《すご》まれた。

いったい何があったのか、ちっともわからない于希顧《ユー・シーグウ》は、憮然《ぶぜん》とした。

次の瞬間、スマホを顔の前に突きつけられた。

そこに写っているのは、最近よく自分に話しかけてきて、勉強を教えてほしいと言ってくる李思妤《リー・シーユー》だ。写真を見ても、于希顧《ユー・シーグウ》はまったく動揺を見せることはなく、パニックにもならなかった。まるで彼女が彼の世界には存在すらもしていないようだった。

「質問の意味がわからない」と言って、夏恩《シャ・ン》をぐっと押し戻した。

目の前にいる四人が于希顧《ユー・シーグウ》を殴ろうとしていたが、于希顧《ユー・シーグウ》はかえって冷静になっていった。頭の中で糸口をたどったら、すべてがつながった。


あの日のことだ。体育の授業が終わった後、彼女が飲み物を持ってきてくれたが、クラスのみんなに見られていたので、受け取らざるを得なかった。

だからその後、彼女が困り顔で上着を借りに来た時に、飲み物のお礼として貸してあげたのだ。

だがその時は、どうしてほかの女友達にではなく、しかも彼氏でもない自分に借りに来たのかについては、まったく考えなかった。

これでやっとわかってきたわけだが、どっと疲れが押し寄せた。

彼女が飲み物を持ってきてくれたり、彼女に助けを求められたり、勉強を教えてと頼まれたことは、自分がこいつらに絡まれた直接的かあるいは間接的な原因になってしまったのだろう。


「上着を女の子に貸してあげるって、どういう意味か、お前知らないのか」

高群《ガオ・チュン》は軽蔑するように言った。

「項豪廷《シャン・ハオティン》の彼女を取るつもりはないよ」

于希顧《ユー・シーグウ》は極めて冷静で、鼻で笑っているようにさえ見えた。

そんな気がないばかりでなく、あの子がうざいと思うことさえあったのだ。

夏恩《シャ・ン》は、于希顧《ユー・シーグゥ》の答えに苛立《いらだ》ち、「チッ」と舌打ちして睨《にら》みつけた。

「覚えとけ。もう李思妤《リー・シーユー》に関わるな。じゃないとなぁ、ひどい目に遭《あ》うぞ！」

「彼女に言うべきじゃないかな」

こいつらこそ理不尽極まりないと于希顧《ユー・シーグゥ》は思った。

それを聞くやいなや、夏恩《シャ・ン》は頭にきて、于希顧《ユー・シーグゥ》の襟首を掴み、拳で殴りつけようとした。


「夏恩《シャ・ン》、落ち着け！」

ひどいことになる前に、夏得《シャ・ダー》は慌てて止めた。

「どうしてこいつをかばうんだよ！」

夏恩《シャ・ン》はますます怒りがこみ上げ、叫びながら夏得《シャ・ダー》を押して、その怒りをぶつけた。

そこで、孫博翔《スン・ボーシャン》が代わりに、

「李思妤《リー・シーユー》は項豪廷《シャン・ハオティン》の彼女だから、誤解を招きたくなきゃ、彼女と関わらないでくれ」と冷静に告げた。

「さっきもう話したはずだ。李思妤《リー・シーユー》に言えよ」

話が終わらないうちに于希顧《ユー・シーグゥ》は帰ろうとした。まったく夏恩《シャ・ン》の脅しを気にしていないかのようだった。

完全に無視されたと思った夏恩《シャ・ン》は怒りが抑えられなくなり、于希顧《ユー・シーグゥ》に飛びついて、彼の体を掴んだまま、力任せに腹を何発か殴った。

ほかの三人は突然の出来事にびっくりして呆然としていたが、慌てて夏恩《シャ・ン》を引っ張って引き離した。

夏恩《シャ・ン》は気が済んでいたが、また于希顧《ユー・シーグウ》に向かって手を振り上げた――。

孫博翔《スン・ボーシャン》は彼を止めて、

「もういいだろ。もうすぐ授業だから、夏恩《シャ・ン》」

そう言いながら連れていこうとした。

夏恩《シャ・ン》は引っ張られながらも、于希顧《ユー・シーグウ》に向かって怒鳴った。

「今日のことは黙っていろよ。誰かにしゃべったら、ただじゃおかねえからな！」


「大丈夫か……」

夏得《シャ・ダー》は良心がうずいて、まだその場に残っていた。于希顧《ユー・シーグウ》を助け起こそうとして手を出したが、パッと振り払われ、ギクシャクした感じだけが残った。

夏恩《シャ・ン》と違って、夏得《シャ・ダー》は乱暴者でないばかりか、夏恩《シャ・ン》がすぐに殴ったりするのも好きではなかった。

今日ここに一緒に来たのは、夏恩《シャ・ン》がまたカッとなって暴力を振るうのを誰も止められなくなり、それが大きな問題になるのを心配したからだ。

まさか、またこんなことになってしまうとは。于希顧《ユー・シーグウ》への善意を受け入れてもらえず、夏得《シャ・ダー》はいろいろためらった挙げ句、黙ってその場を去った。


「……うっ」

連中が遠くへ去った後、于希顧《ユー・シーグウ》は顔をしかめ、苦しみ出した。

いつもの胃痛があるところを殴られ、気を失うほど痛かった。ゆっくり息を吸い込んで吐き出し、そして軽くなでて、それで何とか少し抑えていた。

時間は一秒ずつゆっくりと過ぎていく。授業があるので焦っていたが、痛みで動けず、壁の隅にうずくまるしかなかった。

結局、授業の途中から入っていった。学校の規則によると——これは無断欠席になる。

＊　＊　＊

「欠席としないでほしいというのか？」

先生は聞いた。

「どうしても奨学金をもらいたいので、欠席では困るんです」

彼は苦しげに言った。

殴られたところはズキズキと痛んでいるし、もし欠席とされると奨学金の申請に必ず影響が出るとわかっていた。

奨学金は彼にとってとても重要なことなのだ。

「しかしだ、授業の後半から教室に入ってきたのだから、規則通りに欠席と書かなければならない」

「わざと遅れたのではありませんので、今回だけ許してもらえませんか？」

「そう言われても困るよ。遅刻したことはクラスのみんなも知っているから、もしそうしたら不公平になるだろ？」

「でも……僕はどうしても奨学金をもらわないと」

しつこい彼の話から何か事情がありそうだと感じ、先生はしばらく考えた後に口を開いた。

「では、遅刻の理由を言いなさい。それによって、今回の欠席をどうするかを考えるから」

先生の言葉を聞いて、今度は于希顧《ユー・シーグゥ》が考え込んだ。

欠席日数をゼロにしたければ、自分がトラブルに遭い、殴られたこと、そして痛くて立てなかったので、壁の隅にうずくまって、痛みが収まってから教室に入った、という一連のことを先生に白状しなければならない。

しかし、もし全部言ったら、あの連中は、大変なことになるに違いない……とはいえ、もし言わなければ欠席になる……。

先生の慈愛に満ちた眼差しに、言うか言わないか悩みに悩んだ。

＊　＊　＊

「孫博翔《スン・ボーシャン》、夏恩《シャーン》、それから高群《ガオ・チュン》、生徒指導主任が呼んでる」

項豪廷《シャン・ハオティン》は廊下を歩きながら、彼らがどうして呼ばれたのかを考えていた。その時、李思妤《リー・シーユー》が後ろから彼を呼び止めた。

「あなたたち、ひどすぎるでしょ」

顔が怒っている。

「于希顧《ユー・シーグウ》とちょっと親しくしただけなのに、彼を殴るなんて、そんなことする必要ある？」

「俺はしてないよ」

「どうして夏恩《シャーン》と夏得《シャ・ダー》に彼を殴らせたの」

「し、て、な、い！」

彼は怒った強い口調で言い返した。しかし、李思妤《リー・シーユー》はひるまない。

「彼らはずっとあなたの言うことを聞いてきたし、あなたのことを支えてもいる。それでもって主任が彼らを呼んだのよ。たとえあなたが私のことをどんなに好きだとしても、私が誰かと友達になるのを邪魔できないんだからね」

項豪廷《シャン・ハオティン》はあれこれ思い返したが、于希顧《ユー・シーグウ》をやっつけてやれと孫博翔《スン・ボーシャン》たちに言った記憶はない。この前、あの二人があやしいと夏恩《シャ・ン》から聞いた時も、別に気にならなかった。その後も、ゲーム機を買うためのバイトに専念していたから、あの二人のことを考える暇さえなかったのだ。しかもそんなことをするのは最低だと思っているのに！

「いったい何を言ってるんだ？　やったなら認めるけど、やってないんだから、認めるわけないだろ！　嘘なんか大嫌いだって、君だって知ってるだろ！」

彼は語気を強めた。李思妤《リー・シーユー》なら自分の性格をしっかりわかってくれていると思ってたのに。しかも、何と、彼女は今までのようにすぐに謝りもしない。怒りは少し収まったようだが、まだぷりぷりしていた。

「なら、やってないことにするけど。それから、最近、私に対する態度で反省はないの？」

「何を反省するんだよ」

項豪廷《シャン・ハオティン》は冷ややかな笑みを浮かべて聞いた。

「私のことを彼女だと思ってる？」

李思妤《リー・シーユー》が自分に不満を言いながらも、甘えてくるのはわかっているが、項豪廷《シャン・ハオティン》は誤解されたことへの不愉快さがまだ消えていなかった。

それで、彼女を慰めてあげるか、それとも不満を言うかの二択から後者を選んだ。

「……君はどう思ってるわけ？」

それを聞いて、李思妤《リー・シーユー》は悔しさがこみ上げた。

実際、李思妤《リー・シーユー》は二人を何度も天秤《てんびん》にかけていた。確かに項豪廷《シャン・ハオティン》が重い時の方が多かったが、最近は自分でも驚くことに変わってきている。

必要と思う時だけ近づいてきて、要らない時に捨てるような自己中心的な王子より、いつも冷たそうだけど飄々《ひょうひょう》としている騎士《ナイト》の方がずっといい。

「……于希顧《ユー・シーグウ》のことが好きになったみたい」

彼女は不機嫌そうな顔でそう言った。

それを聞くやいなや、項豪廷《シャン・ハオティン》の表情は一気に険しくなった。

李思妤《リー・シー・ユー》が帰った後、例の三人も主任のところから戻ってきた。

于希顧《ユー・シーグウ》を脅したことがばれたので、主任に放課後の通路掃除を命じられたのだ。

「主任に告げ口をしたのは于希顧《ユー・シーグウ》に決まってる！」

夏恩《シャ・ン》は怒りを爆発させた。

＊　　＊　　＊

この時、于希顧《ユー・シーグウ》は胃の痛みで保健室にいた。夏恩《シャ・ン》に殴られたところはちょうどいつも激しく痛むところだった。昼までずっと痛みが続き、我慢できなくなったので、保健室に行って先生に診てもらった。

本当に苦しそうなので、先生は彼をしばらく寝かせてくれた。

さらに目覚めた後には、痛み止めをカバンから出して渡してくれた。実は生徒に飲み薬をあげてはいけないというルールがあるので、于希顧《ユー・シーグウ》には内緒にすることを約束させた上で、あげたのだ。

「どう？　よくなった？」

「今は食べても吐き気はしなくなりました」

先生はさらにいくつかの注意事項を与え、彼が素直に頷くと、彼を帰らせた。

放課後、みんなは思い思いに校門に向かっていた。

于希顧《ユー・シーグウ》はまずカバンを取りに教室へ戻った。その帰りに、気が付くと、いつものように掲示板の前に立っていた。

そしていつものように、あの名前に目を留めた。ただし、いつもと違う妙な感情が混ざっていた。自分のせいで、彼の仲間に面倒なことを起こしたことを于希顧《ユー・シーグウ》はわかっている。さっき教室に戻った時、もうつまらない噂《うわさ》があれこれ耳に入った。だけど……。

先生に言わなかったら、今度は自分の方がもっと大変な境遇に陥ってしまう。

欠席になってしまったら、奨学金の申請に必ず影響が出てくる。そうなると、バイトのシフトを増やさないと生活費が賄《まかな》えないし、さらに学業にも悪影響が出てしまう。まさにドミノ倒しみたいに、一枚が倒れたら、その次も止まらずに倒れてしまうことになるのだ。

もしそうなったら、今までの努力がすべてパーである。そんなリスクを負うことはできない。

項豪廷《シャン・ハオティン》の仲間に対しては、心の中で「悪いな」と言うしかなかった。于希顧《ユー・シーグウ》は視線を落とすと、すぐその場を去った。


「掃いてもまた落ちてきて、落ちたらまた掃く！　落ち葉はエンドレスだし、これはどうやって終わるんだ？」

すっかり嫌になった夏恩《シャ・ン》は箒《ほうき》で遠くをさした。

そこまでの掃除が、彼らが受けた罰だった。見るだけで力が抜けてくる。

「まったくだよ。一週間の掃除なんて無理すぎ」

高群《ガオ・チュン》も不快そうな顔で言った。

「しょうがないよ。俺たちだって悪いんだから」

夏得《シャ・ダー》はこの罰がちょうどいいと思っているようだ。

夏得《シャ・ダー》が自分をフォローしてくれないので、夏恩《シャ・ン》は高群《ガオ・チュン》を盾にするように間に挟んで文句を言った。

項豪廷《シャン・ハオティン》は、罰は与えられなかったが、仲間への熱い友情から手伝いに来ていた。

于希顧《ユー・シーグウ》との事件の詳細がわかった時、夏恩《シャ・ン》の行動がやりすぎだと責めたくはあったが、親友だから、当然のように手伝うことにしたのだ。彼は箒で掃きながら、孫博翔《スン・ボーシャン》の物憂げな表情に気付いた。

「どうした？」

彼はこっそりと孫博翔《スン・ボーシャン》に近づいて聞いた。

「今日はジムに行くつもりだったんだ……」

暗く沈んだ声だった。

「あの人は週に一回しか来ないのに……くそっ！」

「一週間会えないだけだろ！　それにもしかして、今週お前がいなかったら、相手もなおさらお前に会いたくなるかもよ！」

項豪廷《シャン・ハオティン》は慌ててなだめにかかった。

慰めの言葉が効いたのか、孫博翔《スン・ボーシャン》の顔色はサッと変わり、晴れやかに、そしてさもうれしそうになった。

思ったことがみんな顔に出て、隠せないタイプなのだ。

孫博翔《スン・ボーシャン》の様子を見て、項豪廷《シャン・ハオティン》は彼をからかいたくて仕方がなかった。本当にすごく好きみたいだな。どんな美人がこいつの心を射止めて夢中にさせたんだろ。どっかで時間を作って見てみるとするか。そう、項豪廷《シャン・ハオティン》は心に決めた。


そして後ろを向き、夏得《シャ・ダー》の肩を軽く叩いて、ニヤッと笑った。それから、彼はまだグダグダ言っている二人を呼んで大声で言った。

「あとで一緒にステーキを食べようぜ。俺がおごるから」

「やったぜ！」

夏恩《シャ・ン》はうれしそうに声を上げた。

「えっ、ゲーム機を買うんじゃなかったっけ？」

高群《ガオ・チュン》が聞いた。

「そりゃ金は必要だけど、みんな憂鬱《ゆううつ》そうなすんごい暗い顔をしてるからさ。ほっとけないだろ」

その言葉にみんなは同時に歓声を上げた。

さらに「スマホで今の話を録音したいよ、言い逃れできないようにさ」とまで言い出した。

みんなの喜ぶ声を受けて、項豪廷《シャン・ハオティン》はさらに付け加えて言った。

「この一週間毎日、落ち葉を掃いたあとにステーキをおごるよ」

夏恩《シャ・ン》と高群《ガオ・チュン》の気持ちはどんどん晴れていき、そして項豪廷《シャン・ハオティン》の義理堅さを褒めまくった。

ただ、夏得《シャ・ダー》だけは苦り切った顔をしていた。

さっきの項豪廷《シャン・ハオティン》の笑顔を見て、それは今見せるべき笑顔ではないと思ったからだった。

＊　＊　＊

盧志剛《ルー・ジーガン》の心はここにないかのようだった。

彼はいつもと同じ時間にジムに入ったのだが、今日は孫博翔《スン・ボーシャン》が忙しそうに働いている姿が見えないので、何か物足りなさを感じたのだ。

孫博翔《スン・ボーシャン》はよく気軽に「志剛《ジーガン》兄さん」と話しかけてきて、それが自分を温かい気持ちにし、リラックスさせてくれた。

しかし、今日は突然それがなくなってしまったのだ。盧志剛《ルー・ジーガン》は寂しさでいっぱいだった。

それはまるで、すでに慣れ親しんだ曲なのに、いくつかの音が入れ替わってしまい、メインメロディーが変わらなくても記憶にある曲とは何か違って、聞いているうちにだんだんと慣れない気持ちになっていくようだった。

盧志剛《ルー・ジーガン》は自分用のトレーニングメニューに従ってやっていた。

一通り終えた後、トレーニングマシンから降りてカウンターへ行き、あちこちを見回した。いつもだと、あの活気溢《あふ》れる目と合うのだが、今日は一回もその目にお目にかかれていなかった。これが彼に一種の……

寂しさのような、喪失感を感じさせていた。

「博翔《ボーシャン》は来ないの？」

聞きたい気持ちを抑えられなくなり、トレーニング中の孫文傑《スン・ウェンジェ》に話しかけた。

「ああ、学校でやることがあって、今週は来ないんだって」

「そうなのか」

従弟が落ち葉を掃かされていることを知らなかったので、さらにこう付け加えた。

「彼ぐらいの歳《とし》だと、何でも飽きっぽいんだよ。すぐ気が変わっちゃって。今回はここまで結構長く続けられて、俺はもう感心して泣きそうなくらいさ」

そんなに長かったのか？　盧志剛《ルー・ジーガン》は今までの回数をきちんと数えたことはなかったが、カウンターの忙《せわ》しない姿は見慣れたものだった。

しかし、孫文傑《スン・ウェンジェ》の話を聞いて初めて、ただの高校生なら、馬鹿騒ぎが好きで、何でもやってみたい年頃だと思い出した。

「そうだな……自分もそのくらいの頃、すぐ何かに夢中になって、またすぐ飽きちゃったもんだよ」

彼は笑みを浮かべたが、目には寂しげな影が漂っていた。

＊　　＊　　＊

毎日、于希顧《ユー・シーグウ》は校門が開くと同時に学校に着いていた。

誰もいない朝だけが、彼にとって一番集中できる時間だ。誰かに邪魔されることをまったく心配する必要がないからだった。

ところが、今日はいつもと違った。

于希顧《ユー・シーグウ》が教室に入ると、誰かがすでに教室にいた。それに気付いた途端、彼は立ちすくんでしまった。


朝の光が窓から差し込んで、教室が柔らかい光に満ちていた。彼より教室に早く着いていた人がその温かな光に照らされている。その人の髪は星明かりのように輝いていて、息が止まるほど美しかった。

しかし、于希顧《ユー・シーグウ》の息を止めさせたのは、決してその光景が美しかったからではなく、「その人」がまさしく彼の席に座って、スマホをいじっていたからだ。

そしてその人は、音に反応して頭を上げると、于希顧《ユー・シーグウ》を見つめて、笑顔を見せた。

その笑顔が于希顧《ユー・シーグウ》を逆に不安にさせた。

仲間が落ち葉掃きをやらされたことでやってきたのかと思ったからだ。彼は顔も手足も固まり、頭も回らなくなってしまった。さらに、今、身を翻《ひるがえ》して逃げるか、それとも勇気を出して向き合うか、ということさえ決断できなくなっていた。

無言のまま、二人の視線は空中で絡まり合っていたが、そこには映画や小説のようなロマンチックな雰囲気はなかった。心に思ったことは、もちろん視線では伝えられない。伝えられるなら言葉が存在する意味がなくなってしまう。

「ああ、お前の席に座ったのは……」

項豪廷《シャン・ハオティン》は微笑みながら、席を立ち、ゆっくりとした足取りで于希顧《ユー・シーグウ》の前に歩いてきた。

于希顧《ユー・シーグウ》は眉をひそめ、身構えて、あらゆる事態に備えた。

第二章

――「はっきりとさせなければならないことがある」

――「放課後、校門で」

　七時を過ぎていた。彼は待っていないよな、と于希顧《ユー・シーグウ》は思いながら、ボーッとした顔で、スポンジで食器を洗っていた。タピオカを茹でているので、室内に甘い匂いが漂っていた。

　こんな単調な作業は頭を使わずに済む。にもかかわらず、気が散っていたためタピオカのことがすっかり頭から抜け落ち、できあがったのに火を消すのを忘れてしまっていた。その時、鍋を気にしていないのはどうしてなのか、と思って出てきた盧志剛《ルー・ジーガン》が、火を消した。それで、于希顧《ユー・シーグウ》はようやく我に返ったのだった。

「こんなに茹でたら、タピオカがバーワン[1]になっちゃうだろ」

　于希顧《ユー・シーグウ》は自分が仕事中にぼんやりしていたことに初めて気付いた。

「すみません！」

　彼が慌てて火を消そうとすると、盧志剛《ルー・ジーガン》は彼を制止して言った。

1　肉圓。米や芋の粉で肉の餡を包んで蒸したもの。生地がプルプルしている台湾の肉団子料理。

「もう消したから」

盧志剛《ルー・ジーガン》にとって従業員の調子は、茹ですぎたら捨ててしまえばいいタピオカなんかよりはるかに大事なことだ。

「どうした？　具合でも悪いのか？　ボーッとして」

「なんでもないです……」

最近学校で起こったことを盧志剛《ルー・ジーガン》に話せなかった。かっこ悪いというのもあるが、盧志剛《ルー・ジーガン》が前からずっと自分のことを気にかけてくれているから、というのが大きかった。

もしトラブルに巻き込まれたことがばれたら、盧志剛《ルー・ジーガン》は必ず問い詰めてくるはずだ。それは避けたいことだった。于希顧《ユー・シーグウ》は口ごもって、言葉を飲み込んだ。盧志剛《ルー・ジーガン》は、何かを隠していると感じた。

「本当に大丈夫なのか？　お金のことでも困ってるのかい？」

この前、于希顧《ユー・シーグウ》がシフトに多く入りたいと言ってきた時も、今日の様子とまったく同じだった。

そこまで考えると、盧志剛《ルー・ジーガン》は笑顔からまじめな顔になって、于希顧《ユー・シーグウ》をじっと見つめた。

「違います……」

盧志剛《ルー・ジーガン》は于希顧《ユー・シーグウ》の目を真っすぐに見たが、于希顧《ユー・シーグウ》は視線をそらすことはなかった。

それでようやく、于希顧《ユー・シーグウ》の話を信じることにした。とはいえ、年上の自分としては、やはりアドバイスをしてあげたい。

「悩みがあったら隠さずに素直に言うんだよ」

そう言い添え、さらに質問を投げかけた。

「ところで夕飯は食べた？」

ぎょっとしたような于希顧《ユー・シーグウ》の様子がすべてを物語っていた。

「晩ご飯は作っておいたのだけど、あとで食べようと……」

その話を聞いて、盧志剛《ルー・ジーガン》は仕方なく微笑《ほほえ》んだ。

「わかったよ。月末だしさ。晩ご飯を遅く食べると明日の朝、お腹が空かないだろう。君みたいに、一食を二回に分けて食べる人なんかいないよ」

于希顧《ユー・シーグウ》の食事の取り方を、盧志剛《ルー・ジーガン》は良くないと思っている。

于希顧《ユー・シーグウ》は胃の調子が悪く、胃痛もしょっちゅうあるというのに、胃を大事にしないし、寝る前に食べたりしている。まるで自殺行為だ。

とはいえ、彼の事情を考えると、説教もしにくくなってしまい、盧志剛《ルー・ジーガン》はいろいろ逡巡《しゅんじゅん》した後、店の饅頭《マントウ》[2]を渡した。しかし、于希顧《ユー・シーグウ》は丁寧に断ってきたので、盧志剛《ルー・ジーガン》はわざと怖い顔で、早く帰るように言い渡した。

「君は高校三年生だよ。しかも試験範囲は広いし。早く帰って勉強しなさい」

于希顧《ユー・シーグウ》は、それは良くないと思ってためらったが、結局、盧志剛《ルー・ジーガン》に休憩室へ押し込まれて、着替えさせられてしまった。

于希顧《ユー・シーグウ》が制服に着替えて帰ろうとした時に、店にお客さんがいなかったので、盧志剛《ルー・ジーガン》は彼をドアまで送った。

2　中華蒸しパン。中華圏では具や餡が入っていないものをさす。

「早く帰れよ」

「はーい、志剛《ジーガン》兄さん、おやすみなさい」

于希顧《ユー・シーグウ》を見送っても、盧志剛《ルー・ジーガン》はすぐに店の中に戻らなかった。

その夜は風が吹いていたので、前日とは違い、そんなに蒸し暑くなかった。彼は夜風を感じながら、目の前の街を行き来する人を眺めていた。

今までは、このありきたりな風景に何も感じなかったが、今日はなぜか味わい深かった。

しかし、彼は知らなかったのだ。風景を見ている自分も、誰かの見ている風景になっていたことを。

孫博翔《スン・ボーシャン》はそう遠くないところに立って、盧志剛《ルー・ジーガン》の方をじっと見ながら、胸に混じり合う気持ちを追いやれずにいた。胸の中では、あの人を見つけた喜びと、そばにもう一人いたことを発見した驚きがあった。そしてあまりにも親密な二人を見て、嫉妬心が湧いてきていた。複雑な感情が渦巻き、それが強い足かせとなって、彼は一歩も動くことができなくなってしまった。

＊　　＊　　＊

結局、孫博翔《スン・ボーシャン》は盧志剛《ルー・ジーガン》のところへ挨拶に行けなかった。

彼は自転車を押して家に向かった。鬱々《うつうつ》とした顔で、すっかり落ち込んでいた。

自分が盧志剛《ルー・ジーガン》にとって唯一の親密な存在ではないことが、さっき見たことでわかってしまったのだ。

二人はただ孫文傑《スン・ウェンジェ》のジムで会って、ちょっと接しただけだが、盧志剛《ルー・ジーガン》が親切にしてくれたものだから、自分が特別な存在だと思い込んでいた。けれども盧志剛《ルー・ジーガン》には盧志剛《ルー・ジーガン》の世界があって、その世界に孫博翔《スン・ボーシャン》の知らない人がたくさんいるということを忘れていた。

孫博翔《スン・ボーシャン》はずっと前から盧志剛《ルー・ジーガン》に片思いをしていたが、盧志剛《ルー・ジーガン》にとって、孫博翔《スン・ボーシャン》はただの友人の従弟《いとこ》に過ぎなかった。これでは決して特別な関係だとは言えない。

この前、ジムへ手伝いに行かなかった理由を聞かれたので、自分のことを少しは気にしてくれているのかと思っていた。

今考えると、あんなことでこっそりと喜んでいた自分が本当にバカだった。あんなことは何にもならない。

さっき、盧志剛《ルー・ジーガン》は心配そうな目つきでそばに立つ男の子を見ていたが、あんな目つきで自分を見たことは一度もなかった。

孫博翔《スン・ボーシャン》の中で考えがぐるぐる回っていた。

自分は彼にとって、いったい……本当に友人の従弟に過ぎないのか？　まさかそんなことで、ずっと我慢してつき合ってくれたのか？

「ああ！　くだらないことを考えるのはやめた！」

彼は大声で怒鳴った。それでマイナスの感情をぶっ飛ばそうとした。大声のせいで注目を浴びたが、気持ちを発散するのには効果があった。だんだん気持ちが落ち着いてきたが、今度は于希顧《ユー・シーグウ》の顔が次第に鮮明に浮かんできた。孫博翔《スン・ボーシャン》は怒りが湧き起こり、唇までもがプルプルと震え出した。

「于希顧《ユー・シーグウ》！　お前は豪《ハオ》の彼女を奪った上に、志剛《ジーガン》兄さんとも……」

于希顧《ユー・シーグウ》とのこの前のごたごたが思い起こされてきた。固く握りしめた拳に痛みを感じ、今度于希顧《ユー・シーグウ》の顔に一発お見舞いする時は、絶対に彼にも痛みを味わわせてやる、と思うのだった。

孫博翔《スン・ボーシャン》はすぐにカッとなるたちで、この点では、夏恩《シャーン》にも決して劣らないくらいだった。

今夜の彼の気分は、低いところから高いところへとジェットコースターのように変化し、そのため交感神経が働きすぎて、一晩中ほとんど深く眠れなかった。

目覚まし時計が鳴った時、「ここはどこ？　俺は誰？」と呆然としたほどだった。ボーッとした状態は于希顧《ユー・シーグウ》を見かけるまで続いた。

睡眠不足は、予測できない結果をもたらすことが多い。孫博翔《スン・ボーシャン》が気付いた時には、すでに于希顧《ユー・シーグウ》の前に立ちふさがって、その行く手を阻んでいた。


「お前、志剛《ジーガン》兄さんとどういう関係なんだ」

于希顧《ユー・シーグウ》は戸惑った顔で、黙ったままだった。その態度を見た孫博翔《スン・ボーシャン》は、怒りが炎のように噴き上がった！

「知らないなんて、ごまかすなよ。昨日の夜、お前と志剛《ジーガン》兄さんを見かけたんだ！」

ここまで聞いて、于希顧《ユー・シーグウ》は相手の質問の意図がようやくわかった。とはいえ、この前は、項豪廷《シャン・ハオティン》のことで怒鳴られ、今日はまた盧志剛《ルー・ジーガン》のことで？　全世界の人がすべて孫博翔《スン・ボーシャン》の支配下に入っているのか？

于希顧《ユー・シーグウ》はこれ以上孫博翔《スン・ボーシャン》と関わり合いたくなかった。この前のようなことは一回だけで十分だ。

于希顧《ユー・シーグウ》は黙ったまま、相手を無視して、そのまま行こうとした。しかし、今日の孫博翔《スン・ボーシャン》はわざわざ文句を言ってくるくらいなので、簡単に行かせてはくれなかった。肩をいきなり掴まれ、止められた。

「君とは関係ない。いったい何をする気なんだ。もう関わらないでくれ」

于希顧《ユー・シーグウ》のうんざりした表情を見て、孫博翔《スン・ボーシャン》の頭に昨日の情景がフラッシュバックした。

一晩が経ったことで、昨日のあの一幕はすでに歪《ゆが》められていた。孫博翔《スン・ボーシャン》の頭の中では、盧志剛《ルー・ジーガン》にとって一番大切な人は于希顧《ユー・シーグウ》ということになっていた。

しかも、彼の想像では、店の外まで見送らなくては気が済まないほど、二人は別れを惜しんでいたということになっている。それで于希顧《ユー・シーグウ》が無視して行こうとした態度が、まるで勝利者からの軽蔑に思えてしまったのだ。

「俺と関係ないだと!?　志剛《ジーガン》兄さんのことはすべて俺のことでもあるんだ！」

孫博翔《スン・ボーシャン》は気持ちを抑えられなかった。そして悲しみの末に、おかしな考えが思い浮かんだ。

「お前も志剛《ジーガン》兄さんのことが好きなんだろう？」

好き？　于希顧《ユー・シーグウ》にとって、まったく想像も及ばないことだった。

あまりに予想外だったため、于希顧《ユー・シーグウ》は答えることができずに、無意識に眉をひそめた。

唐突すぎて事情が飲み込めなかった。

ところが、その表情が孫博翔《スン・ボーシャン》からすると、「イエス」と言っているように見えたのだ。心が波立ち、パニックに陥った。

「放せ……」

于希顧《ユー・シーグウ》は顔をしかめ、この場から速やかに退散したかったが、逆に壁に激しく押し付けられた。

「志剛《ジーガン》兄さんは俺のものだ！　誰にも奪わせない！　絶対許さねえ！」

「何を言ってるかわからない……」

まったく道理が通じないアホだと、于希顧《ユー・シーグウ》は怒鳴りたくなった。こいつらはどうしてすべてのことを、愛とか奪うとかと関係付けて考えるのだろう。

二人とも負けたくなかった。一人はもがき、一人は押し付けていた。もうすぐ殴り合いになってしまう、というところに——。

「孫博翔《スン・ボーシャン》、何をやってるんだ！」

厳しい怒鳴り声で二人の動きが止まった。

そう遠くないところから、先生が足早にやってきた。孫博翔《スン・ボーシャン》は仕方なく、手を放した。何でこんなタイミングで、と思ったが、こいつは先生たちに好かれている優等生だったたっけなと思い直し、「お前は運がくそいいな」と吐き捨てるように言った。

于希顧《ユー・シーグウ》は、運がいいのかどうかはわからなかった。

孫博翔《スン・ボーシャン》に言いがかりをつけられるのはもちろん嫌だが、トラブルの原因が先生にばれる方が怖かった。バイトしていることを先生に言わないように、于希顧《ユー・シーグウ》は孫博翔《スン・ボーシャン》の視線を避けて、相手が不愉快にならないようにした。

一方、孫博翔《スン・ボーシャン》は、先生が来たので諦めるしかなかったが、目に憎悪の青い炎を燃え上がらせたまま、于希顧《ユー・シーグウ》を睨《にら》みつけていた。


「大丈夫か？」

于希顧《ユー・シーグウ》の様子が少しおかしかったので、先生は優しく声をかけてきた。

「はい……」

「何かあったら先生に言うんだぞ」

「ありがとうございます……」

先生が遠くに去っていく姿を見て、于希顧《ユー・シーグウ》はため息をつきつつ、ホッとした気持ちになった。孫博翔《スン・ボーシャン》が余計なことを言わなくて良かったと、彼は心底思ったのだった。


それから于希顧《ユー・シーグウ》は逃げるように３０２教室へ速足で歩いていった。早く席に座って緊張をほぐしたかったが、教室に入ると、自分の席がたくさんの人に囲まれていた。

今日は朝から、立て続けに予期せぬ二つのことが起こり、変化が苦手な于希顧《ユー・シーグウ》は耐えられないほどのストレスを感じて、めまいがしてきた。

「僕の机……椅子は……」

彼の机と椅子が行方不明になってしまっていたのだ。

机と椅子のあったところには、何もなかった。

クラスのみんなが意地の悪い笑みを口元に浮かべ、彼をあざ笑っていることをまったく隠そうともしなかった。

夏得《シャ・ダー》だけが自分は悪くないというような顔をしていた。彼は事件の成り行きをその目で見ていた。

「約束を守らなかったから、机と椅子を人質にする、と項豪廷《シャン・ハオティン》が言ってたよ。光学棟《グワンシュエ》で待ってるってさ」

于希顧《ユー・シーグウ》はそれを聞くと、どっと疲れに襲われた。

＊　＊　＊

于希顧《ユー・シーグウ》が見上げると、自分を見下ろす項豪廷《シャン・ハオティン》が、階段のてっぺんに立っていた。

「机と椅子を返してくれないか」

階段の半分まで上がって、于希顧《ユー・シーグウ》は声をかけた。

「謝れ！」と項豪廷《シャン・ハオティン》は横暴な口調で、居丈高に言った。

「どうして謝らなければならないんだ」

「昨日来なかったからだ！」

すっぽかされたことを思い出すと、彼の怒りにまた火がついた。学校に戻って于希顧《ユー・シーグウ》を探し回った。だから、今日はどうしても謝らせてやるぞ、と項豪廷《シャン・ハオティン》は決意していた。

「君と約束はしていなかった。僕は応じてない」

于希顧《ユー・シーグウ》は言った。


それを聞くと、項豪廷《シャン・ハオティン》はピクッと眉を上げた。意に介していない感じからすると、あいつらが今回の経緯をこいつに説明していないことがわかった。だから謝らないんだろう。

(だったら、とりあえずいい人になって、ことの顛末《てんまつ》を教えてやろう)

項豪廷《シャン・ハオティン》はそう考え、怒りを抑えて事情を話そうとした。


「お前のせいで、俺の友達が掃除をする羽目になったんだぜ」

「それは、奴らが僕を殴ったからだろ」

「それは、お前が俺の彼女を奪おうとしたからだ」

「君の彼女を奪う気なんてないよ」

于希顧《ユー・シーグウ》は本当にうんざりだった。どうしてどいつもこいつも、自分が他人《ひと》の彼女を奪おうとしたと考えるんだろう。いつ自分がそんなことを言ったっていうんだ。

しかし、項豪廷《シャン・ハオティン》からすれば、于希顧《ユー・シーグウ》の答えは溺れかけてもがいているようなものだった。

そこで、夏恩《シャ・ン》からもらった写真を于希顧《ユー・シーグウ》に突きつけた。写真一枚は千の言葉より説得力がある。その写真が二枚もあるんだから、これで否定はできまい、と項豪廷《シャン・ハオティン》は高をくっていた。

それでも于希顧《ユー・シーグウ》は、

「彼女が勝手に僕の隣に座って、勉強を教えてと言ったんだよ」とか、「彼女が上着を忘れて寒いと言ってきたんだ」などと理由を挙げてくる。

しかも、その目にはやましさが一切見えず、純粋そのものだった。

しかし、この前、夏恩《シャ・ン》があれほど自分のことのように怒っていた様子を思い出すと、これがただの誤解だとにわかには信じられなかった。

夏恩《シャ・ン》と于希顧《ユー・シーグゥ》なら、項豪廷《シャン・ハオティン》は友達の方を当然信じる。項豪廷《シャン・ハオティン》からすると、于希顧《ユー・シーグゥ》はまったく後悔している様子もなく、ただひたすら責任を逃がれようとする最低な男に見えた。

項豪廷《シャン・ハオティン》は相手に近づいて強く睨むと、于希顧《ユー・シーグゥ》も負けずにすぐ睨み返してきた。

「お前それでも男か？　何でも女の子のせいにして」

項豪廷《シャン・ハオティン》はそう言いながら、素早く、片手で于希顧《ユー・シーグゥ》の襟元を掴んだ。

二人の間の距離があっという間に縮まった。お互いの呼吸と心臓の鼓動とが同調しそうだった。

「お前のような勉強だけができる奴らは、世界中の人がみんな自分たちのために生きていると思ってるのか」

項豪廷《シャン・ハオティン》はかすれた声で問い詰めた。

「彼女のことは好きじゃないよ」

于希顧《ユー・シーグゥ》は襟元を掴まれたので、酸素が急に足りなくなり、頬が真っ赤になっていた。今にも、最後の息を吐いて死んでしまいそうだった。

それでも、于希顧《ユー・シーグゥ》は全力で相手を押し返した。

「なら、どうして彼女に近づいたんだ？」

「だから、近づいてないって！」

いくら言っても否定してきやがる。于希顧《ユー・シーグウ》の答えが、項豪廷《シャン・ハオティン》の理性の糸を全部断ち切った。

項豪廷《シャン・ハオティン》は、もし自分がゲームのキャラだったら、今が必殺技一発で敵を倒す時だと考えた。

「『ない』以外の答えはないのか？」

項豪廷《シャン・ハオティン》は怒鳴った後、于希顧《ユー・シーグウ》の胸を強く拳で殴った。

バン！

殴られた于希顧《ユー・シーグウ》は手すりまで後ずさりした。顔をしかめ、痛みで喘《あえ》いだ。

「謝るのがそんなに難しいのか？」と項豪廷《シャン・ハオティン》はさらに聞いた。

「悪いことなんか何もしてないのに、何で僕が謝らないといけないんだ」

「もう一度言ってみろ」

項豪廷《シャン・ハオティン》は声を抑えて言った。これは決して怒りが収まる兆《きざ》しではなく、その反対に怒りが頂点に達している証拠だった。

しかし、于希顧《ユー・シーグウ》は、そんなことは知るわけもない。彼の頭にあるのは、自分は何も間違っていないんだから、頭を下げてはだめだということだけだった。

「悪いことなんか何もしていないんだから、絶対に謝らない！」

項豪廷《シャン・ハオティン》の怒りはさらに増していき、また拳を振り上げた。

その拳を見て、于希顧《ユー・シーグウ》は本能的に避けようとしたが、ずっと一方的に攻撃を受け続けることは、彼のプライドが許さなかった。二人は互いに強く睨み合い、そのうち、相手に伝えられない気持ちや真実は捻《ね》じ曲げられていった。

そこへ教官がやってきた。李思妤《リー・シーユー》が呼んだのだ。そのおかげで、殴り合いの喧嘩《けんか》は寸前で止められた。

「項豪廷《シャン・ハオティン》、やめなさい」

しかし、項豪廷《シャン・ハオティン》は教官の一喝でもやめなかった。それを見るや教官はすぐ強く言った。

「今すぐやめないなら、君の両親を学校へ呼ぶぞ！」

項豪廷《シャン・ハオティン》は両親のことは怖くはないが、ややこしいことになるのが嫌だったので、手を放した。ようやく解放された于希顧《ユー・シーグウ》は足元がおぼつかなかったが、それでも必死に姿勢を保ったまま、決して頭を下げようとはしなかった。

「はいはい、君は早く教室に戻って」

教官は于希顧《ユー・シーグウ》にそう言うと、項豪廷《シャン・ハオティン》の方を向いて怒鳴った。

「君は、教官室へ一緒に来なさい」

くそ！　結局、謝らせられなかった！

項豪廷《シャン・ハオティン》は腹が立って仕方がないが、教官室に行かなければならないから、どうしようもなかった。（あの野郎）と思いながら、于希顧《ユー・シーグウ》が行ってしまった方向を睨み続けた。

一方、于希顧《ユー・シーグウ》はすぐにその場を去った。

3　生徒指導のために学校にいる軍人。

彼は両手を強く握りしめ、その瞳は潤んでいた。それは、誤解されたから目に溢《あふ》れてきたのではなく、むしろ自分の日常が、あの連中に邪魔されたことによる不満と不愉快さから出てきたものだった。

(いったい誰に何したっていうんだ)

しかし、どれだけ考えても、突然自分に近づいてくるようになった、あの女の子のせいだとしか考えられなかった。

だったら、これからはなるべくあの女の子と距離を置いて、彼女を自分の世界から追い出すよりほかにない。そうしないと、三日に一度は脅かされ、五日に一度は机や椅子を隠される羽目になってしまう。

そんなことになったら勉強に集中できるか？　いや、できっこない。

*　*　*

「もういいから、早く立って」

項豪廷《シャン・ハオティン》の母親は息子を見て、胸が痛くなる思いだった。

「あと三十二分」

項豪廷《シャン・ハオティン》はスマホのタイマーを見ながら言った。

項豪廷《シャン・ハオティン》が学校で暴力を振るったことは、結局両親の耳に届くこととなった。

自分の息子が暴力を振るうことが、前々から嫌だった父親は、息子をリビングルームの床にひざまずかせた。項豪廷《シャン・ハオティン》も頑固なものだから、床から立ちたいとは一言も言わなかった。かえってそうしながら、いろいろ考えを巡らせていたのだ。

「父さんのことを悪く思わないでね。今回は、本当にあなたが間違ってるんだから。もう誰も殴らないと約束してくれたじゃない」

「覚えてるよ！　だから、ただ引っ張ったり押したりしただけなんだって。ひどいことは何もしてないよ」

「もう……、いくつなのよ、あなた。高校生なのに、そんなことする必要あるの？　あるとしても、こんなにデカいのに、相手の子を怪我させたらどうするの」

さらに母親は、「もう最後にしてよ」と叱りつけた。

「母さん！　これは大事な問題なんだよ！　成績が学年のトップだからってさ……」

項豪廷《シャン・ハオティン》は蔑むような口調で言った。

「責任感ゼロだし、あれもこれも女の子のせいにするし。しかも先生に告げ口なんかしやがって。あんな奴、反吐《へど》が出そうだ」

「だったら、簡単でしょ」

母親は何かを企んでいるように笑った。

「あなたも学年一位を取ってみたら？　その子は絶対頭にくるだろうからね」

しかし、母親のその手には乗らなかった。

「そんなこと言っても無駄だから」

項豪廷《シャン・ハオティン》は、そう冷たく言い放った。

息子が頑固なことを母親はよく知っているので、相手の机と椅子をちゃんと返すように言っただけで話をやめた。項豪廷《シャン・ハオティン》はきっぱりと頷《うなず》いたが、母親は不安になり、眉をひそめた。

（こんなに激しく言うなんて……本当に大丈夫かしら）

＊　＊　＊

翌日、項豪廷《シャン・ハオティン》は机と椅子を返した。

とはいえ、ムシャクシャするので、机に筋肉の絵を描いて、隣に「責任感」と大きく書いてから返してやった。教官が早く返せと言わなければ、項豪廷《シャン・ハオティン》は机と椅子を何日か預かって、筋肉隆々の男を描くつもりだった。男なら責任を背負うべきだということをあいつにわからせたかったのだ。

けれども、これでこのことは項豪廷《シャン・ハオティン》の心の中で一旦ケリが付いた。ところが、それとはまったく違う願望が浮かんできていた。

それは、どうやったら、于希顧《ユー・シーグウ》の「あの表情」をもう一度見られるのかということだった。

あの意地を張って怒り、死んでも負けたくないという表情……あんな表情を浮かべた于希顧《ユー・シーグウ》こそが人間っぽい、と項豪廷《シャン・ハオティン》は思ったのだ。いつもの冷たいポーカーフェイスとはまったく別人のようだった。

于希顧《ユー・シーグウ》があんな表情を浮かべるのは、本当に痛いところを突かれた時だと、項豪廷《シャン・ハオティン》はわかっていた。

そんな気持ちが、日が経つにつれてますます高まっていった。項豪廷《シャン・ハオティン》にとっては珍しいことだった。

項豪廷《シャン・ハオティン》は自分の気持ちに気付くと、いつも立ち止まるだけだった図書館に足を踏み入れた。

彼は書架の隙間から、真剣に復習している于希顧《ユー・シーグゥ》を観察した。それは時に長時間に及んだ。

項豪廷《シャン・ハオティン》は自分の異変に気付いた。教務室にいる誰かを廊下から観察するというのも初めてだった。そして、観察しているうちに、ビビッときたのだ。どんなことをしたら于希顧《ユー・シーグゥ》を激怒させられるのかが、わかったのだ。

わかったら、次は行動だ。


ようやく下校の時間になると、項豪廷《シャン・ハオティン》は于希顧《ユー・シーグゥ》の教室の前を通りかかった。しかも、自分がもう帰ったと夏得《シャ・ダー》に勘違いさせるために、わざと夏得《シャ・ダー》と顔を合わせた。それから、校門で于希顧《ユー・シーグゥ》を待った。


ちょうど五時になった。

驚くほど出入りする生徒が多かった。その中には、項豪廷《シャン・ハオティン》を見かけるや、「キャー」と叫んで、LINEを交換しようとする下級生の女の子たちもいた。

六時が過ぎた。

人出が明らかに減り、日が沈んで暗くなってきた。通りかかる人々の顔は夕日に照らされて、オレンジ色に染まっていた。しかし、于希顧《ユー・シーグゥ》はまだ来なかった。

時間がさらに経っていった。それで、項豪廷《シャン・ハオティン》は図書館の外をゆっくり歩いてみたが、いつもの席には誰もいなかった。

七時二十七分。

「まだ学校にいるはずだよな」

項豪廷《シャン・ハオティン》は眉をひそめた。

「でも、もうこんな時間なんだが……」

まさか、まだ教室にいるのか？


一列に並んでいる教室はほとんど真っ暗だったが、３０２教室だけは明かりがついていた。項豪廷《シャン・ハオティン》はこっそり窓へ近づいて身を伏せ、教室内を覗いた。于希顧《ユー・シーグウ》がまだいた。

どこに隠れたら観察するのにいいかを考えていたところ、足音が聞こえてきた。それで、慌てて暗いところに身を潜めた。

それは、校内パトロールの人だった。その人は于希顧《ユー・シーグウ》を見ると、別に怒らずに、そろそろ時間だから、と手短にやさしく言っただけだった。

おそらく于希顧《ユー・シーグウ》が遅くまでいるのはいつものことなのだろう。

「はい、ありがとうございます」

于希顧《ユー・シーグウ》は礼儀正しくお礼を言って、帰る準備をし始めた。

項豪廷《シャン・ハオティン》は後をつけることにした。

付かず離れずの絶妙な距離を取って、見失うことも、見つかることもなかった。

于希顧《ユー・シーグウ》は歩いている時に、周りのことをまったく気にしないので、尾行されていることに気付いていなかった。

二人は一定の距離を保ちながら歩いていた。もうすぐバス停だ。バスでどうやったら発見されずに済むかを項豪廷《シャン・ハオティン》は頭を絞って考えていた。

しかし、于希顧《ユー・シーグウ》はバスに乗る人の列の前を通りすぎ、立ち止まることなく歩き続けた。

「あとどれくらいなんだろう？　バスがあるのにどうして乗らないんだ？」

項豪廷《シャン・ハオティン》はなぜだかわからないまま、ただひたすらついていくしかなかった。

路地に入ると、そこからがまた大変だった。まるで迷路のように曲がりくねり、気を抜くと于希顧《ユー・シーグウ》を見失いそうになった。

項豪廷《シャン・ハオティン》の記憶力がそろそろ限界を迎える頃、于希顧《ユー・シーグウ》はやっとあるマンションに入り、記録会は終わった。しばらくすると、マンションのある窓から明かりが漏れてきた。そのオレンジ色の明かりを見て、項豪廷《シャン・ハオティン》はうれしくなり、「I GOT YOU（見つけた！）」と心の中で叫んだのだった。喜びが目に溢れた。

＊　　＊　　＊

于希顧《ユー・シーグウ》の部屋は彼の生活と同じように、味気ないものだった。

狭い空間には、ベッド、テーブルと簡易なカバー付きハンガーラックだけが置いてあって、ゲーム機やバスケットボールや漫画など、若者の間で今流行っているようなものは一切なかった。

于希顧《ユー・シーグウ》はさっとシャワーを浴びた後、復習をし始めた。勉強以外の彼の生活は灰色で、まるで淀《よど》んだ水たまりのように、波一つ立たない。

時計の秒針がゆっくり動いていた。于希顧《ユー・シーグウ》は疲れたと感じるまで勉強をし、それからベッドで眠った。一日に何時間寝るかを、于希顧《ユー・シーグウ》は気にしたことがない。すでに体内時計ができあがっていて、意識しなくても自然に目が覚めるのだ。

朝、彼は昨日の残りの饅頭《マントウ》を食べてから、カバンを準備し、制服に着替えて、飼っているカブトムシに「行ってくるね」と言った。ドアチェーンを開けて、ドアを引っ張って——。

開かない。

「うそ……」

于希顧《ユー・シーグウ》はびっくりした。何かが引っかかっているのかと思い、さらに力を入れて強く引っ張った。するとドアが一瞬動いた。しかし、すぐにまた戻ってしまった。それで、誰かが外でドアを引っ張っているに違いない、と于希顧《ユー・シーグウ》は思った。

「誰?」

その瞬間、ある人の顔が急に現れた。于希顧《ユー・シーグウ》がまだそれに反応しないうちに、その顔はまた消えてしまった。そして、ドアは微動だもしなくなった。

項豪廷《シャン・ハオティン》はもちろんわざとやったのだ。

于希顧《ユー・シーグウ》が成績のことを気にしているなら、その成績に関わることに罠を仕かけてやる、と項豪廷《シャン・ハオティン》は考えた。

「項豪廷《シャン・ハオティン》!」

于希顧《ユー・シーグウ》は信じられなかった。

「ふざけるな。今日は中間試験だぞ！」

「知ってるよ。だからわざと今日を選んだんだ」

彼は知っている？　知っているから？

ここまで考えると冷や汗が流れた。これがまさか項豪廷《シャン・ハオティン》が前に言った「はっきりさせる」ということなのか。

ただ、今回は自分にとって大事なところを突かれたため、この前と同じような落ち着いた対応ができずに、ドアを叩いて怒鳴った。

「項豪廷《シャン・ハオティン》、いったい何をしてるんだ！」

ドアは動こうとしなかった。于希顧《ユー・シーグウ》を試験に遅刻させる気なのだ。

于希顧《ユー・シーグウ》の激しい反応を見ると、項豪廷《シャン・ハオティン》は、やはりこれはいいところを突いたんだとわかった。こいつは何てったって自分の成績が大事なんだ。優等生バカ！　と項豪廷《シャン・ハオティン》は心の中でつぶやいた。

少しも動かないドアを見て、于希顧《ユー・シーグウ》は理解した。この前どうしても謝らなかったことが項豪廷《シャン・ハオティン》を怒らせたのだ。それで作戦を変えることにした。

「僕に謝ってほしいんだろう？　いいよ。すみません、すみません。これでいいだろ！」

ドアは相変わらず開かなかった。

項豪廷《シャン・ハオティン》は于希顧《ユー・シーグウ》の謝罪を受け入れなかったのだ。

しかし、于希顧《ユー・シーグウ》はもうほかの方法を考え出す余裕がなかった。時間が一秒ずつ過ぎていく。今すぐ出ないと項豪廷《シャン・ハオティン》の計画通りになってしまう。

「どけ！　出させてくれ！」

ドアは開かない。

于希顧《ユー・シーグウ》はブチギレた。彼は何も話さずにドアを開けることに集中した。

バン！

引っ張る力がますます強くなり、項豪廷《シャン・ハオティン》はもう止められなかった。あまりの力の強さにびっくりして、項豪廷《シャン・ハオティン》はちょっと考えて手をドアから離した。ドアの向こうで「ドスン」という大きな音がした。

項豪廷《シャン・ハオティン》が中を覗くと、于希顧《ユー・シーグウ》が転がっていて、全身が震えていた。彼の様子から察するに、何の技も使わずに、ただ全力で引っ張ったのだろう。

こんな力任せに引っ張って、脱臼しなかったのは運が良かっただけだ。

于希顧《ユー・シーグウ》は床に倒れ、ハアハア言いながら、立ち上がろうとしていた。そんな于希顧《ユー・シーグウ》を見て、項豪廷《シャン・ハオティン》はぼんやり考えた。

今まで会った人の中にも、倒されてもまた立ち上がる、負けず嫌いな奴はいた。

しかし……今日はたかが中間試験に過ぎないのだ。こんなに頑張る必要があるのか？　試験に間に合わなかったら追試を受ければいいだけだろ？

項豪廷《シャン・ハオティン》はいくら考えても、于希顧《ユー・シーグウ》の行動が理解できなかった。項豪廷《シャン・ハオティン》が考えを巡らせている間に、于希顧《ユー・シーグウ》は隙を見て床から立ち上がり、カバンを取って、項豪廷《シャン・ハオティン》を押して全力で外へ走り出した。両手に感じる痛みはまったく気にならなかった。

しかし、今となってはバスに乗っても遅刻なのは間違いない。こんな時でさえ、于希顧《ユー・シーグウ》はタクシーに乗るお金なんかないことは、自分でもはっきりわかっていた。だから、彼は走るしか方法がなかった。運が良ければ、少しの遅刻で済むかもしれない。

一方、項豪廷《シャン・ハオティン》は我に返ると、すぐ于希顧《ユー・シーグウ》を追いかけた。

驚いたのは、あのひ弱そうな優等生に自分が追いつけずに、後ろ姿についていくのが精一杯だということだった。

于希顧《ユー・シーグウ》が学校に着いた時、校門は閉まっていた。彼は思いっきりカバンを校門の向こうへ高く投げて、その後、校門をよじ登り、中へ入った。その光景を目にした項豪廷《シャン・ハオティン》は驚いた。思いもよらないことだった。

あいつはいったい……何をしているんだ？　どうしてあんなに頑張るわけ？　俺はいったい……何をしたのだろう？

その答えが見つからず、ますますわからなくなっていった。ただ于希顧《ユー・シーグウ》の後を追いかけるだけだった。

＊　　＊　　＊

「失礼します！　先生、すみません。遅刻しました。今すぐ試験を……」

于希顧《ユー・シーグウ》が試験を受けようと必死にお願いしているところに、項豪廷《シャン・ハオティン》が到着した。

于希顧《ユー・シーグウ》の顔には恐れや不安、焦りが浮かび、声が震えていた。

「于《ユー》さん、今何時だと思っているんですか。追試を受けなさい」

先生はそう言わざるを得なかった。クラス全員の目の前で彼だけえこひいきをするわけにはいかない。どんなに自分が好ましく思っている生徒であっても仕方がないのだ。

項豪廷《シャン・ハオティン》は、先生の返事を聞いて、すぐ「よし」と口に出した。これで、目的は達成した。

「お願いします先生、どうかお願いします！」

于希顧《ユー・シーグウ》は粘り強く、どうしても試験を受けたいと、頭を下げて先生にお願いし続けた。


その姿を見て、項豪廷《シャン・ハオティン》は胸がすっとしたように感じたが、その一方でまた、目的を達成したという爽快感が徐々に消えていき、その代わりに奇妙な感覚が襲ってきた。その感覚は、もし表現することができたら、口を開けるとすぐ吐き出せるほど強烈だった。

頑《かたく》なな于希顧《ユー・シーグウ》を見て、先生は困っていた。

「みんなの邪魔をしないで。こっちに来なさい」

先生は教室から出ると、廊下にいた項豪廷《シャン・ハオティン》を見て尋ねた。

「君はどうしてここにいるんだ？」

項豪廷《シャン・ハオティン》がまともに答えず、不まじめな態度を取るので、先生は頭にきて、持っていた教鞭《きょうべん》で彼を叩こうとした。

その時、于希顧《ユー・シーグウ》が飛び出してきて、必死に先生の腕を掴み、懇願した。

「先生、お願いします。お願いします。三分だけでいいですから。三分で書けますから……」

「ルールはルールですから、そう言われてもどうしようもありません」

「そうだよ」

項豪廷《シャン・ハオティン》がしゃしゃり出てきた。

「このままだと、生徒指導の教官を呼んできますよ」

先生の一言で、雷が落ちたかのように、于希顧《ユー・シーグウ》の最後の希望が打ち砕かれた。

彼は声も出せずに、ひざまずいた。目はうつろで、視点が定まらなかった。

必死に学校へ走ってきたあの凄まじいまでの決意が、今の彼の顔からは一切見えなかった。

「ちょっと、于希顧《ユー・シーグウ》、立ちなさい。立って。どうしてそんな……」

「聞いてもらえなければ立ちません」

于希顧《ユー・シーグウ》は大声で叫び、声は泣いているようだった。傍《はた》から見れば、悔しそうに見えるだけかもしれないが、先生からすれば、脅しのようであった。

「できません」

項豪廷《シャン・ハオティン》はこんな于希顧《ユー・シーグウ》を見たことがなかった。于希顧《ユー・シーグウ》は、まるで世界の終わりにいるかのようだった。

「おい、大げさだろう。みんな見てるぜ。そこまでする必要あるか？」

項豪廷《シャン・ハオティン》は忠告してやった。

項豪廷《シャン・ハオティン》が思っていたのは、于希顧《ユー・シーグウ》がこんなに頑張ったのは、ただ順位表の一位が自分の名前でなくなることを受け入れられないからだ、ということだった。追試の減点があるから、一位を取る可能性がないのだ。

しかし、本当にそんな理由なのか？　この疑問がいかに真っ当なものかを項豪廷《シャン・ハオティン》は知っていた。

こんな理由だけで、転んで怪我することを厭《いと》わずにドアを引っ張り続ける人が、世界中にいるわけがない。車にぶつかる危険も顧みずに、通りを突っ切ったりもした。さらにひざまずいて、多くの生徒が受けたくもないと思っている試験を受けることを、先生にお願いするなんて。どれだけ負けるのが嫌なんだ？

項豪廷《シャン・ハオティン》はわからなかった。考えても混乱するばかりで、まったく見当がつかなかった。

于希顧《ユー・シーグウ》はゆっくり立って項豪廷《シャン・ハオティン》の前に行くと、不意に項豪廷《シャン・ハオティン》の顔を殴りつけた。

「うっ！」

殴られた方はまったく何の準備もしていなかった。項豪廷《シャン・ハオティン》の呻《うめ》き声と教室からの驚きの声が同時に聞こえた。

生徒だけでなく、先生も驚いた。あんな優等生が暴力を振るうなんて誰も考えられなかった。もっと驚いたことは、項豪廷《シャン・ハオティン》がまったく避《よ》けられなかったことだった。

突然殴られた項豪廷《シャン・ハオティン》はすぐ反撃をしようとしたが、拳を繰り出せなかった。于希顧《ユー・シーグウ》がいきなり泣き出したのだ。

「わぁー……」

殴った方が切なく、悲しげに泣き、まるで絶望の淵《ふち》に立っているかのようだった。

于希顧《ユー・シーグウ》にとっては、今の状況は世界の終わりと同じなのだ。

受験できなくなってしまった上に、暴力行為で処分されるかもしれない。

これで奨学金を申し込めなくなり、計画していたことがすべて壊れてしまった。これ以上に彼を悲しませることなんかありはしないだろう。

項豪廷《シャン・ハオティン》はどうすればいいのかわからなくなっていた。

自分はいったい何をしたのだろう。自分の怒りを晴らすためだったし、自分にとって大切とは言えない李思妤《リー・シーユー》のためでもあった。

そして掃除の罰を受けた自業自得の友達のためだった。自分は于希顧《ユー・シーグウ》にいったい何をしたというんだ？

涙がぽろぽろとこぼれ落ちている顔を見て、項豪廷《シャン・ハオティン》は、あの時の「すみません」という声と、ドアを必死で強く引っ張っていた力を思い出して、ただただ黙るしかなかった。

第三章

項豪廷《シャン・ハオティン》は眠れなかった。

普段は、感情の波に影響されるようなたちではないが、それでも今晩はどうしても眠れなかった。ベッドでごろごろしながら、昼間の情景がずっと頭の中を駆け巡っていた。

于希顧《ユー・シーグウ》は廊下に立って掲示板の成績順位表を見ていた。

三割減点されても全学年の六位を取っていた。減点されなかったら、一位に違いない。ほかの人たちが恥ずかしくなるほどの好成績だった。しかし、于希顧《ユー・シーグウ》は何も言わずにただ黙って見ているだけだった。

その目と同じ目を見たことがある。絶望と怒り、苦痛に満ちていて……重く、項豪廷《シャン・ハオティン》にとって忘れられない目だった。


そのシーンが徐々に歪《ゆが》んでいき、于希顧《ユー・シーグウ》の泣いている顔に変わった。あの優等生が怒って人を殴るなんて、思いもよらなかった。

とはいえ、痛いのは、殴られた自分だけでなく、殴った方もだ……殴り慣れていない人は、力を加減して自分を守る術《すべ》を知らないので、彼もきっと痛かっただろう。さらに、思い浮かんでくるのは、于希顧《ユー・シーグウ》がいつもよりも絶望的な目で、六位になることを受け入れざるを得なかった様子だった。

こんなことになってしまったのは全部自分のせいだと考えたら、余計に耐えられなくなって、両手で髪をグシャグシャに掻き回した。


これほど動揺したことは、過去にも一回だけあった。今回は二回目だ。症状は不眠と後ろめたさでイライラすること。さらに、その記憶や光景に長い間囚《とら》われてしまうことである。

于希顧《ユー・シーグウ》はどうして平然と現実を受け入れたのだろう。項豪廷《シャン・ハオティン》は理解できなかった。

平然と受け入れることは諦めるということだ。しかし、それは項豪廷《シャン・ハオティン》にとってはあり得ないことだった。なぜ受け入れたのだろうか？　なぜ全力で戦わなかったのか？　人生だろう？　たった一回だけのやり直せない人生だろう!?

ひざまずくほど必死の思いだったのに……。


今の項豪廷《シャン・ハオティン》は、こんな状況にしてしまった自分を責める一方で、于希顧《ユー・シーグウ》の行動と考えをどうしても理解できなかった。

さらに、于希顧《ユー・シーグウ》は何も間違っていなかったことを、先生にすべて白状したいという気持ちが芽生え始めていた。

＊　　＊　　＊

孫博翔《スン・ボーシャン》は項豪廷《シャン・ハオティン》の異常に気付いていた。しかし、本人に聞いても何も教えてくれないので、仕方なく、妹の項永晴《シャン・イオンチィン》に直接聞くことにした。

「三百元」

「君の兄貴を心配しているんだよ」

孫博翔《スン・ボーシャン》は、信じられないといった感じで言った。

「本気で心配してるの？」

項永晴《シャン・イオンチィン》は眉を上げた。

「当たり前だろ」

「じゃ、プラス百元」

それを聞いた孫博翔《スン・ボーシャン》は不満たらたらに言った。

「おい！　お前たち兄妹は何でやることがみんな同じなんだ……」

とはいえ、仕方がない。孫博翔《スン・ボーシャン》はおとなしくお金を差し出した。

項永晴《シャン・イオンチィン》は、実は前からこの秘密を打ち明けることを心待ちにしていたので、お金を受け取った途端、ぜひこの事態を分かち合いたいという顔つきになった。

「彼は今、猿モードに陥ってるの」

「猿モード？」

「そう！　こういう感じ」

彼女は手で目尻を上げて、大げさな表情を作った。さらに、低いおかしな声で項豪廷《シャン・ハオティン》の真似を始めた。

それがそっくりだったので、孫博翔《スン・ボーシャン》は思わず笑い出してしまった。

項永晴《シャン・イオンチィン》によると、項豪廷《シャン・ハオティン》は本当に後悔している時に、こんな様子になってしまうそうだ。

「後悔？」

「前回こんな様子だったのは小学生の時だった。あの時は、彼のせいで、ある子がクラス全員に嫌われたらしくて、そのあと、彼はその子に謝ってみんなに事情を説明したけど、クラスの子たちはもうその子と関わり合いたくなくなってしまったの」

話を聞いた孫博翔《スン・ボーシャン》はその子が可哀そうだと思った。

「そうなのよ」

項永晴《シャン・イオンチィン》が言うには、もう何年も前のことだから、詳しいことは覚えていないけど、項豪廷《シャン・ハオティン》の魂が抜けたような様子は今でも忘れられないということだった。

あの時は、どんなに遅い時間になっても、項豪廷《シャン・ハオティン》の部屋から光が漏れていたという。そのため、項永晴《シャン・イオンチィン》は、兄が不眠症になってしまうのではないかとずっと心配していたそうだ。

一方孫博翔《スン・ボーシャン》は彼女の話から、項豪廷《シャン・ハオティン》のここ数日のただならぬ様子と、その原因を結びつけられる鍵を見つけた。

「ということは、奴は本当に後悔してるんだな」

于希顧《ユー・シーグウ》のことをターゲットにしたから後悔しているのか？　それとも彼にいたずらしたから後悔している

のか？

そのどちらなのか、孫博翔《スン・ボーシャン》はわからなかった。

項永晴《シャン・イオンチィン》は眉を上げて聞いた。

「お兄ちゃんは、何を後悔してるの？」

すると、復讐のタイミングが来たと思った孫博翔《スン・ボーシャン》は、明るい笑顔を浮かべて聞いた。

「本当に知りたい？」

項永晴《シャン・イオンチィン》はすぐ頷《うなず》いた。

「五百元」

「もう最低！」

項永晴《シャン・イオンチィン》がぷんぷん怒っている様子を見て、孫博翔《スン・ボーシャン》は喜びを顔に浮かべたので、彼女はさらに「幼稚なんだから」と悪態をついた。

二人は元々親しかったが、さらに、子どもっぽい孫博翔《スン・ボーシャン》が項永晴《シャン・イオンチィン》をひたすらからかったので、なおさら親しく見えた。

しかし、思いもよらないことに、二人の仲が良さそうな様子を、孫博翔《スン・ボーシャン》が気になっている人に見られていたのだ。

そう遠くないところで、盧志剛《ルー・ジーガン》はこの情景を静かに見ていた。

心の底から湧いてきたのがどういう感情なのかについて、考えがまとまらないうちに、肩を誰かに叩かれた。

「待った？」

おしゃれな服に身を包んだ男が微笑《ほほえ》んでいた。彼はジョンという友人だった。

「すまない、いきなり呼び出して」

ジョンは大丈夫と言わんばかりに軽く手を振った。とはいえ、雑談をする暇はなかったので、単刀直入に話し出した。

「この前紹介してくれた男の子だけど……本当にできるのか？」

「時間が長くなくて、出入りが難しくなければいいと思う。彼はまだ高校生だから、目立たない方がいい。あとは……もし問題がなければ、仕事環境を見たいんだが」

「ふふ……君の年下の彼氏？」

ジョンは盧志剛《ルー・ジーガン》の反応を探っていた。

「違うよ……」

「だったら、どうして僕の誘いを断るんだい？　飲みに来いよ」

ジョンは苦笑いをしながら盧志剛《ルー・ジーガン》を見て、仕方なさそうに言った。

「君は、まじめすぎるよ」

まじめすぎる。それは盧志剛《ルー・ジーガン》に刺さる言葉だった。

さっき、孫博翔《スン・ボーシャン》と女の子とが、笑いながらおしゃべりしていたシーンが浮かんできた。気持ちが落ち着くのを待たずに、盧志剛《ルー・ジーガン》は微笑みを口元に浮かべた。

しかしその微笑みは、少々苦々しいものとなった。

「今度時間がある時にでも、一緒に飲もう！」

盧志剛《ルー・ジーガン》はそう言った。

＊　　＊　　＊

この仕事はどう考えても于希顧《ユー・シーグウ》にぴったりだ。

盧志剛《ルー・ジーガン》は友人の助けに感謝していた。ほかのバイトと比べれば、知り合いのいるところの方がいいに決まっている。

またジョンは、盧志剛《ルー・ジーガン》の言葉を心に留めていたようで、その夜、すぐ誘いのメッセージを送ってきた。

今日の昼間に誘われていたら、すぐ応じたかもしれない。

しかし、今となると、あの時のはっきりしない気持ちは薄れ、この誘いにどう応えればいいのかわからなくなっていた。

どう断ろうかと考えていた時、車が走ってきて外に止まった。

それを見て、盧志剛《ルー・ジーガン》は苦笑せずにはいられなかった。

あの人はそう、行動的な人なのだ。忘れるはずもないほどに。

仕方がなく、彼は店から外へ出ていった。

孫博翔《スン・ボーシャン》は自分が最悪だと思っていた！

最近いろいろなことが次から次へと起こり、息つく暇もなかった。けれども、どうにもしようがないのだ。事情がどんどん悪くなっていくが、ただ見ているだけで何もできず、お手上げ状態だった。

溜まっている感情は発散できないし、喧嘩《けんか》を売りたくても、相手もきっかけもない。しょうがなく、彼は不機嫌そうにすねていた。

＊　＊　＊

数学の授業が終わってみんな解放されたというのに、孫博翔《スン・ボーシャン》だけが暗い顔をしていた。すると、項豪廷《シャン・ハオティン》が彼の隣に来て、肩に手をかけながら聞いてきた。

「最近いらいらしてない？」

「だって、彼が俺のメッセージに返事してくれないからさ」

孫博翔《スン・ボーシャン》は言った。

「彼がどこで働いているか、知ってるんだろう？」

この質問で追い打ちをかけられた孫博翔《スン・ボーシャン》は、低い嘆きの声を上げた。項豪廷《シャン・ハオティン》の前では、彼はいつも素直で、強がらない。

「でも、彼と向き合う勇気がないんだよ……」

「どうして？」

孫博翔《スン・ボーシャン》は、項豪廷《シャン・ハオティン》の驚いた表情を見ながら、この前あったことを話し始めた。

気分が仕事に影響してはいけないと思ったので、孫博翔《スン・ボーシャン》は于希顧《ユー・シーグウ》に喧嘩を売った後も、いつものようにジムに行った。

そして、盧志剛《ルー・ジーガン》との接触を減らすために必死に仕事をした。けれども、暗くなっても仕事を終わらせることができなかった。

暇があると、ついいつもの習慣で、あのなじみのある姿を探していた。相手もテレパシーがあるかのように、彼に笑顔を向けてくれた。

けれども孫博翔《スン・ボーシャン》は、いつものような温かい挨拶を返さなかった。

その笑顔は自分だけのものではない、と思うと胸が苦しくなったのだ。

多くのことがいつもこうだった。

知らなければ、または見なければ、幻想を抱くことができるのだが、一旦見たら、もう続けて自分を騙《だま》すことができなくなる。

盧志剛《ルー・ジーガン》の相手は于希顧《ユー・シーグウ》なのだ……様々な複雑な感情が渦巻いていた。

でも結局、我慢できなくなって、盧志剛《ルー・ジーガン》を追いかけてシャワー室に入った。今のもどかしい状態を打ち破りたかったし、二人の不自然なやり取りにも、気まずい雰囲気にも、もう耐えられなかった。

シャワー室に満ちている、熱く湿った空気が孫博翔《スン・ボーシャン》の判断に影響を与えたのか、または抑えていた感情がすでに消え去って、ほかの感情になってしまったのか、それとも……ここ一両日はよく眠れなくて、何度もエロい夢を見たせいで、ボーッとしていたせいなのかもしれない。

孫博翔《スン・ボーシャン》は冷静ではいられず、体の中では野獣が雄叫びを上げているかのようだった。

気が付いた時には、彼はすでに「志剛兄さん《ジーガン》」と叫んで、相手を壁に押し付け、それと同時にキスをしていた。

盧志剛《ルー・ジーガン》は驚いて、強く押しのけた。

「こんなことをしないで。わかった？」


しかし、孫博翔《スン・ボーシャン》は頭の中がすでにグチャグチャになっていた。

夢にまで見ていたことが実現できたのだ。

このキスで、すべての思いが満ち足りた。

孫博翔《スン・ボーシャン》は性欲が強い年頃なので、キスばかりか、セクシーな写真を一枚見るだけでも勃起できた。ましてや、相手が盧志剛《ルー・ジーガン》であり、寝ても覚めても思っていた人なのだ。

孫博翔《スン・ボーシャン》は我慢できず、もう一度彼の唇を奪った。

孫博翔《スン・ボーシャン》は本能に従い、片手で相手の後頭部を支えて、また、逃さないために、もう一方の手で相手の腕を壁に押し付けた。

しかしすぐ相手に押し返された。押し付ける人と、押し返す人、まるでおしくらまんじゅうのようだった。

これが孫博翔《スン・ボーシャン》の負けん気を呼び起こして、彼はもっと熱く相手の唇にキスをした。


今度は、盧志剛《ルー・ジーガン》は相手を押しのけなかった。

両腕を押し付けられて、力を出せなかったのが一つの原因だったが、もう一つは……好きであることをまったく隠さないこの素直な男の子を、あしざまに拒めなかったのだ。

今、この子は好きという気持ちを全力で表している。

そう考えると、盧志剛《ルー・ジーガン》はもう拒否できなかった。とはいえ、抵抗せずこのまま彼に続けさせていては……。

ここまで考えると、盧志剛《ルー・ジーガン》は身震いした。

彼は怖かったのだ。

目を開けると、体中を駆け巡っていた興奮が一瞬にして消え去った。そして体と頭に残っていた昔の記憶が蘇ってきた。盧志剛《ルー・ジーガン》は恐怖に駆られ、全力を振り絞って相手を押しのけた！


「あっ！」

わざとではなかったが、盧志剛《ルー・ジーガン》はジムの常連客なくらいだから、力がかなりある。孫博翔《スン・ボーシャン》は押されて、びっくりすると同時に正気に戻った。

自分のしたことを説明したかったが、盧志剛《ルー・ジーガン》は複雑な表情をして、ロッカーの荷物すら持たずに素早くその場を去ってしまった。

孫博翔《スン・ボーシャン》は洗面台にもたれかかり、しばらく呆然としていた。

彼は自分がなぜこんなことをしたのかわからなかった。

もしかすると、嫉妬と悔しさによって、抑えられた感情の出口が見つからなくなり、爆発したのかもしれない。とはいえ、原因は何であっても、いけないことをしてしまったのだ。

今日のことで、盧志剛《ルー・ジーガン》に嫌われたかもしれないと思うと、孫博翔《スン・ボーシャン》は子どものように泣き出した。それから、拳で自分の頭をバンと強く叩いた。さっきのことがまだ起こらないうちに、この拳で自分の頭を叩けばよかったんだ。そうすれば、間違いを一つ減らせたのに。


この前孫博翔《スン・ボーシャン》が、豆乳カフェのお兄さんのところに代わりに謝りに行ってくれ、と言っていたのには、こんな理由があったとは。

項豪廷《シャン・ハオティン》には思いもよらないことだった。ここまで聞くと、孫博翔《スン・ボーシャン》のことを「バカ」と言いたかったが、不安そうな顔をしているのを見ると、この話がまだ終わっていないということがわかったので、そう言うのをやめて続きを聞いてやった。


無理矢理にキスして押し返されたことと、謝れなかったことで、孫博翔《スン・ボーシャン》は最近少しおとなしかった。

あの時、衝動が理性を超えてしまったことを反省していた。

相手は男子が好きかどうかすらはっきりしていなかった。

それに、自分のことが好きかどうかも知らないまま手を出して、さらに、相手が抵抗しないことを黙認だと考えてしまった……それに気付いてから、孫博翔《スン・ボーシャン》は自分を一発殴っても足りないくらいに後悔していた。

口実を探してから孫文傑《スン・ウェンジェ》に相談し、孫博翔《スン・ボーシャン》はジムに行く回数と時間を減らした。

その後数日間、心にぽっかり穴があいたような気分だった。

そして気が付くと自転車に乗り、豆乳カフェの外から中を覗いていたのだ。

最初は発見されないように、注意深く遠くに立っていたが、だんだん大胆になって、一番近いけれども、見つからないところに移動していた。

自分の恋はもう終わってしまい、一生片思いしかできない。特に盧志剛《ルー・ジーガン》がほかの人の車に乗るところを見た時に、強くそう思ったのだった。

その人は盧志剛《ルー・ジーガン》とは親しそうで、しかも、盧志剛《ルー・ジーガン》の顔を触ったりしていた。

孫博翔《スン・ボーシャン》はそれをじっと見ていた。

ところが、盧志剛《ルー・ジーガン》が一瞬作り笑いをしたところを見逃さなかった。

すると、自分が避けていた理由をすっかり忘れて、文句を言いに行こうとした。しかし、次の瞬間、そいつが車のドアを開けて、盧志剛《ルー・ジーガン》を乗せていってしまった。

孫博翔《スン・ボーシャン》はすぐ自転車に乗って、息が荒くなり疲れ果てるほど追いかけたが、じきに見失った。そこで迷った挙げ句、彼に電話するしかないと思った。

「今すぐ車を降りて！　そっちに行くから！」

孫博翔《スン・ボーシャン》はあまりにも怒り心頭で、心配していることや不安で焦る気持ちはまったく伝えられなかった。

盧志剛《ルー・ジーガン》はその電話では、自分が尾行されたことと、孫博翔《スン・ボーシャン》が怒りをぶつけ、理性を失っていることしかわからなかったので、電話をさっさと切ってしまった。

その後、孫博翔《スン・ボーシャン》は何回も電話をかけたが、つながらないので、仕方がなく道端で一人喚《わめ》き散らした。

ただ、盧志剛《ルー・ジーガン》に怒っているのか、それとも自分に怒っているのかもわからなくなっていた。激怒しただけでなく、強い無力感とともに、何もかもコントロールできなくなったように感じた。


しかし、孫博翔《スン・ボーシャン》は知らなかったが、実は盧志剛《ルー・ジーガン》は彼からの電話の後、途中で車から降りたのだ。

そして、盧志剛《ルー・ジーガン》が雨の中を歩きながら思い浮かべたのは、自分が無理矢理キスされた方なのに、自分よりも傷つけられたような表情をしていた孫博翔《スン・ボーシャン》と、その彼との様々な思い出だった。

意外なことだったが、孫博翔《スン・ボーシャン》が予想以上に、彼の記憶の中の多くを占めていた。そしてその占められたところは、色鮮やかでキラキラと美しかった。


「それで？」

「今、彼は俺のことをガキだと思ってるに違いない。まったく無視されたし」

「お前はガキだよ、ははは……」

項豪廷《シャン・ハオティン》は手加減せずに、突っ込みを入れた。親友である孫博翔《スン・ボーシャン》が睨《にら》んできたので、「はいはい」となだめ、続けて話をさせた。

「直接彼と話そうと思ったけど、でも絶対ダメとか言われそうだし、その時になったら、友達すら続けられなくなるかも……」

孫博翔《スン・ボーシャン》はそう言った後、ため息を漏らした。生命の輝きをすべて失った終末期の患者のように、すべてのことに興味と情熱を持てなくなっていた。

項豪廷《シャン・ハオティン》はそれを聞いて、冷めた目を向けた。

こいつは普段はなかなか利口なのに、自分の気持ちのことになるとどうしてこんなにしょうもなくなるのか。まさしくバカそのものだ……。

その時、弁当を買いに行った二人がやっと戻ってきた。それと同時に、項豪廷《シャン・ハオティン》は二階の廊下を素早く通ったあの姿を見かけたので、みんなには一言も言わずに、すぐ追いかけていった。

残された方は項豪廷《シャン・ハオティン》の行動に戸惑い、この親友のすることがますます理解しにくくなったと思うのだった。

＊　＊　＊

項豪廷《シャン・ハオティン》は于希顧《ユー・シーグウ》を追いかけた。

実は先日、自分がやったことを謝りたくて、于希顧《ユー・シーグウ》のマンションに行ったのだが、チャイムを押す勇気が出なかった。

躊躇《ちゅうちょ》していた様子をちょうど于希顧《ユー・シーグウ》に見られたので、項豪廷《シャン・ハオティン》は逃げてしまった。その時は自分がバカだと思っただけで、繊細な感情がひっそりと心の中に入り込んできたことには気付いていなかった。

どうしてこんなに緊張したのだろうか？　どうしてやましいと思ったのだろうか？　どうして彼のことがこんなに気になるのか？

この何とも言えない気持ちは、特に眠れない夜に顕著に湧き起こった。まるで誰かに耳元で囁《ささや》かれているようだった。自分がおかしいと項豪廷《シャン・ハオティン》はわかっている。もしそうでなければ、どうしてあの姿が廊下を横切った瞬間に、ためらいもなく追いかけたというのだ。

彼は于希顧《ユー・シーグウ》が保健室に入っていくのを見たが、彼と向き合う勇気がなくて前に進めなかった。この時、ポケットに入れていたスマホが鳴った。彼は中の人の邪魔にならないように、画面を見ずに応答ボタンを押した。

「どこにいるの？」

李思妤《リー・シーユー》からだった。

「学校」

項豪廷《シャン・ハオティン》は短く答え、しかも声を低めて、通話をすぐ終わらせたいようだった。

その後、李思妤《リー・シーユー》が何を聞いても、項豪廷《シャン・ハオティン》は上の空で答えるだけだった。

李思妤《リー・シーユー》が不満に思い、文句を言おうとした時に、項豪廷《シャン・ハオティン》からの返答がなくなった。

項豪廷《シャン・ハオティン》は保健室の先生が一人で外へ出たところを見た途端、彼女が怒るかどうかは構わず、電話を切ったのだった。

于希顧《ユー・シーグウ》は、またベッドで休んでいるだろうと彼は思った。

それで、勇気を出してそこへ向かった。ドアを開け閉めする時も極めて静かに、音を出さないようにした。

予想通り、于希顧《ユー・シーグウ》はいつものようにベッドに横になっていた。

項豪廷《シャン・ハオティン》はそっと近づいた。スマホをマナーモードにしなかったことを突然思い出したので、設定するついでに時間を見て、思わず眉をひそめてしまった。

「昼休みは半分も過ぎたのに、まだ寝てるのか！」

于希顧《ユー・シーグウ》をじっくり見てみると、顔色が悪い。

食事も睡眠もちゃんととれていなくて、しかも長時間の仕事に頭の使いすぎ、さらに運動不足でこうなってしまったのだと彼は推測した。

今までも、体を大事にしない人にはイラついて、見ていられなかった。体の調子が良くないのはすべて自業自得だと思っていた。

しかし、于希顧《ユー・シーグウ》は……仕方なくこうなってしまったのだろう。そうでなければ、どうして中間試験を受験できなかったくらいで、あんなに号泣したというんだ。

項豪廷《シャン・ハオティン》は、あの時の泣いていた顔と、自分の顔を殴った拳を忘れられなかった。

于希顧《ユー・シーグウ》はぐっすり眠っていて、じっと見られていることをまったく知らないままだった。

一方で、項豪廷《シャン・ハオティン》はさらに大胆に見つめた。ボールペンを握ったままの細い指から、栄養失調のような体、突き出ている頬骨と顎《あご》へと視線を巡らせ、最後に贅肉《ぜいにく》がまったくなく、へこんでさえいる頬に留めた。

前回はペンでこの顔に絵を描きたかったのに。

ここまで考えると、項豪廷《シャン・ハオティン》はあの時の自分がバカみたいだと思って、笑ってしまった。

ところが……笑った後に戸惑いがやってきた。


彼はどうしてこんなに細いのか？　そよ風だって彼を吹き飛ばせるくらい……よく笑っている人は運が良いと言われているが、于希顧《ユー・シーグウ》は運と縁がないように、いつも物憂げな顔をしている。睫毛《まつげ》は長いし、瞳は潤んでいるのに……。

項豪廷《シャン・ハオティン》の頭の中では走馬灯のように、目の前の彼の断片的なシーンが流れていた。

細い体でいつも重い荷物を背負っているようにゆっくり歩いているが、けれども力強く寡黙《かもく》な様子。

図書館で一人復習している時の、まるで全世界がノートに入っているかのように集中している様子。

教務室で先生に微笑んで、リラックスして目が輝いている様子。

試験を受けたくて、号泣してまで先生にお願いして、泣きながら自分へ拳を振るってきた時の様子……それとは対照的に、何の感情もないかのように、淡々と廊下で結果を見ていた時の様子。

項豪廷《シャン・ハオティン》は急に背筋がぞくぞくとした。もし自分が復讐をしなければ……。

思い出の断片はまだ続いている。そこでは、于希顧《ユー・シーグウ》は怠惰な猫のようにリラックスして、人を幸せにする。

項豪廷《シャン・ハオティン》は思わず微笑みを浮かべた。

この時、閉じていた目が急に開いて、目が合った。おかしな感覚がこみ上げた。

その目には千の言葉が含まれている気がして、項豪廷《シャン・ハオティン》は急にドキドキし、息ができなくなった。


「何をするつもりなんだ?」

于希顧《ユー・シーグウ》はおびえた。

目が覚めたら、目の前に人がいるし、しかも自分に向けて、明るく微笑んでいる。彼は急いでベッドから起き上がった。

于希顧《ユー・シーグウ》の言葉で項豪廷《シャン・ハオティン》は現実に引き戻された。

「いや、別に……」

彼の顔を見てうっとりしてたなんて、言えるわけがないだろう?


于希顧《ユー・シーグウ》は警戒心を抱いたままベッドに座っていた。

また言いがかりをつけにきたのかと思ったら、先日と同じように相手は突然逃げてしまった。しかも今日はもっとひどくて、「通りかかっただけ」の一言もなく……いったい何を企んでいるのか、さっぱりわからない。

項豪廷《シャン・ハオティン》は一気に屋上まで走って、周りに誰もいないことを確認し、ようやくほっとした。

空を見ながら、全身が震えていた。こっそり覗き込んでいたことがばれて、恥ずかしくていられなかった。

けれども、この混乱の中でも一つの手がかりの糸を掴んだ。

どうしてこんなに気になるのか？　どうしてこんなに自分をコントロールできないのか？　どうして連日眠れないのか？

こんな感覚は今までもあった……それは気になる、近づきたい相手が現れた時に起きる感覚だ……。

空をじっと見上げて、眉をひそめた。どうすればいいのかわからなかった。

＊　　＊　　＊

悩みがあったら、真正面から正々堂々と戦って、ノックアウトすればいい！

放課後、彼は孫博翔《スン・ボーシャン》と一緒に下校していた。途中、車輪餅《チャールンビン》[4]を売っているところで列に並んだ。並びながら項豪廷《シャン・ハオティン》が突然聞いた。

「俺のことかっこいいと思うか？」

その質問があまりにバカバカしいので、孫博翔《スン・ボーシャン》は「かっこいいよ」と、テキトーに答えた。

「まじめに聞いているんだぞ！」

項豪廷《シャン・ハオティン》は相手の顎を持ち上げた。真剣に答えさせたかった。

「俺はかっこいいか？」

「かっこいいよ！　じゃないと李思妤《リー・シーユー》がお前のことを好きにならないだろう？」

4　台湾風大判焼き（今川焼）。

「じゃあさ、俺を見てる時、一種の……バクバクっていうか、心臓が飛び出すような感覚はある？」

「ん……ない。何か、ドンツクドンツクのような感じ！」

孫博翔《スン・ボーシャン》は親友がどうしちゃったのかはわからなかったが、でたらめなことを言って合わせてあげるのが得意なのだ。

一旦話がそれで落ち着くと、ちょうど彼らの番になったので、孫博翔《スン・ボーシャン》は親友を無視して注文しようとしたが、どの味にするかさんざん迷ってしまった。

「早くしろよ。俺が見ていると、緊張するのか？」

それを聞いて、孫博翔《スン・ボーシャン》は親友に冷めた目を向けた。あれこれ言ってきたのは、自分がかっこいいと言いたかったからなのか？

「しないよ。お前が見てると、何で俺が緊張するんだよ」

彼は眉を上げて聞いた。

「俺がするからだよ」

「は？」

孫博翔《スン・ボーシャン》は返しようもなかった。自分をかっこいいと思っても限度があるはずだろうと思ったのだ。

本当は無視したかったのだが、親友の話がすっと耳に入り込んできた。耳は鼻や目のように閉じることができないし、しかも、聞けば聞くほど……。

「彼の突き出ている頬骨、それに長い睫毛、濡れた唇を考えると、……したくてたまらない」

項豪廷《シャン・ハオティン》は口を開けて、つばを飲み込む動作をした。さらにまるで野獣のように叫んだ。

「とてもジューシー！」

……おかしなことばかり言っている、と孫博翔《スン・ボーシャン》は思った。

これはただの自惚《うぬぼ》れではなく、まさに病気だろ！


「ジューシーだって？」

「そう！」

「自惚れすぎじゃない？」

「自分のことじゃないんだよ！」

主語が自分じゃなかったので、話がおかしな具合だったのだ。

「じゃ、誰のこと？」

孫博翔《スン・ボーシャン》は親友がいったい何をしているのかわからなかった。

彼から見ると、項豪廷《シャン・ハオティン》はむやみやたらに質問を投げて、また自分に酔って……だから、自分が理解できる方がかえっておかしい。

項豪廷《シャン・ハオティン》が一人で離れていったので、孫博翔《スン・ボーシャン》は急いで追いかけて、さっきの話はいったい誰のことなのかと聞いてみた。

「于希顧《ユー・シーグウ》」

答えを聞いた時、孫博翔《スン・ボーシャン》は自分が何かを飲みながら歩く習慣がなくて良かったと密《ひそ》かに喜んだ。そうでなければ、飲んだものをきっとすべて吹き出していただろう。

「于希顧《ユー・シーグウ》？」

孫博翔《スン・ボーシャン》は于希顧《ユー・シーグウ》を真似して、顔をこわばらせ、見知らぬ者には近づかないと言わんばかりの表情を作って、聞いた。

「『もう関わらないでくれ』なんて言ってた于希顧《ユー・シーグウ》？」

項豪廷《シャン・ハオティン》はそれを見て何回も頷き、笑顔でもう一度言った。

「そう！　于希顧《ユー・シーグウ》がいいなと思っているんだ。彼を見ていると、なぜか心臓が……飛び出すような……」

そう言った後に頭を上げると、孫博翔《スン・ボーシャン》が「お前は大丈夫か」と言いたそうな顔をしているので、頭にきて、叫んでその場を去ろうとした。

孫博翔《スン・ボーシャン》から見ると、項豪廷《シャン・ハオティン》は冗談を言っているのではなく、心から……于希顧《ユー・シーグウ》がいいと考えているようだった。


「おい、俺をからかってないよな！」

「からかってないよ！」

項豪廷《シャン・ハオティン》は真顔で語気を強めた。

「最初は、あいつが……泣いたから、あいつの泣き顔を見て可哀そうだと思って、だから……あいつに対して、ただの同情だと思ったんだが、実はそうじゃなくて！」

彼の表情が急に柔らかくなった。この表情を孫博翔《スン・ボーシャン》はとてもよく理解できた。自分が盧志剛《ルー・ジーガン》を見ている時も同じだからだ。

「あいつが本を読んでいる時、笑っている時、歩いている時、ただ立っている時でさえ！　あいつを見ないではいられないんだよ……今日は保健室でも、ずっと、ずっとあいつをじっと見つめて、自分が何をしているのかさっぱりわからなくて、ただただただあいつは……かわいいなぁと思った……」

孫博翔《スン・ボーシャン》は苦笑いをしてから、すぐ結論を出した。

「お前は于希顧《ユー・シーグウ》のことが好きなんだ！」

項豪廷《シャン・ハオティン》は固まってしまった。

この結論は……どうやら正しそうである。それによって心を覆い隠していた暗雲が吹き飛ばされて、明るい太陽が現れ、鬱々《うつうつ》としていて生気がなかった項豪廷《シャン・ハオティン》の心を照らしたのだった。

＊　　＊　　＊

午後、突然雨が降り出した。傘を持っていなかった李思妤《リー・シーユー》に、友達の張庭安《チャン・ティンアン》が自分のを貸してくれた。

李思妤《リー・シーユー》は笑顔で、お礼を言った。

「うん、大丈夫、大丈夫！」

「もしうちの両親が何か聞いてきたら、うまく言ってよ！」

李思妤《リー・シーユー》は喜びに浸っていた。

この前は、項豪廷《シャン・ハオティン》に無視されて電話を切られたので頭にきたが、その後、謝ってきたので許してあげたのだ。

そして、これから旅行することになり、うれしくてたまらなかった。


三人で楽しくしゃべっていると、突然、劉美芳《リュウ・メイファン》が言い出した。

「あの人、于希顧《ユー・シーグウ》じゃないの？」

前を見ると、本当に于希顧《ユー・シーグウ》らしき人がいて、手にメモを持ってどこかを探しているようだったが、その後、ある建物に入っていった。

三人はそのあたりをきょろきょろと見回した。優等生の于希顧《ユー・シーグウ》がこんなところに来ることが信じられなかった。

「ここ、クラブじゃない？」

張庭安《チャン・ティンアン》が言った。

「でも、彼はクラブで何するの？」

劉美芳《リュウ・メイファン》が聞いた。

「クラブに行くと、何ができるの？　表向きは優等生だけど、実は密かにめちゃ遊んでいるんじゃない？」

この前、もう近づくなと于希顧《ユー・シーグウ》に警告されたので、李思妤《リー・シーユー》はずっと恨んでいた。それで、毒づいたのだ。

しかし、劉美芳《リュウ・メイファン》は于希顧《ユー・シーグウ》のファンだから、彼のことを守ろうと、李思妤《リー・シーユー》と言い合いになった。

一方、張庭安《チャン・ティンアン》はどっちでもないので、スマホを出してグーグル検索してみると、高評価が多数出てきた。

「ここは男が行く特殊なクラブみたいよ」

雨の中、道端にじっと立っているのも嫌だった。しばらく待ってみたが、誰も出てこないので、三人は帰っていった。

＊　＊　＊

于希顧《ユー・シーグウ》は家に向かっていた。バイトがやっと決まったので、ほっとしていた。盧志剛《ルー・ジーガン》が、本当に時給の高いバイトを紹介してくれるだろうかと心配していたが、事情を少し聞いただけで、こんな条件のいいバイトを探してくれたのだ。

盧志剛《ルー・ジーガン》に借りを作ることが多すぎて、一生返せなくなってしまうかも、と思うほどだった。

「……バイトは一回につき二千元だから、学校の試験を避けて、だいたい十回くらいでいい……」

彼は時間と給料を計算して、これからのスケジュールを立てた。

バイトの回数を増やせば、復習と睡眠の時間をそれなりに減らさなければならない。しかも成績が下がってはいけないから、あれこれ配慮しながら計画を慎重に立てなければならなかった。

いつもの道なので、彼はずっと周りを見ることもなく歩き、家に着いたところで頭を上げると、誰かが立っていた。それが項豪廷《シャン・ハオティン》だとわかると、そこで立ち止まり、進むのをやめた。

彼が足を止めたのは、怖かったからということだけではなかった。

ここ最近、項豪廷《シャン・ハオティン》の行動は非常に変で、普通に考えると理解できなかった。

彼の行動に于希顧《ユー・シーグウ》は困惑し、もちろん理解しようとはせずに、ただなるべく避けたいだけだった。

しかも、先日もここで偶然会っている。どこかで待ち伏せされ、いきなり攻撃されるような不安な感覚に悩まされるのは、于希顧《ユー・シーグウ》が求める暮らしとは程遠く、その点では彼を恐れさせるものであった。


項豪廷《シャン・ハオティン》は少しそのまま待ってみたが、于希顧《ユー・シーグウ》がまったく動かなかったので、計画していた偶然の出会いや、かっこいい答え方などは使えなくなってしまった。こうなったら、自分から動くしかない。

彼が一歩進むと、于希顧《ユー・シーグウ》は一歩下がった。

彼はまた一歩進んだが、今度は于希顧《ユー・シーグウ》は下がらずに、両手で拳を握って、全身に力を込めて立っていた。

いつも逃げていたので、もしかすると、これまでのいざこざについて話をつけに来たのかもしれない。この前夏得《シャ・ダー》に、どうやって今のもめごとを終わらせられるかを項豪廷《シャン・ハオティン》に聞いてくれ、と頼んだ。

早く決着をつけてくれればもちろんいい。中間試験では無茶をやられて追試を受ける羽目になり、さらにバイトを増やさないと生活を支えられなくなってしまった。もし期末試験も……想像するだけで怖かった。


于希顧《ユー・シーグウ》は自分を無理矢理奮い立たせ、相手の視線から目をそらさなかった。

少し頭を上げて相手を見つめ、相手は少し頭を下げて自分を見つめている姿勢になった。二人とも無言だったので、雰囲気が気まずく、張り詰めたものとなっていた。

時間がどんどん過ぎ、于希顧《ユー・シーグウ》はここで時間を無駄にすることに耐えられなくなった。

ここで一秒経ったら、復習する時間と睡眠時間が一秒減ってしまうのだ。


「いったい何をする気なんだ？」

彼は顔をしかめて聞いた。

「もう困らせることはしないから。本当に」

その言葉が何の脅しも含まずにさらっと彼の口から出ても、彼を恐れている于希顧《ユー・シーグウ》の疑いは消えなかった。

「本当か？」

項豪廷《シャン・ハオティン》はうんうんと頷いて、

「俺を信じてくれ！」と言った。

「ならどうしてこの間からずっと僕を尾行していたんだ」

于希顧《ユー・シーグウ》はわからなかった。

もしこれ以上面倒を引き起こす気がなく、しかも復讐する気もなければ、どうして……こんなに頻繁に出会うのだろうか？　あまりにしょっちゅうで、少し考えれば、おかしいとわかるだろう。

于希顧《ユー・シーグウ》に聞かれた項豪廷《シャン・ハオティン》は恥ずかしそうに目をそらし、しばらくしてから話し始めた。

「確かめたいことがあるんだ」

自分が相手に拒絶されても当然のような、とてもひどいことをしたことは項豪廷《シャン・ハオティン》自身もわかっているので、とにかくストレートに要望を話した。

「いやだ、確かめることなんか何もない」

(ああ、やっぱり断られた……いいや、ならいっそう頑張ろう!)

彼は心の中で自分を励ました。

「はっきりとわかったら、必ず教えるから」

しかし、于希顧《ユー・シーグウ》はそれでも頷かなかった。

「俺はずっとお前のことを考えている」

彼には相手の同情を誘う方法しかなかった。

「よくわからないんだ。俺……歩く時も、食事をする時も、シャワーを浴びる時も、ゲームをする時も、それに寝ている時でさえも、お前の顔が浮かぶんだ」

「何だっていうんだ」

君はどうかしてる、と于希顧《ユー・シーグウ》は言いたかった。


項豪廷《シャン・ハオティン》はしばらく黙っていた。無意識に手を伸ばして、相手に触れようとしたが、手首を掴まれ阻《はば》まれてしまった。

項豪廷《シャン・ハオティン》の表情はあまりに真剣で、冗談を言っているわけではないらしい。

于希顧《ユー・シーグウ》は最初から断りたかったが、もしそれが刺激になって復讐心を抱くならまずい、と、そこまで考えると、彼は迷った末に、頷いて許した。

どうせ……万が一何か企てられたら、その時はまた逃げればいい。

于希顧《ユー・シーグウ》が同意したのを見て、項豪廷《シャン・ハオティン》はほっとして手を伸ばし、ゆっくりと彼の顔を触った。

「うっ……」

于希顧《ユー・シーグウ》は震えていた。

相手の手が冷たすぎたからではなく、相手のやることがあまりにも予想外だったから。しかも奴は自分の胸を押さえながら、何かを感じているように目を閉じていた。

今さら逃げても遅いか……と于希顧《ユー・シーグウ》は押し黙って考えていた。


「速くなった！」

項豪廷《シャン・ハオティン》は新世界を発見したような口ぶりで、興奮して目を輝かせていた。

それを見た于希顧《ユー・シーグウ》はますます逃げ出したくなったが、行動を起こす前に、項豪廷《シャン・ハオティン》がいきなり顔を近づけてきた。

二人のどちらかがしたければ、すぐにでも唇を合わせられるくらいの近さだった。

受け身になった方は無意識に息を止め、緊張して爪が食い込むほど拳を固く握りしめた。また自分を困らせる企みかと、于希顧《ユー・シーグウ》が訝《いぶか》しがっているうちに、鼻のあたりに熱気を感じた。

濃厚で独特な匂いだったが、嫌ではなかった。

于希顧《ユー・シーグウ》はうろたえた。今まで、こんなに近い距離で他人と接したことはなかった。一人で行動することに慣れていたので、どれだけ近くなると、相手の匂いが感じられるかなんて、とっくに忘れていたのだ……。

「本当だ。お前のことが好きだ！」

相手があ然としているにもかかわらず、項豪廷《シャン・ハオティン》はさらに一歩近づいて、うれしそうに自分の気持ちを告げた。

そのうれしさは、一生ずっと思い焦がれていた大切な宝物をやっと手に入れたように、一途で真っすぐなものだった。

その表情を見た于希顧《ユー・シーグウ》は呆れて、二人の距離が近すぎることに気付くのに一秒遅れてしまった。

「何するんだ！」

于希顧《ユー・シーグウ》はすぐ相手を押し返した。

一方、項豪廷《シャン・ハオティン》は拒絶されたことが特に嫌だとも思わず、逆に明るく幸せそうな表情で、于希顧《ユー・シーグウ》に頭を下げるやいなや、踵《きびす》を返して去っていった。

于希顧《ユー・シーグウ》は一人取り残されて、どうしたら良いかわからなくなっていた。

結局、項豪廷《シャン・ハオティン》は答えを教えてくれなかったではないか。

一方、項豪廷《シャン・ハオティン》は昼間、孫博翔《スン・ボーシャン》と話したことを思い出していた。

そして、自分は問題が起きたら真正面からノックアウトする性格で本当に良かった、と思うのだった。もしそういう性格でなければ、こんなに早くはっきりと明らかになることはなかっただろう。

——「相手のことが好きかどうかを、今までどうやって確かめたんだ？　それからどうやって自分の彼女にした？」

——「簡単だよ。ただキスして、触ったら、あそこがパンパンにでかくなって——」

今も心臓の鼓動が速まって、興奮した挙げ句、自分のものがパンパンになっていた。

第四章

項豪廷《シャン・ハオティン》は、一旦やると決めたら全力でやり抜くタイプだ。

「好きだ」と告白した翌々日には二人分のお弁当を持っていき、保健室で于希顧《ユー・シーグウ》に食べさせようと誘った。

「寝る前に何か食べなくちゃだめだろ？　さあこっちに来て、一緒にさ！」

彼はニコニコ笑いながら言った。反応がないのを見ると、近づいて相手の腕を掴み、眉をひそめながら言った。

「俺は本当にわからないんだよ。お前はこんなに細いのに、どうしてダイエットなんかするんだ？」

于希顧《ユー・シーグウ》は黙ったまま彼の手を払いのけた。

「心配するなって。俺が彼女を追う時はずっとこんな感じで……彼女？　彼氏……ああ！　もういいや！　そのうちお前に俺の気持ちをわからせるから……」

「くだらない話はいい加減にしてくれ。いったい何するつもりなんだ」

于希顧《ユー・シーグウ》は嫌そうな表情で聞いた。

「昨日はっきり言っただろう。お前を手に入れたいんだ！」

いくら今の項豪廷《シャン・ハオティン》が誠実であっても、今までしたたくさんのひどいことを考えれば、于希顧《ユー・シーグウ》にとっては、その言葉は嫌がらせがまた始まるという合図みたいなものだった。

これまでさんざんなことをされて、すっかり疲れ果てていた。

彼は拳を握って叫んだ。

「もう、からかわないでくれ」

「俺、本当にお前を手に入れたいんだ」

項豪廷《シャン・ハオティン》はもう一度言った。

「君はそれでも男か。僕は謝ると言っただろう。きっぱりとけりをつけてもらえないか？」

于希顧《ユー・シーグウ》がこの前自分が言われたフレーズで言い返したので、ぐさっと心に刺さった。

「僕ははっきり言っただろ！」

于希顧《ユー・シーグウ》の言葉で、項豪廷《シャン・ハオティン》から笑顔が消えた。

今まで女の子を追いかけた時にはうまくいった方法なのに、今回は通用しない。どうしてだかわからなかった。

怒鳴ってからまだ震えている于希顧《ユー・シーグウ》に、弁当の袋を無理矢理押し付けると、項豪廷《シャン・ハオティン》は静かにその場を去った。

彼の目には、失望とそれによって受けた傷が、満ち溢《あふ》れていた。

項豪廷《シャン・ハオティン》が無言のまま屋上に行くと、友達が集まっていた。孫博翔《スン・ボーシャン》を呼び寄せ、彼の肩を掴みながら、一人勝手に話し出した。

「博翔《ボーシャン》、どうしよう？　どうしたら彼に俺のことをもう一度信じてもらえて、俺と話してもらえるんだろう？　俺はどうしたらいいんだ」

しかし、孫博翔《スン・ボーシャン》も悩みを抱えているので、うんざりした気持ちになった。

ここでしゃべるなと言われたにもかかわらず、項豪廷《シャン・ハオティン》はまるで口に蓋がないかのように、どんどん話し続けた。

「お前もあのおじさんのことが大好きだろう？　好きで好きでたまらないだろう……？」

「この馬鹿野郎！」

孫博翔《スン・ボーシャン》は突然ブチギレて叫んだ。

＊　　＊　　＊

于希顧《ユー・シーグウ》とうまくいかないせいで、自分がゲイだということをばらされるなんて。

孫博翔《スン・ボーシャン》は思わず天を仰いだ。それにどうして俺がこいつのカウンセラーにならないといけないんだ。

「同性同士の恋愛には保証がないんだから、誠意が大事だろ。相手に感動を与えるほどじゃなくちゃ。社会ではフツーなことじゃないんだから、お前を好きになってくれるはずがないよ。お前は幼稚だ！」

とはいえ、自分にはそれなりにカウンセラーの素質がありそうだ、いいこと言ったな……と孫博翔《スン・ボーシャン》が自己満足していると、スマホにメッセージが入ってきた。

タッチして見てみると、血を吐きそうなほどのショックに襲われた。

孫文傑《スン・ウェンジェ》から、盧志剛《ルー・ジーガン》が左腕を怪我した写真が送られてきたのだ。背を向けた写真だったので、明らかに隠し撮りしたものだった。

彼は慌てて孫文傑《スン・ウェンジェ》に電話をかけると、挨拶もなしにいきなり事の顛末《てんまつ》を尋ねた。

「写真を見てないのか？」

「どうして怪我をさせたんだ」

取り乱した彼は、怒りと焦りで問い詰めていた。

応急手当もしたし、怪我もひどくはないから心配するな、という答えが孫文傑《スン・ウェンジェ》から返ってきた。

そして切り際には、今週末シフトが変わったから、忘れずに来るようにと付け加えた。

孫博翔《スン・ボーシャン》は迷っていた。盧志剛《ルー・ジーガン》の怪我も心配だし、ほかに心配なこともあった。あれこれ考えると、今日項豪廷《シャン・ハオティン》に言われた励ましの言葉を思い出した。それはとても力強く、情熱的だった。

──「まったく希望がなくても、俺たちが本当に好きだということを、彼らにわからせるのさ。一緒に頑張ろうぜ！」

あいつには負けるわけにはいかない、と孫博翔《スン・ボーシャン》は決意を固めたのだった。

＊　　＊　　＊

于希顧《ユー・シーグウ》の新しいバイトが始まったので、店は新しいスタッフを募集しなければならなかった。

孫博翔《スン・ボーシャン》が着いた時、盧志剛《ルー・ジーガン》は新人に基本的なことを教えている最中だった。孫博翔《スン・ボーシャン》を見ると、盧志剛《ルー・ジーガン》は驚き、ぎこちない表情を浮かべた。

孫博翔《スン・ボーシャン》は積極的に先手を打つことにした。

「時間ある？　話したいことがあるんだ」

彼がそう言うと、二人は空いていた休憩室に足を運んだ。


盧志剛《ルー・ジーガン》は、ただ黙って待つことしかできなかった。

孫博翔《スン・ボーシャン》は彼の前を行ったり来たりしながら、どう話を切り出すか考えているようだった。

何度も何かを口に出そうとしては断念していた。そのもがいている様子を見ると、盧志剛《ルー・ジーガン》は、あろうことか……かわいい、という錯覚すら覚えたのだった。

「今日ここに来たのは、この前キスをしたことを話したいからなのか？」

孫博翔《スン・ボーシャン》は沈黙していたが、その沈黙こそがまさしく答えそのものであった。

彼の沈黙や迷い、そらした目線は、盧志剛《ルー・ジーガン》からすれば、「後悔」を語っているように見えた。


盧志剛《ルー・ジーガン》はこの前の話を思い起こした。

この年頃の子は何でもすぐ夢中になって、飽きっぽいのだ。

元々自分を慰めるために言ったことだったが、今は本当になってしまった。

「いいよ！　気にしていないから、君も気にしないで」

盧志剛《ルー・ジーガン》から見ると、孫博翔《スン・ボーシャン》は後悔のあまり、どう話せばいいのかわからないようだった。それで、大人である自分が大人らしく、先に話すべきだと思ったのだ。

しかし、それを聞いた孫博翔《スン・ボーシャン》は、突然頭を上げると、相手の目をじっと見つめた。

「気にしないで」という言葉が彼を火のように燃え上がらせた。

こんなに真っすぐな熱い眼差しを向けられたら誰も耐えられない。

盧志剛《ルー・ジーガン》もそうであり、その熱意で焼かれることを恐れた。


「好きだ」

そう口にした時、孫博翔《スン・ボーシャン》の目にはまったく迷いがなかった。

一方、告白された方の目は焦点が次第に合わなくなり、自分より勇気のある男の子だ、とため息をつかずにいられなかった。

若い彼はまったく退く気はない。

つまり、項豪廷《シャン・ハオティン》と気が合うのは、あることを一度決めたら絶対諦めずに努力する性格が同じだからである。

「気まぐれじゃないんだ」

彼は強調した。

「ジムに初めて行った時、あなたに一目惚れして、今日で……四百七十三日目だ」

四百七十三日。

盧志剛《ルー・ジーガン》は返事をしなかった。その明確な数字を聞けば、孫博翔《スン・ボーシャン》が決して気まぐれではないことは確かだ。

「親しくなるにつれ、好きだとさらに確信したんだ。あの日、男の車に乗った時、その男と仲良くしてたよね。もし男でもいいなら、俺にもチャンスをください。本当に一緒にいたいんだ」

盧志剛《ルー・ジーガン》は思わず笑ってしまった。

苦笑いだった。この目の前にいる子は本当に若い。

「僕のことが好きだというのは信じたよ。じゃあ、これからは？」

「これからも！」

孫博翔《スン・ボーシャン》は言い張った。

「俺のことは好き？」

「誰でも好きだろ？」

盧志剛《ルー・ジーガン》は孫博翔《スン・ボーシャン》のうなじを軽くなで、なだめた。

「君はかわいくてかっこいいし、性格もいい。もちろん好きだよ」

子ども扱いされたと孫博翔《スン・ボーシャン》は鋭く察した。彼の手をおろして、顔をしかめながら言った。

「つき合いたいという意味だよ」

続けて、「永遠に一緒にいたい」という言葉が耳に入ると、盧志剛《ルー・ジーガン》は無力感に襲われた。

永遠？　どれくらいこの言葉を聞いていなかっただろう？　自分はこの言葉を心に留めていたが、これを口にしてくれた人は、みんな自分のそばから離れていき、結局、自分一人だけが「永遠」を守って、そして最後は……自分もこの言葉を手放した。

「永遠か……君はまだ若い……高校生の君は永遠がどういうことだかわかっているのか？」

彼が「永遠」を手放したのは、信じないからではなく、信じる勇気がもうないからだった。

「わかってる」

「一生男を好きだと保証できるのか？」

「できる」

「ある日、目が覚めたら、君がクラスの女の先生や、隣のクラスの男の子のことが好きだと気付いたらどうする？」

「そんなことは絶対ない」

「僕が君と同じ年だった時は、そうだったよ」

盧志剛《ルー・ジーガン》は苦笑いしながら相手を見た。

「年なんかでごまかさないでよ！　好きっていうのと年に何の関係があるんだよ」

孫博翔《スン・ボーシャン》は自分が傷つけられたと感じた。ほかの人であれば、こんな質問をされても笑い飛ばしてしまうが、盧志剛《ルー・ジーガン》だけは別だった。

「もちろんあるさ。ただ、今の君はまだ理解できないだけだ。時間や現実というものがあって、そのうちいろんなことや、いろんな人に出会うと、自分勝手なそいつらがこの世界に永遠なんか存在しないことをわからせてくれる。だから、永遠なんて言わないで。いい？」

いつも優しくて、愛くるしい笑顔をしている盧志剛《ルー・ジーガン》が、滅多にない、誰が見ても可哀そうに思うような、辛くて悲しげな表情をしていた。

彼のことが好きでたまらない孫博翔《スン・ボーシャン》にとっては、なおさら堪《こた》える表情だった。胸が締め付けられたようになり、涙が出てきた。

「でも、俺はそいつらと違うから！」

孫博翔《スン・ボーシャン》は不服そうに言った。自分の気持ちを代弁されたのが許せなかったし、しかもそれはめちゃくちゃで、本当の気持ちとは違うものだった。

「若いと言ってもいいし、わかってないと言ってもいい。だけど誰かを永遠に愛することができないなんて言わないで。あなたが男でも女でもいい。俺の心は、あなたを欲しいと言っているんだ！」

盧志剛《ルー・ジーガン》はのどがカラカラになり、声が出なかった。言いたいことは、まるで燃えさかる火のようだった。目の前の男の子の目はキラキラして、熱すぎた。

「……ありえない」

そう一言残して、この場から逃げざるを得なかった。その熱くて純粋な感情が、彼を怖がらせた……もう一度「永遠」を信じてしまいそうになることが怖かった。

孫博翔《スン・ボーシャン》は、彼が去っていくのを見て、ただただ苦しかった。

盧志剛《ルー・ジーガン》は過去に何かがあったに違いない……。

彼は店のオーナーなのだから、高校生の自分の経験とは比べ物にならないのはわかっている。けれども、こんなふうに断られて……あまりにもショックが大きかった。

彼が話したことはすべて未知数であり、はるかな未来に起こる「可能性」に過ぎない。

過去に恐ろしいことや嫌なことがあったために、自分は完全に拒絶されてしまった……自分が傷つけたわけでもないのに。

「うう……うん……」

彼はスチールロッカーに頭をもたれかけさせ、泣いている姿や声がほかの人にわからないようにした。

惨《みじ》めだった。何をどうすればいいのかもわからなかった。

それはまるで道が行き止まりになってしまい、そこから抜け出せずに苦しんでいるかのようだった。

＊　＊　＊

夜、項豪廷《シャン・ハオティン》は柱の陰に身を隠したので、急いで降りてきた于希顧《ユー・シーグウ》に発見されずにすんだ。

こんな遅い時間になってから、彼はいったいどこに行くのだろう？　項豪廷《シャン・ハオティン》は戸惑いながらも後を追った。

この前、孫博翔《スン・ボーシャン》から励まされたように、ぜひ自分の誠意をわかってもらいたいと考えていた。新しい弁当を買って、于希顧《ユー・シーグウ》に食べてもらうために、今回は硬軟取り混ぜた戦術を使った。

「食べないとキスをするからな」

そう脅したりもした。使える方法を使い果たしたが、幸いにも結構食べてくれて、弁当箱の底も見えるようになった。

前回は、于希顧《ユー・シーグウ》に怒鳴られたけど、今回は特に何事も起こらず順調だったので、項豪廷《シャン・ハオティン》は満足だったし、うれしかった。

それで、図々しくも一緒に帰った上に、明日は于希顧《ユー・シーグウ》の家に復習をしに行きたいとまで言ったのだ。

それは単純な考えからきていた。一緒にいる時間が長くなれば、自分の長所がだんだん見えるようになる。今までの経験上、このやり方は効果があったのだ。

于希顧《ユー・シーグウ》はそれに対して強く抵抗はせず、ただ歩きながら頻繁に時計をチラチラ見ていた。急いで帰って復習したいからだろう、と項豪廷《シャン・ハオティン》は思っていた。

けれども、家まで送った後に、一人マンションの前で反省していると、上階についた明かりが、その後何分も経たないうちに消えてしまった。

こんなに早く寝たのか？　どう考えても違う気がして、彼は身を隠したのだった。すると、于希顧《ユー・シーグウ》がまるで約束の時間に遅れでもしたかのように急いで降りてきて、時計を確認しながら走り出した。

さらに不思議だったのは、于希顧《ユー・シーグウ》がバスに乗ったことだった。

項豪廷《シャン・ハオティン》はずっと後をついていった。

発見されないようにするのは大変だった。幸いなことに、于希顧《ユー・シーグウ》はほとんど窓から外を見ていたので、尾行されていることにまったく気付いていなかった。バスを降りてからも于希顧《ユー・シーグウ》は早足で歩き、最後は階段の先に消えていった。

項豪廷《シャン・ハオティン》は敢《あ》えて急がず、足を緩めてその建物の外観や装飾を見た。

そこには「DRUNK CAFE」という人目を引くネオンサインが出ていた。これは文字通り酒で人を溺れさせるところだろう。

(あいつはこんなところに来て何をするんだ?)

于希顧《ユー・シーグウ》はどう見てもバーに行くような人ではないので、項豪廷《シャン・ハオティン》は理解に苦しんだ。

店に入ってみると、薄暗い明かりの下、グラスを傾けながら談笑する楽しげな人々がいた。魅惑的な音楽が流れ、ここは間違いなくバーであった。

見渡すと、若者が圧倒的に多く、エネルギーに満ちていて……しかも、全員が男だった。ドアのそばには、人目を気にせずキスをしているカップルもいた。

于希顧《ユー・シーグウ》はこんなところに来て、いったい何をするのだろうか? 彼は顔をしかめて困惑した。

*　*　*

バイト初日で、しかもちょっと遅れたこともあり、于希顧《ユー・シーグウ》は緊張していた。

盧志剛《ルー・ジーガン》に頼まれたジョンは彼の様子を見て、本当に幼いな、と思った。

「緊張するな。つまみと酒を運べばいいだけだ。何かわからないことがあったらいつでも聞いてくれ」

彼のバーは真っ当な商売であり、スタッフが個人的に違法なやり取りをするのも一切禁じていた。

だからこそ盧志剛《ルー・ジーガン》は、于希顧《ユー・シーグウ》がここでならバイトしても安心だと思ったのだ。またジョンは、盧志剛《ルー・ジーガン》に好感を持たれたいこともあり、新人の世話をしてやってくれと事前にスタッフたちに話してあった。

「はい」

于希顧《ユー・シーグウ》が緊張している様子を見て、ジョンは思わず笑い出した。

彼は于希顧《ユー・シーグウ》の肩を軽く叩いて励まし、さらに何かを話そうとした時に、騒ぎ声が聞こえてきた。

誰かがイチャモンを付けに来たのかと思ったら、制服を着ている男の子がスタッフの襟を掴んでいるのが見えた。

もう一人のスタッフが必死に男の子を抱えて、二人を離そうとしていたが、できなかった。

その高校生は于希顧《ユー・シーグウ》を見た瞬間、向かっていく相手を変えた。

スタッフのユニフォームを着ている于希顧《ユー・シーグウ》を見た途端に理性を失ってしまい、立っているジョンを乱暴に押しのけた。

「俺と帰れ！」

そう怒鳴るや、于希顧《ユー・シーグウ》の手を強く引っ張った。

「放せ！」

ジョンは二人の関係を知らなかったが、于希顧《ユー・シーグウ》がその人と帰りたくないのは明らかだった。それは止めるのに十分な理由だった。

「お客様、何かご用でしょうか」

彼は手を項豪廷《シャン・ハオティン》の肩にかけ、指に力を入れて強く掴み、なだめて落ち着かせようとした。

しかし、項豪廷《シャン・ハオティン》はその意図をくみ取れず、それどころか、挑発だと受け取ってしまい、拳を相手の顔に向けて振り下ろした。

そのパンチは強烈で、防ごうとしても防げるものではなく、ジョンは崩れ落ちた。

悲鳴が上がる中、二人のスタッフが素早く反応し、ジョンを助け起こした。

一方、于希顧《ユー・シーグウ》は突然の展開に呆然とし、抵抗もできずに項豪廷《シャン・ハオティン》に外へ引っ張り出された。


一連の出来事は、于希顧《ユー・シーグウ》の予想外だった。バイトの初日にオーナーに迷惑をかけてしまったことを考えると、怒りを抑えられなかった。外まで引っ張られた于希顧《ユー・シーグウ》は、項豪廷《シャン・ハオティン》に一言も言わずに、背を向けた。

相手が泣いていると思った項豪廷《シャン・ハオティン》は、怒りを発散できなくなり、于希顧《ユー・シーグウ》に向かって激しく叫んだ。

「何で泣いているんだ。ここがどんなところか知ってるのか？　こんなところで働いて、問題だろ？　もし誰かに見られたり、変な客にまとわりつかれたり、悪い習慣がついたらどうするんだ！」

心配と緊張に怒りも混ざり、どんな感情なのかさえもわからなかった。

しかし怒鳴って発散し、だんだん落ち着いてきた頃、「危ないとわかるようなところで、どうして彼はバイトをしなければならないのか？」という疑問が頭に浮かんだ。

しかし、考える時間はなかった。

于希顧《ユー・シーグゥ》が我慢できないとばかりに叫んだからだった。

「問題があるのは君だろ！」

彼はガックリとした様子で、目に涙はなかったが人を驚かせるには十分だった。

項豪廷《シャン・ハオティン》は彼の様子にショックを受け、何も言い返せなかった。まるで良いことをしたと思ったのに叱られた子どものように戸惑った。

しかしその戸惑った表情が于希顧《ユー・シーグゥ》には、とぼけているようにしか見えなかった。

一回、二回だったらまだ耐えられるが、自分の生活をこんなに何回も邪魔されれば、どれだけ優しい人でも怒り出すだろう。ここ数日の項豪廷《シャン・ハオティン》のおかしな行動と、今の状況とを考え合わせると、于希顧《ユー・シーグゥ》はすぐ結論を出した。


「僕をひどい目に遭わせようとしているのはわかっている。僕のすべてを壊す機会を窺《うかが》って、僕の努力を水の泡にして……項豪廷《シャン・ハオティン》、勘弁してくれ！　もう関わらないでくれ！　僕が何をすれば気が済むんだ？　土下座か？」

項豪廷《シャン・ハオティン》がまだ答えないうちに、于希顧《ユー・シーグゥ》はもうひざまずいていた。高校を順調に卒業するためには、これが恥ずかしくて情けないことだとは思わなかった。

「すまない！　でも君のゲームの主人公にはなれないんだよ。僕はお金がなくて、君とは別世界の人間だ。僕にはお金が必要なんだ。奨学金をもらえなかったら、来期の学費を払えない。だからもう手を引いてくれないか」

于希顧《ユー・シーグウ》は頭に浮かんだことをすべて口に出した。

今までにあった不安や驚き、無力感や恐怖を言葉にして出し尽くした。話の順序がめちゃくちゃだったが、本音だった。

彼は笑顔すら浮かべていたが、しかし……それは項豪廷《シャン・ハオティン》にとっては見たことのある表情だった。中間試験の時と同じだった。


「ひどい目に遭わせるつもりはない」

そう反論したかったが、項豪廷《シャン・ハオティン》は一言も言い出せなかった。

しかし……本当にそのつもりがなかったとしても、于希顧《ユー・シーグウ》はそう感じてしまっているのだ。

加害者と被害者のどちらに聞いても、双方にそれなりの理由があるはずだが、今の状況では、項豪廷《シャン・ハオティン》が間違いなく反省すべき方だった。

またもや于希顧《ユー・シーグウ》を泣かせてしまったのだから。


初めて泣かせたのは、復讐しようとして中間試験を遅刻させた時だった。

自分の過ちを償おうとし、彼を気にかけ、すべてを良くしようとした。しかし、こんなに頑張っても、やはり彼を泣かせてしまった。

そして今、彼は自分の目の前でひざまずいて、泣きながら許しを乞うている。

大切にしたいと思っていたのに、どうしてこんなことになってしまったのだろう。項豪廷《シャン・ハオティン》はわからなかった。心臓がギューッと締め付けられて痛くなる、あの感覚がまた来た。この前よりもっと強烈で、激しく強かった。

「于希顧《ユー・シーグウ》！」

項豪廷《シャン・ハオティン》は名前を叫んでしゃがみ込み、相手の肩を掴んで立たせようとした。けれども、于希顧《ユー・シーグウ》が意外なほど力強く手を払いのけたので、項豪廷《シャン・ハオティン》はバランスを崩して、膝をついてしまった。

「立ってくれ！　お前をいじめる気なんかなかった！」

項豪廷《シャン・ハオティン》は叫んだ。

「いじめてるだろ！」

于希顧《ユー・シーグウ》も負けずに言い返した。

「君のせいで、中間試験の成績が奨学金の申し込みに影響するかもしれないし、これで来期の学費が払えないかもしれない。志剛《ジーガン》兄さんにこのバイトを紹介してもらったおかげで、お金を稼げると思ったのに、また君に……」

彼はひざまずいたまま、体を震わせていた。寒いからではなく、項豪廷《シャン・ハオティン》にやられたことに恐怖を感じていたからだった。

「お前はここがバーだと知ってるのか？　どれだけ厄介な人が出入りしていることか。もし変な人に狙われたらどうするんだ。もし無理矢理ホテルまで連れていかれたら、断れるのか？　もし家まで尾行されて家を知られたら、気になって勉強できないだろう？　お金が欲しくてもこんなところに行かなくてもいいだろう？　俺がどれだけお前のことを心配してるのかを知っている――」

「大きなお世話だ！」

于希顧《ユー・シーグウ》は突然理性を失ったかのように、項豪廷《シャン・ハオティン》を前に強く押した。

いきなり感情が爆発したことに驚いて、項豪廷《シャン・ハオティン》は膝から地面に落ちた。痛くて悲鳴を上げたが、彼の声より于希顧《ユー・シーグウ》の怒鳴り声の方が圧倒的に大きかった。項豪廷《シャン・ハオティン》は顔を上げて、目の前に立っている于希顧《ユー・シーグウ》を見たが、街の明かりで逆光になり、表情が見えなかった。

「独りよがりなことはいい加減にしてくれないか？」

于希顧《ユー・シーグウ》は歯を食いしばるようにして言った。

「志剛《ジーガン》兄さんは、ここは安全だと言ってたし、オーナーも面倒を見てくれるし、遅くまでいるわけじゃない。それに、たとえいたとしても、君がここに来て騒ぐ権利はない！　君の心配なんか要らないんだ！」

ずっと今まで我慢していた気持ちが、やっと出口を見つけて爆発したかのように、収拾がつかない状態になってしまった。

彼の一言一言が棘《とげ》のように項豪廷《シャン・ハオティン》に鋭く刺さり、全身傷だらけになった。弁解したかったが、「心配」以外の理由がなかったので何も言えずにいた。

「もう放っておいてくれないか？　お願いだから、もう僕には関わらないでくれ。『僕のことが心配だから』

なんて言って心配してくれなくても、自分でうまくやっていけるから」

「于希顧《ユー・シーグウ》……お前のことを心配しているからこそ、こんなところでバイトして、危ない目に遭わないでほしいんだ」

彼は弱々しく、弁解した。

「危険な目に遭うことはないから。君が離れてくれて、独りよがりをやめてくれれば、僕は安全だから」

この言葉で項豪廷《シャン・ハオティン》は打ちのめされた。完全に嫌われてしまったようだった。

今、二人は真逆の状況になり、于希顧《ユー・シーグウ》は立ち、項豪廷《シャン・ハオティン》はひざまずいていた。前者は怒りで震え、後者は途方に暮れていた。

「でも、俺はただ……」

「土下座か？　もう一度土下座して見せようか？　これで僕を解放してくれるか？」

「必要ない！」

項豪廷《シャン・ハオティン》は素早く顔を上げた。

その目の鋭さに身震いしそうになったが、于希顧《ユー・シーグウ》はこれから穏やかな暮らしをするために引き下がるわけにはいかないと思い、勇気を振り絞って睨《にら》み返した。

「本当に心配なだけだったんだ。お前のことが好きだから、危ない目に遭うのが恐ろしかったんだ。カッとなって君のボスを殴って悪かった。もしこれでバイトがクビになったら、俺が責任を取るから……」

「要らない！」

彼の声は無力感に満ちていた。

「近寄らないでくれ」

そう言うと、于希顧《ユー・シーグウ》は身を翻《ひるがえ》し、店に戻った。

項豪廷《シャン・ハオティン》は一人、夜の街中でひざまずいていた。

通りかかった人が、指をさして何か言っても、彼はすぐには立ち上がらず、血走った目でバーを見つめていた。

心に浮かんだのは「恥ずかしい」とか「情けない」とかではなく、于希顧《ユー・シーグウ》がどれだけ辛い目に遭ってきたのか、そしてそんな理解できないほどの過去と経験があったから、迷わずここでひざまずいたのか、ということだった。

彼のことが好きなだけなのに。大切にしたいと思っているだけなのに。どうしてこうなってしまうのだろう？　この前も、今回も。

項豪廷《シャン・ハオティン》は膝の傷から血が出ているのも気に留めず、痛みを我慢してゆっくりと立ち上がると、家に向かって歩き出した。

拳を固く握りしめたせいで、爪が掌《てのひら》に食いこみ、強い痛みを感じたが、于希顧《ユー・シーグウ》はきっともっと痛いに違いないと思った。

空を見上げ、茫然とした項豪廷《シャン・ハオティン》は、家の方向すらわからないほどだった。

一方で、彼が知る由もないことだったが、肩の擦り傷を手当したジョンが、窓際から項豪廷《シャン・ハオティン》の一挙手一投足を見ていたのだった。

＊　＊　＊

深夜、項永晴《シャン・イオンチィン》は家から出ると、なぜ兄がこんなに長い間、家に入らずに向かいの歩道にいるのだろう、と考えた。

項豪廷《シャン・ハオティン》はいくら考えてもわからないほど悩んでいた。

于希顧《ユー・シーグウ》の泣き顔を思い出すたび、胸が痛くなり、頭がますます混乱した。

そんな時、聞き覚えのある声が飛び込んできた。

「何でこんなところにいるの？」

項豪廷《シャン・ハオティン》は答えなかった。どうしようもないといった感じでため息をつき、取り乱したましゃがんでいた。

「最近おかしい」と言っていたとはいえ、項永晴《シャン・イオンチィン》は、最初は気にしていなかった。でも今は、心ここにあらずで、目には光もなく、何か深刻なことが起きたように見えた。

妹の気遣いの温かさが心に染みて、項豪廷《シャン・ハオティン》は手を伸ばして妹の手を取り、すがるような目で、妹を見つめた。

「項永晴《シャン・イオンチィン》、俺って独りよがりかな？」

項豪廷《シャン・ハオティン》は顔をしかめて聞いた。

「今さらわかったの？」

兄がまた悩みの種を作ったのか、それとも別の企みがあるのかもと思い、すぐに突っ込んでやった。

彼はため息をついて、手を離した。家族に慰めてもらおうなんていうのは、無意味なことだと思い、嘆くようにこう言った。

「父さんはいつも、この子は手が焼けると言って俺を叱るし、先生たちも扱いづらい俺を嫌っている。孫博翔《スン・ボーシャン》も、俺が好き勝手にやっていて、人の気持ちを考えない奴だと思っている。俺ってそんなにひどい奴なのか？」

いいことをしようとしても、悪いことを企んでいると誤解されてしまうほど、ひどい人間なのだろうか？

それが本音だったが、言い出せなかった。しかし、こんな心の弱さや自信のないところを見せることは今までほぼなかったことだった。項永晴《シャン・イオンチィン》は彼が本当に自分を見失っていることがわかったので、すぐ首を振った。

「そこまでひどくないよ」

彼女はしゃがんで兄を慰めてあげた。

「時々傲慢《ごうまん》で、自己中だけどね」

項豪廷《シャン・ハオティン》は、まるで死刑宣告をされたようにガックリとして後ろにもたれかかった。ひどく落ち込んでしまった。

「でもさ、知ってるかな。ほかの人にはない、めっちゃいいところがあるんだよ！　それは、お兄ちゃんがとってもとってもいい人だってこと！」

項豪廷《シャン・ハオティン》はその話を聞いても、今までのようにすぐには納得せず、

「そうかな？」と弱々しく答えた。

自分が本当にいい奴だったら、今まで自分がやったことに対して、どうしてあんなに于希顧《ユー・シーグウ》に嫌がられたんだろう？

「もちろんよ！　友達にも義理堅いし、彼らもお兄ちゃんのことがとっても好きでしょ。しかも妹をかわいがってくれるいい兄貴だよ！」

学校でも、自分をかわいがってくれる兄がいるって自慢している、と彼女は続けた。

「本当？」

彼はかすかに笑みを浮かべて聞いた。

「本当よ！　この前、私を励ますために学年二位の成績を取ったことを覚えてるでしょ？　あと、小さな漁港に行った時も、私をかばうために、みんなに怒られたじゃない。あれは……かっこ良くて、ヒーローみたいだと思ったもん！」

「そうかな？」

妹が心から言ってくれたので、項豪廷《シャン・ハオティン》は徐々に自信を取り戻して頷《うなず》いた。

兄がやっと元気を取り戻したようだったので、項永晴《シャン・イオンチィン》は少し安心した。夜の街で、二人は顔を見合わせて笑った。

「だから、お兄ちゃんはもうそれで十分なの！」

彼女は兄を引っ張り上げて抱きしめた。顔を上げると、顎《あご》がちょうど彼の胸に当たり、それがいっそう

項永晴《シャン・イオンチィン》を小柄でかわいく見せた。

「ただ、もう少し気遣いがあって真剣にやれば、完璧なんだけどね！」

「気遣い、と、真剣……」

この二つの言葉は項豪廷《シャン・ハオティン》の心を何度も強く打った。

どうやって彼に自分の気遣いと真剣さを見せられるか？　彼は自問自答を繰り返した。漠然としたアイディアが少しずつ形になっていくのを感じたが、それ以上には突き詰められなかった。が、しかし、少し前進したことで自分を慰められたので、さっきのように途方に暮れることはなくなっていた。

彼は項永晴《シャン・イオンチィン》の額にキスをした。

「お前は本当に俺の太陽だ」

珍しく熱い言葉を口にし、それから彼女の手を引いた。

「帰ろう」

暗い気持ちから解放されて、彼は今、あの元気で勇敢に前に進む項豪廷《シャン・ハオティン》に戻ったのだ。

＊　　＊　　＊

公園の入り口の階段に二人はいた。座っている方は心配事がいっぱいありそうな顔で、横になっている方はニヤついていた。

「言った？」

孫博翔《スン・ボーシャン》が聞いたのは、李思妤《リー・シーユー》と別れたかどうかという件だった。

「言った。お前は？」

項豪廷《シャン・ハオティン》が聞いたのは、告白したかどうかという話だった。

「俺も言った！」

親友は一言交わすか、もしくは眼差しだけで互いにわかり合えることが多い。

二人はまるで戦いから帰ってきたかのように、落ち着きを失っていたが、心はすっきりしていた。

項豪廷《シャン・ハオティン》はカルピスを飲みながら聞いた。

「どうだった？」

「死刑判決だった」

孫博翔《スン・ボーシャン》はかっこつけて言ってみた。

「諦めたのか？」

「俺が若いってさ。急に大人になれないし、それに永遠とかもないって言われた。永遠はどこで買えるんだか知りたいよ」

今の時代、性別の問題の方が、年齢や永遠の誓いより解決しやすいとは……。なんて残酷なんだろう。

孫博翔《スン・ボーシャン》は苦笑いを浮かべた。

項豪廷《シャン・ハオティン》は話を遮らずに、眉根《まゆね》を寄せて聞いていた。

孫博翔《スン・ボーシャン》は大したことがなさそうに言っているが、その中に秘められた葛藤や苦悩がわかり、気楽な態度では向き合えなかった。

「しつこくつきまとおうかとかも考えたけど……。でもさ、もはや恋に落ちることもないんだから、つきまとうのは無理だろう。そんなのを望んでいるわけじゃないし。誰かを愛することは、その人を泣かせたり、辛い思いをさせることではなくて、もっと幸せにすることだよ」

彼はそうまじめな顔で言った後、突然笑い出しながら、歌を作っていることを話した。楽しそうな笑い声だったが、実際にはどれだけ辛いか、項豪廷《シャン・ハオティン》はわかっていた。ずっと彼のことを見ていたので、彼の愛の深さも、今の辛さもわかるのだった。

李思妤《リー・シーユー》と順調に別れられたので、項豪廷《シャン・ハオティン》は乗り越えられないものなんかないと考えて、いきなり叫んだ。

「俺が行く！」

「どこに？」

「お前を助けに」

孫博翔《スン・ボーシャン》は自分が話を聞き漏らしたのかと思った。そうでなければ、どうして世界中から置いていかれたかのように感じたというのだろうか。

＊　＊　＊

店はちょうど客が多く、長い列ができていて、盧志剛《ルー・ジーガン》は一人ひとりに丁寧に対応していた。

項豪廷《シャン・ハオティン》は行列に加わり、並んでいる間によく彼を観察した。彼はちゃんとした社会人で、いつも笑顔を絶やさず、親しみやすい雰囲気だった。

項豪廷《シャン・ハオティン》は自分の番になると、相手の目の前に立って、深呼吸をした。

「彼はとてもまじめなんだ」

盧志剛《ルー・ジーガン》は何のことだかわからず動きが止まってしまった。

「彼はピュアで、童貞だし」

「すまないけど、あなたはどなたですか？」

相変わらずあの人当たりの良い笑顔を浮かべていたが、心の中では、ある答えが浮かび上がっていた。

「孫博翔《スン・ボーシャン》の親友なんだ！」

（やっぱり）

孫博翔《スン・ボーシャン》が心配そうな顔で店に入ってきた。友人が何をしようとしているのかがわからず、困惑した目をしていた。

項豪廷《シャン・ハオティン》は彼の不安を感じ取り、笑顔と眼差しで安心させた。

しかし今回、二人の暗黙の了解は通じ合わず、二人の考えていることはまったく違ったものだった。

「何をしたいんだ？」

盧志剛《ルー・ジーガン》は聞いた。

「俺が、ある男子を好きになったと彼に言ったら、真心と誠意で相手を感動させるんだと彼に教えてもらった」

「何を言ってるんだ！」

孫博翔《スン・ボーシャン》は恥ずかしくて、彼を止めたかったが、我が道を行く彼を止めることはできなかった。

「こいつは持ってるすべてを、そして初めてのものも、全部好きな人にあげるつもりだよ。そしてその人っていうのは、あんただ！」

孫博翔《スン・ボーシャン》は聞いていられなくなり、親友を引っ張って強い調子で言った。

「今すぐ黙れ！」

そして、盧志剛《ルー・ジーガン》に謝り、すぐにこいつを連れて帰ると言った。

しかし項豪廷《シャン・ハオティン》は話の途中だったので、彼を振り払って、また続けた。

「安心を求める気持ちに負けたって。それって何なんだよ！　愛よりも重要なの？　あんたは男か？　年の話だけを理由にするしかできないのか？」

孫博翔《スン・ボーシャン》は追い詰められたように、声を荒立てた。

「もういいから！　お前には関係ない！」

盧志剛《ルー・ジーガン》はこののっぴきならない状況を見て、慌てて、ここは公共の場所だし、近くに学校区があるから、うるさく騒ぐと近くの住民が通報するかもしれない。そうなると面倒なことになる、と警告した。

「お前が言えないいから、俺が代わりに言ってるんだ！　お前のことは俺のことでもあるんだ」

項豪廷《シャン・ハオティン》は力強く言った。

「そりゃお前にいろいろ話したけど、ここに来て、話をしてくれなんて言ってないよ」

「彼のためにあそこまでしているのに、どうしてわかってほしくないんだ」

親友がなぜ隠したいのか項豪廷《シャン・ハオティン》はわからなかった。好きな人のために心から尽くすのは恥ずかしいことではない、とも思っていた。

「お前に何ができるっていうんだ。何が」

「お前が苦しんでいるのを見たくない。あんなに辛そうで！」


ますます激しくなった二人を見て、盧志剛《ルー・ジーガン》はうんざりしていた。

どうしてこいつらは、人の話を聞かないんだ。彼は我慢できなくなり、カウンターから出て、二人に怒鳴った。

「いい加減にしてくれ！　ここは僕の店だ。君たちは他人を尊重する気がないのか？」

怒鳴られた項豪廷《シャン・ハオティン》は、正面からやり合うつもりだった。しかし盧志剛《ルー・ジーガン》は大人なので、そんな子どもじみた怒りの眼差しなどに恐れることはなかった。

根本的なところから解決しなければならない。そう思った盧志剛《ルー・ジーガン》は、エプロンを脱いで、孫博翔《スン・ボーシャン》を指さし、

「ちょっと来い！」と言って、店から出た。

激怒していた孫博翔《スン・ボーシャン》は、親友を睨みつけてから、外に出た。

項豪廷《シャン・ハオティン》も二人の後についていって、親友のために何か言ってあげたいと思った。

しかし、盧志剛《ルー・ジーガン》のエプロンを成り行きで受け取りながら店に入ってきた于希顧《ユー・シーグウ》を見た途端、気持ちが和らいだ。

親友の感情とか問題なんかは、すぐ二の次になってしまうのだ。

＊　＊　＊

盧志剛《ルー・ジーガン》は何も言わずに孫博翔《スン・ボーシャン》を店の裏の路地に連れていった。

孫博翔《スン・ボーシャン》は、相手が怒っているのかどうかがわからなかったので、失敗した子どものように、頭を垂れて叱られるのを待つしかなかった。

盧志剛《ルー・ジーガン》は振り返ると、彼をじっと見た。そして無表情のまま、くぐもった声で聞いた。

「君はどうして僕と一緒にいたいんだ？　今まで恋愛したことはあるのか？」

「ない。初めてだ」

「なら、それは愛と言えるのか？　僕のことを知ってるのか？　僕の好きな食べ物は？　どうやって僕を毎日楽しませてくれる？　僕が不幸な時は、すぐに駆けつけなければならないってわかってるのか？　何も知らないだろ？」

孫博翔《スン・ボーシャン》は目を伏せた。悔しくて悲しかった。

確かに全部知っているわけではない。だけど、つき合って初めてわかるようなことだってある。つき合う機会を与えてくれなければ、わかるわけがないだろう。

「僕は三人とつき合ったことがある。どれも真剣だったし、誠心誠意相手を愛したけど、最後に何を得られたかって？　僕がプレッシャーをかけすぎているとか、自由がないとか言われたよ。僕がどれだけ努力しても、みんな去っていった。そう、僕がわがままだから。だから今はもう恋愛はしたくない。わかった？」

あまりに辛くて、辛すぎて、立ち直るのには時間がかかり、ひどい苦しみを味わった。

彼にとっては骨身に堪《こた》えることだった。恋愛をしたら、必ず傷つき、苦しみ、何かを失う。ならば、最初から始めない方がいい。

それが、傷が癒えた後に盧志剛《ルー・ジーガン》が肝に銘じた答えだった。


「そんなことを言って、諦めさせたいの？」

孫博翔《スン・ボーシャン》は苦しげな顔で聞いた。全部理解できたとは言えなかったが、彼が恋愛を怖がっていることは確かにわかった。

その恐怖から殻に閉じこもり、すべての愛を拒絶せざるを得なかったのだろう。

「じゃ、諦めたか？」

諦めていない。けれど、諦めないとしてもどうすればいいんだ？　一番見たくないのは、盧志剛《ルー・ジーガン》が悲しんだり、罪悪感を感じたりする姿だ。

だから項豪廷《シャン・ハオティン》がやったことが、頭にきたのだ。自分一人だけが耐えればいいことであり、二人で耐える必要はない。

彼はうつむいたまま、無言で大通りへ向かって歩き出した。

遠ざかる彼を見ながら、盧志剛《ルー・ジーガン》は複雑な気持ちになった。孫博翔《スン・ボーシャン》はきっと前と同じように、頑固に言い張って、必死に愛を語って迫《せま》ってくるだろう、と盧志剛《ルー・ジーガン》は予想していた。

彼の熱意で、自分を守る壁はすでにボロボロになっていた。これ以上の攻撃を受けたら、もう耐えられずに崩れてしまうだろう……だけど、孫博翔《スン・ボーシャン》は立ち去ってしまった。

怒ったから帰ったのか？　やっと諦めたのか？　もう少し頑張らないのか？　そんな複雑な感情が心の中で渦巻き、ついには鼻の先まで来て、一瞬泣きそうになったが、出てきたのは笑い声だった。

こんな気持ちは、この前の夜と同じだった。その夜、彼は店でスマホを見ながら、孫博翔《スン・ボーシャン》との思い出に浸っていた。自分がいったい何を求めているのかわからなかった。相手の粘り強さなのか、諦めなのか、それとも……。

彼はどうにもしようがなく、うなじに手をやりながら、答えの出ない疑問を口に出した。

その時、突然、足音が聞こえてきた。

盧志剛《ルー・ジーガン》が気付いた時には、孫博翔《スン・ボーシャン》は目の前に立っていて、熱く真摯な目で彼を見つめていた。

「俺がわかるかどうかはわからない。喜ばせるにはどうしたらいいかもわからない。怒っている時にはどうすべきなのか、今の俺には答えがわからない。でも俺は孫博翔《スン・ボーシャン》であり、自分が何がしたいのかを知っている！　俺はあなたがただ欲しいだけなんだ！　あなたがうれしければいい、あなたが幸せであればいい、ただあなたが欲しい、それだけだ！」

四百数十日間溜まっていた気持ちを一気に吐き出すように、顔を真っ赤にして続けた。

「愛してくれなくてもいいんだ。ただ、愛させてくれさえすればいいんだ！　一回だけ、信じてくれ。全力で愛していることを証明してみせるから！」

この安堵感は何だ？　盧志剛《ルー・ジーガン》はわからなかったが、自分が長く息を吐いたことだけはわかった。孫博翔《スン・ボーシャン》は戻ってきてくれた。

自分は確かにわがままで、自分勝手で、あの傷や苦しみは、自分の意志で選択したのに見捨てられた、という結果に背を向けたいための言い訳に過ぎなかった。

しかし……この数年間で、必死に自分の世界に入りこもうとしたのは、孫博翔《スン・ボーシャン》が初めてだった。

心が動かされなかったというのは嘘だ。

最初は心が落ち着かず、死んだと思っていた自分の心がまた動き始めるなんて思ってもいなかった。けれども、次第に心が乱されていった。こんなに若くて遊び盛りの子が、前の彼氏たちみたいに自分を傷つけるかどうかなんてわからなかった。ただ、自分には再度やり直す気力がなかった……。

だがまた、心が動いた。熱い気持ちにグッときたが、恐怖心が抜けずに、もがいていた。

さっき、離れていく孫博翔《スン・ボーシャン》を見た時は、がっかりする一方で傷つかずに済むことにホッとしていた。

ところが……彼は戻ってきた。

今度こそ、自分を騙《だま》せないことはわかっている。

盧志剛《ルー・ジーガン》は相手の目をじっと見て、黙ったまま孫博翔《スン・ボーシャン》を引き寄せ、ギュッと抱きしめた。そして一言囁《ささや》いた。

「騙すなよ」

また傷ついたら……立ち直れるかどうかわからないから。

「しないよ！」

孫博翔《スン・ボーシャン》はうれしくてたまらず、間髪入れずに約束した。

「そんなことを言ってくれる奴は初めてだ」

盧志剛《ルー・ジーガン》は泣きながら言った。自分のためにこんなに必死になってくれる人は初めてだった。だから、今までのように隅に隠れて見ない聞かないふりをするのではなく、素直に応えなければならない、とそう思うのだった。

二人とも涙を流して、口元には幸せな微笑《ほほえ》みを浮かべていた。

盧志剛《ルー・ジーガン》は相手の手を取り、ゆっくりとした足取りで歩き出した。ようやく幸せを手に入れたと感じると同時に、自分に言い聞かせた。この幸せが本物かどうか、後悔するかどうかを考えるのではなく、今考えるべきなのは……同じような愛と幸せを、どうやって相手に返すかだ。

愛を信じて、もう一度勇気を出そう。そう盧志剛《ルー・ジーガン》は決意した。

＊　＊　＊

項豪廷《シャン・ハオティン》と于希顧《ユー・シーグウ》は、前後に並んで歩いていた。二人とも無言で、重苦しい空気が漂っていた。

二人とも、あの日のことを忘れてはいない。項豪廷《シャン・ハオティン》は自分の衝動的な行動を申し訳ないと思っていたので、黙っていた。

于希顧《ユー・シーグウ》が黙っていたのは、あの夜のジョンの話を思い返していたからだった。

明した。

あの夜、彼は店に戻って、オーナーに謝った。オーナーは気にするなとなだめ、バイトすることを彼氏に内緒にしていたのが原因なのか？　と尋ねた。于希顧《ユー・シーグウ》はすぐにそれを否定し、ただ学校が一緒なだけだと説明した。

なのに、ジョンが「そうは見えなかった」と言うので、于希顧《ユー・シーグウ》は仕方なく、項豪廷《シャン・ハオティン》にどんなに困らせられて、ひどい目に遭ったかを話さなければならなかった。

「君たちは若くていいね。懐かしいなぁ」

話を聞いたジョンは笑いながら言った。

「言っても無駄かもしれないけど、本当に君をひどい目に遭わせようという人なら、慌ててここに来て、ひざまずくなんてことはしないと思うけどね」

彼は殴られた時に床にぶつけた肩をさすりながら、于希顧《ユー・シーグウ》がまだ罪悪感を持っているのを見て言った。

「こうしよう。お詫びの代わりに、今度彼に会ったら、彼の目をじっと見てほしい」

于希顧《ユー・シーグウ》は理解できずに、どうしてそうするのかと聞いた。もし、不純な動機や悪意を持っていれば、目が一番判断しやすいからだ、とジョンは答えた。

彼が言うには、ほかにも方法はあるが、人生の先輩が試した中ではそれが一番簡単で、成功率が高いやり方だそうだ。

于希顧《ユー・シーグウ》が迷っている様子を見ると、ジョンはそれ以上無理には勧めなかった。

それは、遠くから見ても、あの男がどれだけ于希顧《ユー・シーグウ》のことを大切にしているかがわかったからだ。

ひざまずいた于希顧《ユー・シーグウ》の肩を掴んで立たせようとした上に、于希顧《ユー・シーグウ》が店に戻った後もずっとこっちを見ていた。そして足を引きずり、意気消沈した様子で帰っていったのだ。ただ単に困らせたいだけならそこまでする必要はないだろうし、それに加えてあの目は……。


あの目をジョンは知っている。

遠い昔、まだ学生の頃、口下手な友達がいた。深い愛情がありながら、いつも好きな人をそんな目で見ていた。

「やってみて。チャンスがあればね」

ジョンは懐かしそうな表情でそう言った。


激しい感情が冷めれば、残るのは理性だ。

あの時、あまりにカッとなったから、ひざまずいたり、殴ったりしたのだと于希顧《ユー・シーグウ》も項豪廷《シャン・ハオティン》もわかっていた。とはいえ、そのことは口に出しにくく、二人とも黙ったまま、于希顧《ユー・シーグウ》の家まで歩いていた。

「着いた」

于希顧《ユー・シーグウ》がかすれた声で言った。

「ああ！」

于希顧《ユー・シーグウ》はそのまま入り口に向かった。

道中の沈黙で気が滅入り、于希顧《ユー・シーグウ》でさえ我慢できなくなっていた。

とはいえ、このまま沈黙を続けるのか、それとも何か話した方がいいのか……。けれども何を言ったらいいいのかさえもわからなかった。

今回主導権のない方は、相手が帰ろうとしたのを見て、いくばくかの葛藤の末、小走りで追いかけた。

いずれにせよ、はっきりと説明しなければならない。

于希顧《ユー・シーグウ》に聞く耳があるかどうかはもはやどうでもよかった。今できることは、真心を誠心誠意伝えることだ。

「家に行ってもいい？　話したいことがあるんだ」

于希顧《ユー・シーグウ》は断りたかったが、今の項豪廷《シャン・ハオティン》がこれまでとは違うような気がして、迷った。この前ジョンに言われた「人を見る時は目を見るんだ」という言葉を思い出し、ちらっと相手の目を見てみると、それは今まで出会った人の中では、ほとんど見たことがないほど真剣なものだった。

自分の頭がぼんやりとしていたのか、それともジョンの話が本当に思えたせいなのか、于希顧《ユー・シーグウ》は答えられずにいた。

断ればジョンに背くことになるが、もし断らなければ、自分の生活がまためちゃくちゃにされてしまうかもしれない。彼は長い間、返事をしなかった。

項豪廷《シャン・ハオティン》が前のようにしつこく迫ってくるかと思ったが、相手はただ無言で自分の返事を待っていた。不安と話したい気持ちを必死に抑えているこの表情……あの夜、自分の前にひざまずいた時とまったく同じだった。

さんざん迷った後、何を話したいのかをまず聞いてみよう、と于希顧《ユー・シーグウ》は決めた。

部屋に入ると、項豪廷《シャン・ハオティン》は不思議そうに部屋のあちこちを見回し、あまりに高校生らしくない部屋であることに驚いた。すっきりとした簡素な部屋からは、欲望や好きなものも将来の夢もないことが見て取れた。まるで、ここに「いる」だけで「住んでいる」のではないようだった。

本当につましい暮らしをしている……項豪廷《シャン・ハオティン》はようやくわかったのだ。彼がなぜ満点を取るために、奨学金をもらうために頑張ったのか、なぜバイトに一生懸命なのかということを。

バイト先に行って騒いで激怒された理由もわかった。彼にはお金が必要なのだ。

「あの……話って?」

于希顧《ユー・シーグウ》は聞いた。

項豪廷《シャン・ハオティン》は「真剣に」と心の中で唱えてから話し始めた。

「はっきりと説明したいことがあるんだ。ずっと謝るチャンスを待っていた。嫌がらせのつもりじゃないんだ。試験を邪魔した後、後悔していた。だから尾行したんだ。謝りたいし、それに……李思妤《リー・シーユー》とは別れたんだ」

于希顧《ユー・シーグウ》は眉をひそめた。明らかにこの説明を信じていないようだった。

項豪廷《シャン・ハオティン》は深呼吸をして、信じないのは当然だと思った。

今までやったことがあまりにひどすぎたから。でも、たとえそうだとしても、言いたいことを言うと決めた。大切なのは真心なのだ。真剣に向き合わないと。

「バーのことなんだけど、お前のバイトを台無しにしたくなかった。でも……」

そんなところでバイトをして良くない習慣がついたり、変な客に狙われたりしないかと心配だったから。遅くなったら夜道の独り歩きは危ないし……だけど、これらはみんなあの夜に話したことなので、ただの繰り返しだった。

于希顧《ユー・シーグウ》は、「ただバイトに行くだけだ」と言ったが、話し終わらないうちに遮られた。

「本当に好きなんだ、お前が」

彼は勇気を奮い起こして于希顧《ユー・シーグウ》に近づいた。

そして、キスをしたいという思いそのままに、ゆっくりと上半身を傾けた。互いの瞳に自分の姿が写っているのがわかり――唇を合わせた。

項豪廷《シャン・ハオティン》は勇気を振り絞って、キスをした。

攻撃的でも、恋人同士のようなラブラブなキスでもなく、それは彼の気持ちそのものだった。

于希顧《ユー・シーグウ》はあ然としてしまい、逃げることすら忘れてしまった。

相手が抵抗しないのを見て、項豪廷《シャン・ハオティン》はほっとしてゆっくり後ろに離れた。すると于希顧《ユー・シーグウ》は目が覚めたように、目を大きく見張った。唇には温かさと、ほのかな香りが残った。けれども……。

「僕は男は……好きじゃない……」

「俺も男を好きになったことはなかった」

項豪廷《シャン・ハオティン》も悩んでいるように言った。

「でも、お前のことを好きだというのはわかる。本当だ。信じてくれ」

(信じられるか?)

于希顧《ユー・シーグウ》はイエスともノーとも答えを出せずにいた。

またひどい目に遭わせられるのではないかと恐れていたのだ。一度蛇に噛《か》まれれば、十年経っても井戸にぶら下がっている縄でさえ、怖いと思ってしまうだろう。しかも、そんな目に二度も遭っている。

相手の複雑な顔を見て、項豪廷《シャン・ハオティン》は「明日学校で」とだけ言って帰っていった。于希顧《ユー・シーグウ》の部屋を出るやいなや、笑みがこぼれ、興奮して一人舞い上がった。

于希顧《ユー・シーグウ》との距離を縮めることができたし、心の内を話すこともできた。やろうと思ったことを全部やり遂げたのだ。

于希顧《ユー・シーグウ》がどういう反応をするのかわからないし、今までのことから拒絶してくるかもしれないが、これからも根気強く、誠意を見せて、自分の気持ちを信じてもらおう。そう心に決めたのだった。

第五章

李思妤《リー・シーユー》はとめどなく涙を流していた。テーブルにはケーキと飲み物が一面に並べられていた。それはすべて彼女のために注文されたものだった。そう、彼女は失恋したから！

項豪廷《シャン・ハオティン》に振られた彼女のダメージは大きく、友達に涙ながらに訴えた。劉美芳《リュウ・メイファン》と張庭安《チャン・ティンアン》は彼女に同情して項豪廷《シャン・ハオティン》のことを「クズ男」と呼び、しっかりと思い知らせてやると口々に言った。不満をぶちまけた李思妤《リー・シーユー》は、だいぶ楽になり、フォークでケーキを口に放り込むと、気分が落ち着いていった。

＊　＊　＊

于希顧《ユー・シーグゥ》を追いかける、と決めた後の項豪廷《シャン・ハオティン》は大きく変わった。例えば、于希顧《ユー・シーグゥ》に朝ご飯を買ってきても、無理に食べさせることはなくなり、ただこっそり机に置くだけにした。

朝、机に朝食が置いてあるのを見て、于希顧《ユー・シーグゥ》は思わず顔をしかめた。余計なことをして迷惑をかけないでほしい、と項豪廷《シャン・ハオティン》に言いたかったが、彼の脅しを思い出してしまったのだ。

――「食べないと、ただではおかないからな！」

――「もちろんキスするぜ！」

昨晩のキスが今でもありありと目に浮かんできて、唇には温もりも感じられた。

朝食は項豪廷《シャン・ハオティン》に返すのが一番良いのだが、心のどこかで化学変化が起こったのか、悩む自分がいた。「返す」と「返さない」の声が綱引きをして、勝負がつかなかった。


いったいどうしたのだろう？　前ならきっぱりと断っただろ？　今回はどうして……その戸惑いは、項豪廷《シャン・ハオティン》が昼食を誘いに来た時まで続いた。項豪廷《シャン・ハオティン》は彼を外へ連れ出して、静かなところに行き、弁当を渡した。

「気に入らないなら、言ってくれ」

「うん、好きじゃない」

于希顧《ユー・シーグウ》はそう言うやいなや、帰ろうとした。

そう言われるとは思っていなかった項豪廷《シャン・ハオティン》は、慌てて相手の腕を引っ張り、帰らせなかった。

「ああ――食べなくてもいいんだよ。でも先に言うと、俺は謝りたくてしているんじゃないんだ。追っかけをしているんだよ、お前の。好きなんだ」

「放してくれ！」

「好きだから、お腹を空かせていてほしくないんだ。胸が痛むし、辛いんだ」

「ありがとう。でも結構だ！」

何回断っても相手が怒る気がなさそうなので、于希顧《ユー・シーグウ》はだんだん大胆になって、相手を手で押しのけようとした。二人はタンゴを踊っているみたいに、前半は項豪廷《シャン・ハオティン》がリードし、後半は于希顧《ユー・シーグウ》がリードした。

「お願いだよ……なあ、俺たちは高三だよ。あと何か月かで受験だ。戦いなんだから！　ちゃんとご飯を食べて体に気をつけないと。試験の時に倒れたらどうする？」

項豪廷《シャン・ハオティン》のそんな熱心な言葉を聞くと、于希顧《ユー・シーグウ》も眉をひそめて考え込んでしまった。胃はしばしば痛くなるので、そうなると保健室で休まないと良くならない。それによって食事の時間がどうしても犠牲になる……悪循環なのだ。

「それに、夜中にバイトもしている！」

そう言って弁当を渡し、子どもがおねだりするようにして早く食べさせようとした。

この思いやりのある温かい言葉には、たくさんの意味が含まれていた。

これが実は謝罪なのだと于希顧《ユー・シーグウ》はわかったのだ。あの日、彼のバイトを邪魔し、オーナーを殴ったことについて彼は謝っているのだ。あの時の感情はもはや過ぎ去っているので、あの時のように衝動的にひざまずいて言い訳されるより、こういう言葉の方が受け入れやすかった。項豪廷《シャン・ハオティン》が自分のバイトについて意見を言う資格はない、とわかっているが、この心の底に広がっている感覚は何なのだろう？　これは愛とは関係ないけれど、心地良さとは関係あるのは確かだった。

そして、項豪廷《シャン・ハオティン》がしたことについて、心地良いと感じたのは初めてだった。

彼は魯肉飯《ルーローファン》[5]の弁当を見て、長い間何も言わなかった。この様子が項豪廷《シャン・ハオティン》からすると、動揺しているように見えたので、項豪廷《シャン・ハオティン》はまじめな顔で、相手を見つめた。

于希顧《ユー・シーグウ》は長くためらった挙げ句、口を開き、絞り出すように言った。

5　煮込み豚かけご飯。

「他人から何かをもらうのはいやだし、同情されるのもいやなんだ」

「同情なんかじゃないよ。お前のことが好きだから、喜ばせたいんだ。お前が喜んでくれれば、俺もうれしくなる！」


頼ってくれてもいいんだ、と大声で言った方はまぶしいほどの笑顔を浮かべ、言われた方は、先日、相手が軽い調子で寄ってきた時のことを思い出した。無意識的には抵抗してしまうけど、自分はこいつのまじめなところは好きだと言いたかった。けれども、焦ると気持ちをうまく表せない。

「なら、君をうれしくさせたくないんだ」と言った途端、しまったと思った。

「え？」

項豪廷《シャン・ハオティン》は一瞬驚いた後、笑顔を引っ込めまじめな顔になった。その表情を見て、于希顧《ユー・シーグウ》はすぐ後悔し、自分の話が相手を不快にさせたのではないかと恐れた。本当は「君がうれしそうだと、いやなことを思い出してしまう」と言いたかったのに……。

すると、項豪廷《シャン・ハオティン》はまるで機嫌の悪い犬のように、「うーー、うーー」と唸《うな》った。やることが幼稚すぎる。

「何やってるんだ？」

「これでいいだろ？　うれしくない。だから、食べて！」

「ぷっ……」

項豪廷《シャン・ハオティン》は怖い表情を見せたり、反対にお願いするように頼んできたり、「変な奴」そのものだ。于希顧《ユー・シーグウ》は一瞬でほっとして、笑い出しそうになった。けれども、長い間まとってきた、自分を守るための鎧《よろい》は簡単に脱ぎ捨てることはできない。でも、顔を伏せ、笑うのを我慢している様子は明らかにいつもと違う。それを見て、項豪廷《シャン・ハオティン》は喜び出した。

「笑った？　うわっ！　笑った！」

押し付けられた弁当を見ながら、心の中に満ちた温かさが、手足まで広がるのを感じた。項豪廷《シャン・ハオティン》がどれくらい本気なのかはわからないし、また自分に何かをするかもしれないけれど、こんな彼はそんなに嫌ではなかった。

そしてしばらくためらった後、低い声で言った。

「腕を掴まれているのに、どうやって食べればいいんだ？」

「離しても逃げるなよ」

そう言った後、項豪廷《シャン・ハオティン》はゆっくりと相手の腕を離した。

先に恋に落ちたのだから仕方がないのだ。孫博翔《スン・ボーシャン》が言ったように、相手の気持ちを大切にし、それを守るためならいくら譲歩してもいい。

于希顧《ユー・シーグウ》はくすっと笑った後、相手を気にせずに食べることに集中した。

項豪廷《シャン・ハオティン》は、この機に乗じて相手をこっそりと観察した。彼はトマト料理を気に入っているようだ。相手の好みを一つ知ったことがうれしくてたまらなかった。

＊　＊　＊

夜、于希顧《ユー・シーグウ》はいつものように教室に残って復習をしていたが、今日はどうしても集中できず、しきりに腕時計に目をやった。教室が普段より静かだと感じられた。昨日、一昨日、そして一昨々日と同じように、項豪廷《シャン・ハオティン》がしつこく一緒に復習をしに来るのではないかと思っていたのだが、現れない。

最初は断った。一人でいるのに慣れていたので、急にほかの人が隣にいたら、まるで猫が靴を履いてうまく歩けないように、調子が上がらなくなるからだ。

とはいえ、項豪廷《シャン・ハオティン》がそばにいることにも知らず知らずのうちに慣れてきた。

ところが今日は集中できなかった。原因の一つは項豪廷《シャン・ハオティン》であり、もう一つは夏得《シャ・ダー》が下校前に言ったことだった。

——「あいつは悪い奴じゃないんだ。ただ……強気で頑固で、この前、君に弁当をあげたのはお詫びの印だと思う。中間試験のこと、後悔していたみたいだから」

——「……この前、君を尾行してたみたいだけど、それも実は謝りたかったんだと思う。ただあいつはほかの人に謝ったことがあまりないから、どうしていいのかわからないんだと思うんだ」

夏得《シャ・ダー》は信じられる人だ。連中の中で、彼だけが自分をいじめようとしていない。于希顧《ユー・シーグウ》は彼を信用している。

項豪廷《シャン・ハオティン》がしたことがあまりにひどかったので、最初は半信半疑だった。

しかし振り返って考えてみれば、中間試験以外のことは……わざとやったとは認めていない。

試験の時は、ドアを塞いで、高らかに名乗っていた。

ところが、バーでは……明らかに様子が違い、本当に自分を連れ出したいようだった。でも、今までのことから考えて、また自分への嫌がらせではないかと思ったのだ。

もはやこれ以上少しのダメージも食らうわけにはいかないので、ひざまずいたのだった。思いもよらなかったのは、項豪廷《シャン・ハオティン》も自分の前にひざまずいて必死に釈明したことだった。その時は何も感じなかったが、今考えてみると……嘘ではないようだった。

そう考えながら無意識に自分の唇にそっと触れてみた。

自分を好きだということ、そして自分を好きにさせるということ、それも本当なのだろうか？

あれこれと思いを巡らせていると、文字が目に入らなくなってしまった。仕方がなく、于希顧《ユー・シーグウ》は荷物を片付けて帰ることにした。答えが見つからない問題については、相変わらず解決できないままだったが。

カバンを背負って、校舎から出た時、体育館のそばに人影が見えた。今まで姿を見せていなかった項豪廷《シャン・ハオティン》だった。しかし近づいてみると、いつもと少し様子が違っていた。

普段はエネルギッシュで、うっとうしいと思う一方、その自由奔放さが羨ましいほどだったのに、今夜は何だか落ち込んでいるようだった。目には光がなく、まるで淀《よど》んだ水のように生気がなかった。

「どうしたんだ？　気分が悪いのか？」と于希顧《ユー・シーグウ》は聞いた。

項豪廷《シャン・ハオティン》は隠さずに素直に頷いた。それから、相手に心配をかけないように、口を開けて笑った。

「でも大丈夫。お前を見たら良くなったから！」

「無理することないよ。良くない時は良くないままでさ。誰にでも悪い時はあるから」

項豪廷《シャン・ハオティン》の苦しげな顔を見て、于希顧《ユー・シーグウ》の心にあった疑いはすべて消え去った。項豪廷《シャン・ハオティン》は本当に何かあった時に、「何もない」という人ではないのは確かだ。つまり、彼は嘘をつかない。中間試験の時だけ本当に痛めつけてやろうと思ったのだ。後悔している、好きだ、償いたいという気持ちも本当なのだ。

しかし、低気圧に囲まれてパワーが失われているような項豪廷《シャン・ハオティン》を、見たくなかった。人を不安にさせるし、彼らしくない。思い切り走って、勇ましく戦い、士気を鼓舞して勇敢に前に進むのが、項豪廷《シャン・ハオティン》なのだ。それが于希顧《ユー・シーグウ》の知っている、羨ましくもあり、憧れるほどの項豪廷《シャン・ハオティン》なのだから。

于希顧《ユー・シーグウ》は無意識のうちに、もう一度項豪廷《シャン・ハオティン》の目を見つめていた。その目には、この前、家に入る前に見た以上に、一切の動揺もなく、誠実さや温かさがあった。

「君さ……ジョークを聞きたい？」

「は？」

項豪廷《シャン・ハオティン》はじっと相手を見つめた。

「面白いと思うかどうかはわからないけど、僕は面白いと思った……」

于希顧《ユー・シーグウ》は笑いのツボにはまったみたいに、一人で笑い出した。笑いは伝染し、項豪廷《シャン・ハオティン》も笑い出した。肩を震わせて頷き、オッケーしたようだった。

「聞く？」

彼は目を大きく見開いて尋ねた。

「俺を笑わせてくれてる？　すごい！　成功だよ！」

これには逆に、于希顧《ユー・シーグウ》の方が驚いた。

「で……でも、僕はまだ何も言っていないんだけど……」

「どうやって俺をもっと喜ばせてくれる？」

彼は心の中の喜びをまったく隠さなかった。于希顧《ユー・シーグウ》が初めて積極的に、自分に関心を持ってくれたのだから。その面白いかどうかもわからないジョークはどうでもよくなり、今、項豪廷《シャン・ハオティン》は心から本当にうれしかった。


さっき、盧志剛《ルー・ジーガン》に拒絶され、警告というか説教に近いことをされたが、それが一瞬で吹き飛ばされた。遊びたいだけの自分は、于希顧《ユー・シーグウ》から遠くに離れれば離れるほどいいんだと――。

「彼は君と遊ぶ暇はないんだ。彼は成績が良くて、夢と目標を持っている。君が邪魔すれば、彼の未来を壊すことになる」

項豪廷《シャン・ハオティン》は納得できなくて、それなら自分が于希顧《ユー・シーグウ》とともに良くなってみせる、と決意したのだった。


「好きと言ってよ」

気分が良くなって、いつもの調子に戻った。二人の関係が親しくなってきたこともあり、遠慮もなくなってきた。けれども、于希顧《ユー・シーグウ》は顔をただしかめるだけで、何も言わなかった。

「キスするよ」

彼は相変わらず顔をしかめていた。

「じゃ、俺にキスして」

さっきの心配はなかったことにする！　于希顧《ユー・シーグウ》は身をかわして帰ろうとした。

項豪廷《シャン・ハオティン》は慌ててついていき、不満げに言った。

「今日気分が悪いのは俺なんだけど！」

「じゃ、さっきのジョークを聞く？」

彼はまだジョークを言いたいようだ……好きな人こそすべてである、という絶対原則を守って、項豪廷《シャン・ハオティン》は頷いた。于希顧《ユー・シーグウ》に従い、寒いダジャレを言いながら二人は一緒に帰っていった。

*　*　*

項豪廷《シャン・ハオティン》はまるで空を飛んでいるようにうれしくてしょうがない。その一方で、孫博翔《スン・ボーシャン》はかなり落ち込んでいた。

孫博翔《スン・ボーシャン》は、いつものように豆乳カフェ「少小白《シャオシャオバイ》」の中で盧志剛《ルー・ジーガン》とおしゃべりをせずに、一人で店の外にあるインスタ映えスポット——ネット上で人気のブランコに乗って、鬱々《うつうつ》としていた。

そんな恋人の性格をよくわかっている盧志剛《ルー・ジーガン》は、客が少ない時に外に出て、彼をなだめることにした。

「こんなに遅くまでいて、まだ僕に怒っているのか？」

彼は甘い優しげな笑みを浮かべ、機嫌を取るような口調で言った。孫博翔《スン・ボーシャン》が眉を上げて彼を睨《にら》んでも、まったく問題なかった。愛のさなかにいると、何でも甘くなってしまう。

「彼が君の親友だというのはわかっている。君にいやな思いをさせたのは悪かったけど、でも彼に協力してあげられないんだ」

項豪廷《シャン・ハオティン》が軽はずみなことをやって、于希顧《ユー・シーグウ》を邪魔したに違いないと盧志剛《ルー・ジーガン》はずっと思っていた。そうでなければ、時給の高いバイトを紹介してほしいと頼んでこないだろう？　人は、他人をひいきするものだ。于希顧《ユー・シーグウ》はいい子なので、当然彼の方をひいきする。

しかし、その話が孫博翔《スン・ボーシャン》をさらに怒らせた。

孫博翔《スン・ボーシャン》は立ち上がると、強い調子で聞いてきた。

「そこまであいつのことが好きなの？」

「はあ？　誰のことが好き？」

盧志剛《ルー・ジーガン》がとぼけて知らないふりをしている、と孫博翔《スン・ボーシャン》は思ったので、さらに怒りが増し、大声で聞いた。

「あのさ！　あいつのことがそんなに好きなの？　奴の頭をなでて、バイトを紹介してあげて、今度は項豪廷《シャン・ハオティン》の邪魔をして……」

この一連の文句から盧志剛《ルー・ジーガン》はようやく真意がわかり、笑いそうになってしまった。

「君が言っている『あいつ』って、顧《グウ》ちゃんのこと？」

「じゃなければ誰？　今さらわかったけど、俺より長くあいつを知っているよね！　でも、俺とつき合うって約束したんだから、あいつのことは忘れて頭から追い出してよ！」

孫博翔《スン・ボーシャン》はそれが理不尽な嫉妬であることはわかっていたが、我慢できなかったのだ。

「彼とは年が離れているから、弟のように思っているんだよ！」

なだめてほしがっていることはわかっていた。孫博翔《スン・ボーシャン》が言っていることが気に食わないなどとはもちろん思うわけがない。

「俺も同い年だよ」

年齢なんか言い訳にするものじゃない！

「彼のことが好きという気持ちは、君のことが好きという気持ちとは違うんだ」

孫博翔《スン・ボーシャン》は顔を背けて、聞きたくないという態度を取った。その幼稚な態度が盧志剛《ルー・ジーガン》からすると、かわいく思えてしまう。しょうがないので、盧志剛《ルー・ジーガン》は相手の顔を手でそっとはさみ、額にキスをした。子どもっぽいやり方で、あまり情熱的ではないが、これは盧志剛《ルー・ジーガン》が外でできる最大限の愛情表現だった。

短いスキンシップを通じて、孫博翔《スン・ボーシャン》には十分に気持ちが伝わってきた。別に于希顧《ユー・シーグウ》と絶交させたいというわけではない。ただ盧志剛《ルー・ジーガン》にとってナンバーワンの地位にいるのは自分だ、という証《あかし》が欲しいのだ。

「外でキスしたよね？」

彼は甘えるようにニヤニヤ笑った。

「じゃあ、もう一回」

頼みさえすれば、盧志剛《ルー・ジーガン》は必ず応えてくれる。周りを見回してから、希望通りに、頬にキスをしてくれた。額と頬にすれば、唇にもしないと。前は人目のあるところではあまり親密にならないようにしたが、今は恋人よりもっと大切なものはない。

「はい、早く帰るんだ」

年上の彼は相手の唇をなでながら、なだめた。もう遅いし、明日は授業もあるし、十分な睡眠を取らないと学業に支障をきたす。こういう理由を挙げて、盧志剛《ルー・ジーガン》は、閉店時間まではつき合わせない、と言った。

ところが、年下の方は目をくるくるさせながら、にんまりとし、相手の胸に頭をすり寄せて、「家に着いた」などと言うではないか。その言葉は耳に温かく、歯茎が痛くなるほど甘かった。

＊　＊　＊

深夜、于希顧《ユー・シーグウ》はそーっと屋上に上がり、満天の星を眺めていた。

勉強に疲れた時や考え事がある時、それから一人で自然に触れたい時に、彼はここに来るのだった。彼の両親は天国にいる。「寂しくて親に会いたいと思った時は、星を見るのよ」と叔母に教えられた。それで、だんだんこの習慣が身についたのだ。

今日の風はやや強く、彼はダークグリーンのコートに身を包んでいた。今までよりリラックスし、口元には笑みを浮べていた。

「最近……夢みたいなことがたくさんあったけど、すべていいことだった。幸せなんだ」

以前と比べれば、最近起こったことは確かにいいことなのだ。

彼は項豪廷《シャン・ハオティン》の本質がわかってきた。細かいことは抜きに、ストレートに物を言う人で、悪知恵ばかり働かせるわけではない。しかしその無邪気さは社会性に欠け、感情に流されやすい。そのせいで、何度もひどい目に遭っている。

二人の関係の変化に、彼は驚いていた。元々、二人が関わることはないと思っていた。項豪廷《シャン・ハオティン》は思い切り駆け回っている自由奔放な男子であり、一方の自分は、奨学金のため必死に勉強するガリ勉である。しかし今は、項豪廷《シャン・ハオティン》が自分のところにやってきて、食事やら生活やら健康やらを心配してくれる。さらには、毎日家まで送ると言い、まるで女の子を追いかけているような気配り具合である。

今日一緒に下校した時、ダジャレを聞いた項豪廷《シャン・ハオティン》は笑い転げていた。その様子を思い出すと、自然と笑顔になった。好きかどうかについては、今はまだ答えが見つからないが、項豪廷《シャン・ハオティン》がまた自分にひどいことをするのではないか、ということはもう考えなかった。

＊　＊　＊

放課後、項豪廷《シャン・ハオティン》は無造作に机に腰かけ、スマホに熱中していた。表情がコロコロ変わり、時々スマホを胸にくっつけながら変な雄叫《おたけ》びを上げていた。

スマホには、于希顧《ユー・シーグウ》の写真がたくさん入っていた。于希顧《ユー・シーグウ》のファンクラブナンバーワンを自称する、劉美芳《リュウ・メイファン》にお願いして、ようやく手に入れたものだった。

項豪廷《シャン・ハオティン》のおかしな様子に、孫博翔《スン・ボーシャン》は手の施しようがなかった。今までの恋愛では、こんなふうになることは一度もなかった。前は恋愛すると、ＩＱがその平方根になったが、今回は、まさかの直接マイナス記号を付けた状態なのだ。すごすぎる！

いいものは親友と分かち合おうと思い、項豪廷《シャン・ハオティン》が狂ったように叫んでいる様子や、身もだえしているおかしな様子をすべて録画した。その後、机の角を蹴って、目を覚まさせた。

「お約束のお詫びの飲み物だ！」

孫博翔《スン・ボーシャン》は持っていた袋を渡した。袋には飲み物がいっぱい入っていた。

「志剛《ジーガン》兄さんの代わりに謝るから」

「ああ、いただいておきますよ」

こんならしくない話し方をするなんて、明らかに壊れかかっている。孫博翔《スン・ボーシャン》は耐えられなくなり、口を開けて笑い出した。項豪廷《シャン・ハオティン》も笑いながら「大丈夫だよー」と言ったので、先日、盧志剛《ルー・ジーガン》に厳しく言われた件は終わり、ということになったのだった。

「あ、そうだ、お前の志剛《ジーガン》兄さんにも謝っといて。俺が浅はかで、熱くなりすぎた。悪かったよ！」

あの項豪廷《シャン・ハオティン》が謝るなんて意外以外の何物でもない。やっぱり恋愛は人を変えるんだ、と孫博翔《スン・ボーシャン》は思った。

「あ、あとさ、これからも彼にたくさんのこと——教えてもらいたいんだ」

スマホの写真を孫博翔《スン・ボーシャン》に見せながら、まるで空へ飛び立つようにうれしそうな顔で言った。

「彼、について！」

「はあ！　何だよ、もう！　さっき、そこで『ああ』だの、『うんうん』だのって言ってたのはこれだったのか？」

当然のように「そうだよ」という答えが耳に入った瞬間、こいつには負けたと孫博翔《スン・ボーシャン》は思った。

しかし、親友がまた四角いデジタルの世界に入り込みそうになっている。好きな人を見るとうれしくなる、というのは理解できるが、友達として注意しないといけないだろう。そうでなければ、友達とは言えない。

「あいつの立場に立って、考えないとだめだよ。優等生なんだから、もしお前のせいで、噂《うわさ》されたり、注意されたらどうするんだ？」

「……そんなこと考えたことなかった……」

自分が先生から見ていい生徒ではないことを項豪廷《シャン・ハオティン》はわかっている。さらに、この前までは于希顧《ユー・シーグウ》を困らせていたため、今では、二人がちょっと親しくしていると、ほかの生徒たちがひそひそ話をする。彼の写真を見ながらニタニタ笑っていることで、何かを企んでいるとほかの人に誤解されて、それが本人の耳に入ったら……。

「いい、いい、わかった、わかった。もう見ないよ！」

彼は叫びながら、スマホをポケットにしまった。

孫博翔《スン・ボーシャン》は感心して微笑《ほほえ》んだ。ところが、項豪廷《シャン・ハオティン》はまたスマホを取り出して、「もう一回だけ」と叫ぶので、孫博翔《スン・ボーシャン》は怒って、彼を叩くふりをした。二人は以心伝心の仲なので、手で叩いたり、「いやだ」と言ったり、というじゃれ合いをしているだけだった。

二人が盛り上がっていたところに、高群《ガオ・チュン》が外から飛び込んできて、大声で叫んだ。

「やばいぞ！　于希顧《ユー・シーグウ》が、教官室に呼び出された！」

「何で？」

すかさず、項豪廷《シャン・ハオティン》が尋ねた。

「『ゲイ・バーに行った』って密告されたって」

項豪廷《シャン・ハオティン》はそれを聞くなり目を真っ赤にして、すぐ教官室に向かおうとしたが、ちょうど遅れてやってきた夏恩《シャ・ン》と夏得《シャ・ダー》に止められた。

「豪《ハオ》、行くな！」

夏恩《シャ・ン》は焦って叫んだ。

「何するんだよ」

項豪廷《シャン・ハオティン》は二人を押しのけて、外へ飛び出そうとしたが、そこにさらに孫博翔《スン・ボーシャン》と高群《ガオ・チュン》も加わって、もみ合いになった。

「何で止めるんだよ！」

孫博翔《スン・ボーシャン》は夏《シャ》兄弟を睨んで問いただした。

「于希顧《ユー・シーグウ》の写真にはお前のサインがあるんだよ！」

夏得《シャ・ダー》が叫んだ。

写真？　サイン？

同時に現れた二つのキーワードに、項豪廷《シャン・ハオティン》はまったく心当たりがなかった。

＊　　＊　　＊

「言いなさい。本当にこの場所に出入りしたのか？　行ったら行った、行かなかったら行かなかったと、はっきり言いなさい！」

教官の我慢も限界にきていた。

「教官に言いたいことがあるなら、今のうちに言いなさい。そうじゃなければ、学校から処分を受けますよ！」

教官と先生が頭を悩ますのにも理由があった。硬軟取り混ぜながら問いただしているのだが、于希顧《ユー・シーグウ》は一言も口をきかない。それで、于希顧《ユー・シーグウ》を助けようにも、切り口がなくて、途方に暮れていたのだ。

授業料を稼ぐためにバイトに行っていたなんて、于希顧《ユー・シーグウ》には言えないことだった。学校ではバイトは禁止されているのだから、言っても言わなくても処分されるわけで、どっちの処分がよりひどいかだけのことなのだ。


「失礼します」

教官と先生は同時に振り返り、項豪廷《シャン・ハオティン》が来たことに驚いた。一人は「何で来たんだ」と聞き、もう一人は「まだ君の番ではない」と言った。しかし、項豪廷《シャン・ハオティン》はそんなことをまったく気にすることもなく、ただ、于希顧《ユー・シーグウ》が苦境に陥っていないか、事が挽回できないところまで行ってしまっていないか、だけを気にかけた。

肩を縮めて、かしこまっている于希顧《ユー・シーグウ》は、顔色は悪いが、激しい動揺やその兆《きざ》しが見られない。それで、今はまだ事実を確認している段階だと項豪廷《シャン・ハオティン》は判断した。さらに、もし本当に写真に自分のサインがあるならば、自分が呼ばれるまでは、于希顧《ユー・シーグウ》は大丈夫なはずである。

一方、于希顧《ユー・シーグウ》はそれほど楽観的には考えていなかった。

項豪廷《シャン・ハオティン》が入ってきた瞬間から、全身が緊張していた。そんなところに確かに行ったことを知っているのは、項豪廷《シャン・ハオティン》だけなのだから。

彼は項豪廷《シャン・ハオティン》をじっと見つめ、その数秒後にはまた机をじっと見つめ、ここに彼が来たことで、事態がもっと悪化しないことを密《ひそ》かに祈った。万が一、遊びではなく、バイトをしていたのだと勢いに任せて言ったらどうしよう……正直なところ、どっちがいいのかは、わからなかったのだが。

「来たのなら聞くけど、この写真は君が撮ったのか？」

「于希顧《ユー・シーグウ》は本当にここに入ったのか？」

項豪廷《シャン・ハオティン》は間に合ったことを喜んだ。先生たちのやり方には慣れている。代わる代わるしつこく詰問《きつもん》するに違いない。于希顧《ユー・シーグウ》は面の皮が厚くないので、遅かれ早かれ本当のことを言ってしまうだろう。

「どうして君も何も答えないんだ」

教官は顔をしかめて叱り、手で机を強く叩いた。

「この写真にサインして、君が教官室のポストに入れたんだろう？」

項豪廷《シャン・ハオティン》はその写真を手に取り、しばらく見てから、裏返して後ろの字を読んだ。


言わなければ、誰も知らないことがある。　項豪廷《シャン・ハオティン》

自分の字にそっくりだ……項豪廷《シャン・ハオティン》は眉をひそめた。誰かが意図してやったのだ。しかも、サインまでそっくりだった。

項豪廷《シャン・ハオティン》は頭の回転が速い。この時点で、どう答えても処分を免《まぬが》れないことはわかった。彼は「僕のサイン

があるから、僕がやりました」と言いながら、時間を引き延ばした。さらに、目線で于希顧《ユー・シーグウ》を落ち着かせようとしたが、残念なことに、相手は緊張のあまり、彼をまったく見ていなかった。

「それで彼はそのバーに入ったのか？」

イライラした教官は、急《せ》くように尋ねた。

頭を回すんだ、頭を使え、早く……項豪廷《シャン・ハオティン》は一見何事もなさそうにしながら、頭の中で必死に考え続けた。

助ける方法はあるのか？　それには、そこに何をしに行ったのかを聞かれずに済むのが一番いい。矛先を変えればいいんだ……あ！　あった！

「彼はそんなところには行っていません」

項豪廷《シャン・ハオティン》は自信たっぷりに言った。

「どういうこと？」

女の先生は眉を上げた。

教官が「はっきり言え」と続けた。

項豪廷《シャン・ハオティン》はスマホを出してスライドし、一枚の写真を拡大して、机に置いた。

「この写真は合成したものです」

彼はスマホと写真を並べた。それは人の部分が完全に一致していた。

「項豪廷《シャン・ハオティン》、君！」

教官は激怒して、机を叩いた！

「いったい何をしているの、あなたは……もう本当にあなたったら」

女の先生は嘆いたが、先生たちがほっとしたのは明らかだった。矛先を于希顧《ユー・シーグウ》からほかのところに変えられたのだから。

「両親に連絡するぞ。親に会う」

項豪廷《シャン・ハオティン》は満足してにこやかに笑った。親に連絡されることや、処分を受けるかもしれないということなど、まったく気にならなかった。それは彼のホームグラウンドだから。そして、于希顧《ユー・シーグウ》はグラウンドの外で、弁当を食べながらそれを見ていればいいのだ。

好きな人を守った！　項豪廷《シャン・ハオティン》は今の自分を誇りに思った。

第六章

項豪廷《シャン・ハオティン》の仲間たちは、落ち着かない気持ちで廊下にいた。

項豪廷《シャン・ハオティン》が教官室に駆け込むのを止められなかった上に、いつまで経っても奴は出てこない。状況がさっぱりわからずイライラしていた。

その時夏得《シャ・ダー》が、こっちに向かってくる于希顧《ユー・シーグウ》に気付いた。大声を出して駆け出すと、ほかの連中もそれに続いた。口々に「どうだったんだ」、「うまく済んだのか」と尋ねながら、彼の後ろを何度も見たが、項豪廷《シャン・ハオティン》は現れなかった。

「早く言え！」

夏恩《シャ・ン》は冷静でいられなかった。

「豪《ハオ》は教官室に行って、やっていないと言ったんだろう？」

「ゲイ・バーに行ってなかったことを証明してやるって言ってたよ！」

高群《ガオ・チュン》もそれに続いて言った。

「あれは合成写真だ、と言っていた」

于希顧《ユー・シーグウ》も混乱していた。項豪廷《シャン・ハオティン》の意図が理解できずにいたので、起こったことをそのまま話した。

「写真が合成だって、あいつはどうやってわかったんだ？」

夏得《シャ・ダー》が聞いた。

「彼のスマホにまったく同じ写真があったんだ」

于希顧《ユー・シーグウ》は答えた。

「あり得ないだろ！」

高群《ガオ・チュン》は即座に否定した。夏恩《シャ・ン》は隣で頷きながら、あまりにおかしな話だと思っていた。

「ちょっと待って。写真が合成だってことは、全部がインチキだってことだろう？」

孫博翔《スンボーシャン》の楽観的な言葉に、みんなは納得した。それから夏恩《シャ・ン》が、項豪廷《シャン・ハオティン》が出てこない理由を尋ねたが、この時になって、于希顧《ユー・シーグウ》がかなり厳しい表情でいることに、みんなはようやく気付いた。つまり現状は、みんなが思っている「大丈夫」からは程遠いらしい。

「彼は、自分が合成したって言ったんだが……」

于希顧《ユー・シーグウ》もこの点についてはおかしいと思っていた。もし本当に彼がやったとしたら、どうしてサインしたのだろう、そしてどうして自分がやったと言ったのか？　明らかに矛盾している。

于希顧《ユー・シーグウ》は、混乱した頭を整理するために、みんなに尋ねられるまま最初から最後まで事情を説明した。

＊　＊　＊

「高校生のくせに勉強もしないで、何だって写真の合成なんかしているんだ！」

項豪廷《シャン・ハオティン》の父親は怒りがこみ上げ、息子の後頭部を叩いた。一方母親は、そんな夫を落ち着かせようと、「帰ってから話し合いましょう」、「人前で息子に説教するのは良くないわ」と必死に言い続けた。

それから教官の方に向き直って、繰り返し謝罪と感謝の言葉を述べた。ところが項豪廷《シャン・ハオティン》は、大人たちの怒りを増幅させて、その火の粉を全部自分に降らせようと、反抗的な態度を取り続けた。

「もう一度聞くけど、写真はどこからもらったんだ？」と、教官は聞いた。

「五組の劉美芳《リュウ・メイファン》からもらったって言いましたよ」

彼は、さもうるさそうな表情で言った。

「信じないなら、直接彼女に聞けばいいじゃないですか」

「何だその態度は！」

父親がきつく叱った。

「教官にちゃんと話しなさい！」

事態が思惑通りに進んでいるのを見て、項豪廷《シャン・ハオティン》はいっそうやる気を出した。親友たちのために戦うべく、演技に力を入れ、怒りの表情を浮かべた。

「だってあいつのこと嫌いだから！　あいつのせいで、孫博翔《スン・ボーシャン》たちは掃除させられたし！　リベンジだよ、リベンジ！」

「彼をはめようとしたんだな。なら、写真の合成をどうして認めたんだ？」

教官は不思議に思っていた。

その場にいた三人も一斉に彼を見つめた。

「それは……」

項豪廷《シャン・ハオティン》は自分を騙《かた》った犯人を恨んだ。どうごまかせばいいんだ！　しかし、神経が張り詰めているお陰で、頭の回転も速かった。彼は父親をさしながら言った。

「父が教えてくれたんですよ！　男なら自分がしたことに責任を持て、と父さんが言った。そうだよね？　自分でサインをしたからには、もちろん認めますよ！」

「お前……」

父親は怒りでまた殴りつけたいほどだった。

よく考えるようにと教官は警告した。もし認めると、間違いなく厳しい処分になる。

「彼はあまりにも自分勝手なので、みっちり懲らしめることになります！」

警告が役に立たなかったので、教官はこれからの流れを簡単に話した。学校は会議で項豪廷《シャン・ハオティン》をどう処分するかを決めて、その結果を親に知らせるとのことだった。

項豪廷《シャン・ハオティン》の父は怒りが収まらないまま、教官に丁重に謝った。

「教官、申し訳ありません。……けれども、豪廷《ハオティン》は今高三ですから、この後は無事に卒業の上、さらに進学させたいと思っています……教官にもぜひご配慮のほどよろしくお願い申し上げます……」

教官は親の気持ちが痛いほどわかるのだが、この件に関してはどうしようもなかった。

その後、両親は項豪廷《シャン・ハオティン》と一緒にクラスに戻り、荷物をまとめて帰っていった。孫博翔《スン・ボーシャン》と夏恩《シャ・ン》や高群《ガオ・チュン》は心配だったが、授業中なので、両親と一緒に帰る親友を黙って見送るしかなかった。

しばらくして知らされた処分内容は、大きな減点と五日間の自宅謹慎だった。「この処分はひどすぎる」、と夏恩《シャ・ン》は憤慨していた。

＊　＊　＊

于希顧《ユー・シーグウ》は番地のプレートを一つひとつ見て回り、ようやく項豪廷《シャン・ハオティン》の家を見つけた。なかなかドアをノックする勇気が出ずに、長い間ためらっていた。

あのことが起きてから、彼はいろいろ考えてみた。項豪廷《シャン・ハオティン》が本当に自分を陥れたいなら、尻尾を掴まれるようなマネはしないはずだ。けれども、項豪廷《シャン・ハオティン》は謹慎中なので、話を聞くことができなかった。さんざん迷った末に、やっと勇気を出して、孫博翔《スン・ボーシャン》に住所を聞いたのだが、いざここに着いたら、怖気《おじけ》付いてしまった。本人に会ったら何を話せばいいのかさっぱりわからなかったのだ。

やっぱり帰ろうか？　いや、それはだめだろ……自分の性格だと、帰れば二度とここに来ることはない。

扉の前で決心がつかないまま、時間がどんどん過ぎていった。話すべき言葉が見つからず、勇気も徐々に失せていった。もう帰ろうと思ったちょうどその時、弾むような人の姿が突然視界の隅に入り込んできた。

振り返ると、目の前に項豪廷《シャン・ハオティン》が立っていた。

＊　＊　＊

于希顧《ユー・シーグウ》が項豪廷《シャン・ハオティン》の部屋に入って最初に思ったのは、部屋が本人とまったく同じだ、ということだった。良く言えば、細かいところにこだわっていない、その一方で悪く言えば……ただ汚い。

「どうやってうちの場所がわかったんだ？」

項豪廷《シャン・ハオティン》は床に散らばっている服を片付けながら、興奮した様子で尋ねた。

「孫博翔《スン・ボーシャン》に聞いた」

于希顧《ユー・シーグゥ》は彼を見つめていた。

「君に話したいことがあって」

于希顧《ユー・シーグゥ》の態度がいつもと変わらないので、項豪廷《シャン・ハオティン》は逆に不安になった。彼は無意識に視線を外して尋ねた。

「俺とつき合うって決めたのか？」

その言葉には、誰でも気付くほどの不安が溢《あふ》れていた。

「違うよ」

彼は笑いながら否定した。

「君がやったんじゃないってわかってる」

「俺じゃないってどうしてわかったんだ？」


于希顧《ユー・シーグゥ》は少しためらってから口を開いた。

「君はそんな人じゃないからさ」

項豪廷《シャン・ハオティン》は決して密告なんかしないと、于希顧《ユー・シーグゥ》はわかっていた。この前、自分が孫博翔《スン・ボーシャン》たちをチクったから連中が掃除をさせられた、と項豪廷《シャン・ハオティン》は誤解し、それで仕返しをされた。つまり項豪廷《シャン・ハオティン》は、密告とか人を陥れることが大嫌いなのだ。だから、そんなことをするわけがない。

それに……彼は絶対に自分を陥れるはずがない。自分を陥れる理由なんかない……それはつまり自分のことが好きだから？　こう思うと、恥ずかしさがこみ上げてきたが、これは間違えようのない事実だった。

于希顧《ユー・シーグウ》がまったく疑っていない様子を見て、項豪廷《シャン・ハオティン》は大きく息を吸った。表面上は平静を装ったが、内心は喜びでいっぱいだった。学校の処分も、両親の怒りも、于希顧《ユー・シーグウ》の一言とは比べようもない。いや——彼の一言だけあれば十分だ。


「俺のことをそんなにわかってるのか？」

うれしさをもう隠せなかった。

これまでのアプローチと告白がついに実を結んだのか？　項豪廷《シャン・ハオティン》は良い方に考えてみた。

「君が信じなくてもいいんだけど、やっていないことはわかるんだ。中間試験のことで、君が僕のことを嫌っていると思った奴がやったんだろう……」

正直に言えば、于希顧《ユー・シーグウ》はあの写真を見た時、合成にはまったく見えなかった。だから、本当に誰かに撮られたのかと思ったのだが——。

「あの時、来なくても良かったのに……」

「しかし俺が現れて、俺がやったと」

フフフと笑うと、項豪廷《シャン・ハオティン》は于希顧《ユー・シーグウ》にゆっくりと近づいた。

于希顧《ユー・シーグウ》はだんだん感情を隠さなくなってきた、と項豪廷《シャン・ハオティン》は思った。しかし、もっともっと于希顧《ユー・シーグウ》のことを知りたい。いつもの控えめに凝り固まった感じではなく、もっとストレートでリアルな感情を引き出したい。

「写真は俺が合成した、お前はバーに行ってない。その結果、俺は家で謹慎だ——」

ドスン！

于希顧《ユー・シーグウ》は一歩一歩追い詰められ、ベッドに座り込んだ。下から項豪廷《シャン・ハオティン》を見上げると、微妙な雰囲気が漂っていた。

「わかってるだろ……」

于希顧《ユー・シーグウ》は恥ずかしそうに下を向いたが、項豪廷《シャン・ハオティン》は彼を逃さなかった。彼の顎《あご》を持つと、身をかがめて徐々に近づいた。キスできるほどの距離だった。

「好きだ」

それは、わかっている。しかし、こんなふうにストレートに押してこられると、どう答えればよいのかわからない。目をそらして、途方に暮れるしかなかった。

その途方に暮れてぼんやりしている目を、項豪廷《シャン・ハオティン》が覗き込んだ。

これは拒んでいるんじゃない。絶対に違う。今まで多くの人とつき合ってきた経験から、直感でそう判断できた。今の于希顧《ユー・シーグウ》は自分を拒否していない、とわかったことで大胆になった。

「お前がわかってくれていると信じるよ」

そう言うと、相手をベッドに押し倒しながら、囁《ささや》いた。

「わかってるんだ……俺のこと、とっくに好きになっているだろ？」

「なってない！」

于希顧《ユー・シーグウ》は迷わず項豪廷《シャン・ハオティン》を押し返した。


「ない？」

項豪廷《シャン・ハオティン》は、「俺には証拠がある」というような顔で急いでスマホを出し、写真を開いた。そして大切なものを捧げるように見せながら言った。

「これこれ！　俺を見てるだろ！」

その写真の主人公は一見遠くを見ているようだが、項豪廷《シャン・ハオティン》は自慢げに、赤丸で囲んだ自分を見ていると主張した。あまりに細かくて、何度もじっくり見ないとわからないほどだった。

于希顧《ユー・シーグウ》は写真を見つめて、何かを考えているようだった。その様子が、まるで秘密を明かされたために沈黙しているように見え、項豪廷《シャン・ハオティン》は満足だった。


「そう、確かに君を見てた」

彼は微笑《ほほえ》みながら言った。

「認めるんだな？　これでもまだ俺を好きじゃないって言うのか？」

「好きなわけじゃないんだ。これはただの好奇心」

予想外の答えが返ってきたので、項豪廷《シャン・ハオティン》は顔を曇らせた。

「それはその……僕が成績を気にしているのは君も知ってるだろう？　だから、成績順位表をいつも見てるんだ……」

項豪廷《シャン・ハオティン》を気にするようになったのは、高二の時の試験で、その時二人の成績の差がわずか四点しかなかったからだという。そこからライバルとして見るようになったのだ。

「うそ……それで俺を見ていたのか。俺は、そんな――！」

彼ががっかりしている様子を見て、于希顧《ユー・シーグウ》は逆にうれしそうに笑った。于希顧《ユー・シーグウ》にとっては、笑いたい時に思う存分笑うような、思いっきり自由な項豪廷《シャン・ハオティン》こそが一番いい。

「でも、そのあとはずっと、後ろから数えてすぐのところだっただろ。君は特別だなって思ったよ。誰のことも気にせず、やりたいことを好きにやってさ。誰からも自由で、まるで全世界を手の中に収めているかのようだ」

「褒めるなよ……」

照れるように彼は言った。

「別に褒めてるわけじゃない」

于希顧《ユー・シーグウ》は彼の目を真剣に見つめた。

「本当に羨ましいんだ。僕にはできないことだから」

「どうして？」

「僕は叔母に育てられたんだけど、彼女が結婚して、子どもができて。だからそれ以上負担をかけられないと思った。自活しなくちゃ、ってね」

項豪廷《シャン・ハオティン》は真剣に聞いた。決して口を挟まなかった。于希顧《ユー・シーグウ》が初めて自分のことを語ってくれたのだ。すべてを聞きたかった。

「だから、君のようになりたいと思ったよ。笑いたい時に笑って、怒りたい時に怒って、誰とでもすぐに仲良くなって。罰を受けようが、処分されようが、気にも留めない……。君を見ていると何だかまるで……自分も少し自由を手に入れたような気がするんだ……」

于希顧《ユー・シーグウ》の人生はあまりに暗たんとしたものだった。息ができないくらい苦しく、何も考えなくても息が詰まり、目は濁った水で覆われているようだった。

「君と出会ってから、考えるようになったんだ……もし両親があんなに早く天国に行かなければ、すべてが違ったんじゃないか？　今のようにならなかったんじゃないか……ってね」

于希顧《ユー・シーグウ》はついに我慢できずに泣き出した。

毎日が勉強とバイトと睡眠の繰り返しだなんて。項豪廷《シャン・ハオティン》は想像するだけで恐ろしいと思った。そんな生活をずっと続けるのはどんなに辛いことだろう。楽しいことが何もなく、憧れの人や物を見ている時だけ、生きている実感があるなんて。

嫌な気分やストレスを発散する方法なんてたくさんある。けれども、于希顧《ユー・シーグウ》は項豪廷《シャン・ハオティン》を見ている時だけ少しリラックスできるのだ。自分が彼のはけ口になれたのはうれしかったが、心が痛んだ。

「これからは、俺がいる」

項豪廷《シャン・ハオティン》は言った。

「俺の持っているものを全部分かち合うよ」

そう言うと項豪廷《シャン・ハオティン》は、ゆっくりと于希顧《ユー・シーグウ》を抱きしめた。幸せも悲しみも痛みも、そして辛いことや苦しみまでもが、温もりとともにゆるやかに伝わってきた。

これからはすべてを二人でともに分かち合うんだ。手をつないで一人が片方の翼となれば、一緒に飛べる。どちらかが自由であることを羨むことは、もうない。

于希顧《ユー・シーグウ》は、もう隠す必要も、項豪廷《シャン・ハオティン》を警戒する必要もなくなり、相手の腕の中で思いっきり泣いた。

＊　＊　＊

翌朝、于希顧《ユー・シーグウ》が学校へ行く準備をしていた時、ドアをノックする音が聞こえた。のぞき穴を見ると思わず笑みがこぼれ、すぐにドアを開けた。

「おはよう」

項豪廷《シャン・ハオティン》が立っていた。朝ご飯を買ってきたのだ。

昨日のハグと気持ちを込めた告白の後、二人の関係はより近いものとなった。特に于希顧《ユー・シーグウ》は、今までは項豪廷《シャン・ハオティン》を見てもうれしいと思うことはなかったのに、今は心からうれしくなっていた。

「はい、朝ご飯」

于希顧《ユー・シーグウ》が手を出して受け取ろうとすると、そのまま項豪廷《シャン・ハオティン》に抱きしめられた。彼は「何でも二人で分かち合う」ことを少しずつ実行しようとしていた。まず、自分のプラスのエネルギーと喜びを相手に伝えたい。抱きしめることは、その一番ストレートな方法だ。

「お前のことを想ってたよ」

愛の言葉かけも当然必要だ。

「何でこっそり来たの？　朝食は用意してあるけど」

于希顧《ユー・シーグウ》はテーブルに置いてあるトーストと水をさしながら言った。

項豪廷《シャン・ハオティン》はそれを見て顔をしかめた。そんなものはまったく栄養がないではないか。

「それを食べないで、俺が用意したのを食べてよ」

彼は、相手が断れないような優しい笑顔で朝食を渡した。

于希顧《ユー・シーグウ》は受け取ると、「ありがとう」と言い、さらに「わざわざこれを持ってきてくれたの？」と尋ねた。

「そうだよ！」

そう言うと、後ろのドアを閉めた。それから意味ありげな顔で、実は頼みがあると言う。

「あのさ、父親がね、まだ怒ってるんだ。だから期末試験ではいい成績を取って、親父を喜ばせたいんだよ！」

そして、項豪廷《シャン・ハオティン》は軽く頭を下げながら手を合わせ、お願い事をするように言った。

「ビリから二番目の俺を助けてくれ。頼むから！」

「期末試験は再来週だよ」

今から準備をするというのでは、あまりにも時間が足りない。

「できるよ！　お前は成績いいんだから、きっと大丈夫だよ。それに、俺も賢いし！」

項豪廷《シャン・ハオティン》はふざけて自分の頭に二本の指を立て、鹿のようなかわいい格好をしたので、二人一緒に爆笑してしまった。

「僕は……バイト以外は学校にいるし……」

どれくらいの時間を使えるか計算して、週末の午後一時に項豪廷《シャン・ハオティン》の家で勉強をすることを約束した。バイト先は彼の家の方が近い。今は、一秒も時間を無駄にできなかった。

「Yes, Sir!　于《ユー》先生、ありがとう！」


「はいはい、早く帰って。また叱られるから」

外出したことがバレると、もっと厳しく罰せられることを于希顧《ユー・シーグウ》は心配していた。そんな言葉の裏にある細やかな思いやりは、聞く側を熱く感動させた。

于希顧《ユー・シーグウ》は出る前に、忘れずいつものように、ペットにバイバイを言った。項豪廷《シャン・ハオティン》が近づいてみると、ペットはカブトムシだった。興味を覚えて名前を聞くと、

「名前はないんだ」と于希顧《ユー・シーグウ》は答えた。

「じゃ、白《バイ》ちゃんにしよう」

提案が却下されなかったので、自分もカブトムシの半分の飼い主になったような気がして誇らしかった。

カブトムシにゼリーを食べるように話しかけた後、于希顧《ユー・シーグウ》に向かって、「于《ユー》ちゃん、チョコを食べて」と言いながら、掌《てのひら》に何かを押し込んだ。

それは小さなチョコだった。表には「怖がらないで、俺がいるから」と書いてあり、さらに裏には、ハートマークがかわいく描いてあった。

于希顧《ユー・シーグウ》はそのチョコの袋をじっと見つめ、ニッコリと微笑んだ。昔だったら、つまらないとしか思わなかったものが、今はとても甘く感じられ、食べるのが惜しかった。メッセージが書かれた袋を、どうやってずっと取っておこうかと考えながら、項豪廷《シャン・ハオティン》に微笑みかけた。今までに経験したことがないほどの幸せが一気に押し寄せてきた。

*　　　*　　　*

二人一緒の勉強は順調に進んだ。項豪廷《シャン・ハオティン》は全学年のトップ3に入れると自信満々だった。于希顧《ユー・シーグウ》は「それは保証できないけど、努力は認める」と言ったので、それだけでも、項豪廷《シャン・ハオティン》はもううれしくてたまらなかった。

于希顧《ユー・シーグウ》の金曜のバイトは、日付をまたいだ深夜に終わり、そこに項豪廷《シャン・ハオティン》が迎えに来た。明日は学校が休みなので、家庭教師のお礼にどこかへ連れていってくれるという。二人はUBikeに乗って、ハイキングの人が使う山の中腹のあずまやまで行った。

6　公共自転車レンタルサービス。

久しぶりに普段のストレスから解放された于希顧《ユー・シーグゥ》は、手すりに飛び乗って遠くを眺めた。町が小さく見えて、オレンジ色の明かりがキラキラ光っている。吹き寄せる夜風が少し冷たくなってきた。ストレス発散には、自然に触れて植物の匂いを嗅ぎ、きれいな空気を吸うのが一番なのは本当だ。いつもの生活から離れるだけでも全然いい。

「見て！　ほら！」

突然、項豪廷《シャン・ハオティン》が大きな袋を持ってきた。自転車に乗っていた時には持っていなかったのに、と于希顧《ユー・シーグゥ》は不思議に思った。中を見ると、キャンプ用品がたくさん入っていて、小型のガスバーナーまであった。きっと前から準備してこんなところに隠していたのだろう。

項豪廷《シャン・ハオティン》は無邪気に笑いながら、袋からライトを幾つも取り出し、手すりにかけたり、大きなハート型に地面に並べたりした。小さなガラス瓶に入れたライトは、手を温めるだけでなく、センチメンタルな気分にもさせた。それが終わると、ガスバーナーにステンレスの小鍋を載せ、項豪廷《シャン・ハオティン》は甘味スープを混ぜ始めた。于希顧《ユー・シーグゥ》は光るガラス瓶を持ちながら微笑んでいた。まるで宝物を持っているようだった。

「ありがとう」

試験勉強をしながら、これらを用意するのは大変だったに違いない。でも、誰かに尽くされるというのは、慣れないことだが悪くはなかった。

一方、項豪廷《シャン・ハオティン》はにこにこ笑っていた。于希顧《ユー・シーグゥ》が自分にお礼を言うのは、もう何回目だろう。ただ単純に、好きな人に特別なことをしてあげたいだけなのだ。言葉で感謝されるより、于希顧《ユー・シーグゥ》が笑ってくれることの方がうれしかった。

「小さい頃から星を見るのが好きなんだ。両親もそうだった」

「そうなんだ」

今日の于希顧《ユー・シーグウ》はとてもうれしそうであることが項豪廷《シャン・ハオティン》にはわかった。

「人は亡くなったら星になって、空から見ているって言われたことがあるんだ。だから小さな頃から、どうすればいいかわからない時は、星に向かって話すと、答えが返ってくるような気がしている」

項豪廷《シャン・ハオティン》は彼の話をじっと聞いていた。彼の両親は、ばら星雲を見に行ったまま戻らなかったそうだ。だから、その星雲に両親は住んでいると于希顧《ユー・シーグウ》は信じていた。

何と子どもっぽい考え方なのだろう。ほかの人の話だったら、馬鹿みたいだと思うに違いない。しかし、于希顧《ユー・シーグウ》の目を見ると、ピュアな子どもが心からこの話を信じて、時々空に向かって何かをしゃべっている様子が見えるようだった――。

「信じる?」

于希顧《ユー・シーグウ》は小さな声で尋ねた。項豪廷《シャン・ハオティン》を見つめる目にまったく動揺はなかった。

この質問で、他人や自分を説得しようとしているわけではなかった。自分の心に近づいてくれた人が初めて現れて、そのお返しとして、自分の大切な秘密を打ち明けたのだ。

「信じるよ」

項豪廷《シャン・ハオティン》は温かい掌《てのひら》で彼の手を包んだ。そばに近寄り、全身の温もりを分け与えるかのように抱きしめた。

二人は顔を見合わせて微笑み合った。滅多にないほどたくさんの星がキラキラとダイヤモンドのように輝いていた。

「――きっと今、お前の両親が笑いかけているよ」

于希顧《ユー・シーグウ》から笑みがこぼれた。自分が考えていることがどうしてわかったのだろう？　父と母に話かけていると、ふとした瞬間に、今、二人はきっと自分に微笑み、リラックスさせて元気付けてくれている、と感じていたのだ！

瞳に映る星は、ほかの人からすれば、ただ輝いているだけかもしれない。だが、二人には親の励ましや優しさが見えるようだった。于希顧《ユー・シーグウ》はそっと相手を見た。そばに誰かがいることは思っている以上に心地良く、いつまで経っても話が途切れることはなかった。

「将来、星を研究したいんだ」

于希顧《ユー・シーグウ》の言葉を項豪廷《シャン・ハオティン》は眉をひそめながら聞いた。

「ゴリラを研究するって？　それなら動物学を専攻すべきだろう？」

動物学？[7]　于希顧《ユー・シーグウ》は怪訝《けげん》な顔をした。ゴリラではなく、星のことである。

「物理学だよ！　天文学者は幅広い分野を学ぶ必要があるんだ。例えば、力学、電磁気学、統計力学、量子力学、それから相対性理論と素粒子物理学……」

「相対性理論？　難しそうだな。そんな難しいものに俺が受かるわけないよな？」

7　中国語のゴリラ「猩猩」と星「星星」は同じ発音。

物理学科を受験するには、聞くだけで難しそうなたくさんの科目を勉強しなければならない。そんな大変なことだとは思っていなかった項豪廷《シャン・ハオティン》は、少し悩んでしまった。

于希顧《ユー・シーグウ》はその話を誤解して受け取った。そして期待を込めるように、「君も星に興味があるのか？」と尋ねた。

「お前が好きだから、同じ学科に進学したいんだよ」

項豪廷《シャン・ハオティン》の答えはストレートだった。彼は元々こういう性格だから、好きでも嫌いでも隠さない。

「そんなに簡単に自分の将来を決めていいのか？」

「簡単じゃないよ。真剣なんだ」

「真剣」。この言葉が彼の口から出るのは何回目だろう。聞くたびに違う印象を受ける。最初は疑い、戸惑って、本気にはしなかった。相手のことをだんだんと知り、良き相棒としてつき合うようになると「真剣」という言葉が変化して、まるで約束——必ず果たす約束のようになった。

項豪廷《シャン・ハオティン》の横顔を見ると、その場の話にただ合わせているようには見えなかった。本気で于希顧《ユー・シーグウ》を将来の計画に入れているのだ。それが困難であっても構わない。いや困難であるからこそやりがいがある。項豪廷《シャン・ハオティン》は不可能に挑戦するのが好きなのだから。

「決めた。物理学科に進学する」

于希顧《ユー・シーグウ》の気持ちに応えるように、項豪廷《シャン・ハオティン》は決意を語った。項豪廷《シャン・ハオティン》の考えはシンプルなものだった。将来于希顧《ユー・シーグウ》のいる場所が自分のいる場所であり、たとえ今は肩を並べられなくても、未来は重なり合えるだろうと考えたのだ。

「後悔するなよ」

于希顧《ユー・シーグウ》は笑いながら言った。

「しないさ」

後悔があるとすれば、彼ともっと早く出会えなかったことだ。もしもっと早く出会っていたら、もっと早くから一緒にいられたのに。そうだったとしたら、どれだけ幸せなことだっただろう。項豪廷《シャン・ハオティン》はそう言った後、いたずらっぽく「チュー」と言いながら于希顧《ユー・シーグウ》の頬にキスをした。

キスされた方は外では何事にも慎重なので、反射的に声を上げて警告した。ところが、項豪廷《シャン・ハオティン》は不意に口にキスをしてきた。甘い香りが口の中に漂い、寒空の下で冷えた体と心を温めた。項豪廷《シャン・ハオティン》は軽くキスをしただけでそれ以上は求めなかったので、于希顧《ユー・シーグウ》の驚きも徐々に薄れ、ただ甘い感触だけが残った。

項豪廷《シャン・ハオティン》は相手が寒いのではないかと心配して、強く抱きしめた。二人にとって、この真夜中のゆったりとした時間は大切なものだった。明日以降は、再び勉強に追われる環境に戻って、期末試験に向き合わなければならない。今晩だけが、互いに想い合える時だった。

* * *

夜になると、孫博翔《スン・ボーシャン》は、あれこれと話が止まらない孫文傑《スン・ウェンジェ》をようやく追い払うことができた。それから、いつも閉店時間に帰る常連客に挨拶をし、一人で掃除をしていた。これから盧志剛《ルー・ジーガン》と夕飯を食べに行くと思うと、やる気いっぱいで掃除に取り組んだ。不思議なことに、恋愛すると世界が美しくなり、嫌いだった掃除もそれほどではなくなってきていた。

ジムの電気を消して、バケツを両手に持ち、シャワー室に戻った。いつものBGMが流れていないので水の音がよく聞こえ、まるで家にいるようだった。

「すぐ終わるから、手伝うよ」

盧志剛《ルー・ジーガン》が隣のシャワー室から話しかけてきた。

「うん！」

孫博翔《スン・ボーシャン》が幸せそうに笑いながら洗面台の水を拭いていると、ドアの開く音が聞こえた。孫博翔《スン・ボーシャン》はふと鏡を見るや、息を呑んだ。

盧志剛《ルー・ジーガン》がバスタオルを腰に巻いてシャワー室から出てきた。引き締まった体は、湯気が立ち込める中で見ると、ひときわセクシーだった。肌についた水滴が光に照らされ、輝いている。孫博翔《スン・ボーシャン》は鏡の中の人をじっと見ると、何もされていないのに息苦しくなった。

孫博翔《スン・ボーシャン》は振り返ると、盧志剛《ルー・ジーガン》の首に手を回し、ディープキスをした。盧志剛《ルー・ジーガン》は今度は拒まなかった。

さっきまでの汗まみれのトレーニングを思い起こし、野性的な魅力に満ちた体を見ただけで、孫博翔《スン・ボーシャン》は両足の間に違和感を覚えた。さらに拒まれなかったので、大胆に攻撃を始め、舌を相手の口に入れて、思う存分舐《な》めたり吸ったりした。若い彼は一直線に突き進むが、盧志剛《ルー・ジーガン》は少し無理をして合わせた。

盧志剛《ルー・ジーガン》は相手の熱さに応える一方、体に触れながら相手をコントロールしようとしていた。孫博翔《スン・ボーシャン》はその誘導で動きを緩め、シャツを脱いだ。鎖骨のあたりに褐色の目立つあざが現れた。

盧志剛《ルー・ジーガン》はさっきの熱いキスで性欲が高まっていた。いつもなら若い恋人の攻撃を許すわけがなかったが、今やジムには誰もいないし、孫文傑《スン・ウェンジェ》が突然戻ってきたりもしない。

盧志剛《ルー・ジーガン》は目の中の欲望を隠しながら優しく微笑んで、洗面台の前に立ち、孫博翔《スン・ボーシャン》を自分の後ろから抱きしめるように導いた。孫博翔《スン・ボーシャン》は彼の意図を理解し、彼を抱きしめながら、たくましい胸をなでた。触れたところは、まるで電流が流れたようにしびれ、危険だとわかりながらも離れがたい気持ちにさせられた。

孫博翔《スン・ボーシャン》の表情が、自分と同じように、相手を求める気持ちに満ち溢れていることが鏡を通して見て取れた。彼は下をまさぐる相手の手を押さえながら微笑んだ。その微笑みは、許可と同意を意味する甘美な愛の言葉だった。


孫博翔《スン・ボーシャン》が首の後ろにキスをすると、ボディソープの香りが鼻をくすぐった。胸をなでると、相手の乳首がすでにくっきりと突き出ていた。乳首を愛撫した時の手触りが心地良く、そっとつまんでそれがかすかに赤くなるのを見ると、またそれにそそられるのだった。

孫博翔《スン・ボーシャン》はすでに夢の中で、盧志剛《ルー・ジーガン》と何度も肌を合わせていた。けれども実際に行うのは初めてのことであり、舐めたり、軽くキスしたりすることしかできなかった。狭い空間にこだまする澄んだ水の音と漏れ出る声は、効き目のある媚薬のようだった。


バスタオルの下はすでに勃起していて、その先端がタオル越しに洗面台のタイルに擦られていた。こんな状態の自分に慣れていないかのように、盧志剛《ルー・ジーガン》は両手で自分の肩を抱き、眉間にしわを寄せた。すでに体は燃え上がっていたが、一方で不安を感じていた。

自分と深い関係になった人は、一人ひとり離れていった。まさか、孫博翔《スン・ボーシャン》も……。

彼が身を硬くし、不安になっていることは、その目や動きから簡単に読み取れた。そんな様子を見て、孫博翔《スン・ボーシャン》は諦めきれずに相手の指に優しくキスをした。もし一つのキスが一つの誓いを意味するなら、孫博翔《スン・ボーシャン》は幾多の誓いを盧志剛《ルー・ジーガン》に捧げたことになる。


「愛してる」

若い彼は恋人の耳元に囁いた。

盧志剛《ルー・ジーガン》はその短い言葉に勇気をもらった。

孫博翔《スン・ボーシャン》の恐れずに前に進む勇気を思い描くと、自分の恐怖心や臆病さは無限の熱意に追い払われた。残ったのは、何年経っても消えがたい頑固さだけだった。

二人の視線が鏡の中で絡み合うと、盧志剛《ルー・ジーガン》は言葉を笑顔に置き換えた。その笑顔には相手を受け入れると同時に、好きにしていいというメッセージが込められていた。

孫博翔《スン・ボーシャン》は相手の目から意味するところを読み取った。恋人がどれだけ怖がっているのかもよくわかっていた。けれども許可を得ると彼は一瞬にして勇敢になり、不安なことがあろうと、時間をかければ自分の体でそれに打ち勝てるという自信が湧いてきた。

さっきの甘くてささやかなキスとは違い、今度は激しくエネルギーに満ち溢れるキスをした。洗面台で体を支えている盧志剛《ルー・ジーガン》の上半身は美しい弧を描き、肩甲骨の間のくぼみは人をそそる深淵であった。そして隆起した腰はまた強烈に魅惑的だった。

バスタオルを外さずに、捲《めく》って腰にかけた。目の前の光景は、今まで勉強してきたビデオよりもっとセクシーで挑発的だった。

孫博翔《スン・ボーシャン》は初めてのことで慌てふためいていた。後ろで焦ってあれこれと試したが、どうしてもビデオのようにスムーズに入れられなかった。

盧志剛《ルー・ジーガン》は後ろの人がまごついていることがわかると、ちょっと微笑んだ。この子が予習してきたであろうことは容易にわかった。少しはわかっているがコツがわからない、という表情は何年か前の自分と同じだった。

恋人がかわいいと彼は改めて感じた。力ではなくテクニックでそこを広げるために、手を差し伸べた。ここにはローションはないし、ボディソープもその代わりにはならないけれど、それでも教えるべきことは教えなければならない。

彼は孫博翔《スン・ボーシャン》の手を持って、腰の間に導いた。指がスムーズに入るように、できるだけ体をリラックスさせた。

「うん……」

痛みに耐えながら、それでも応えようと努力した。このセックスを自分も望んでいるのだ。

孫博翔《スン・ボーシャン》は、相手が痛がるのではないかととても緊張して心配したが、盧志剛《ルー・ジーガン》はあまり痛みを感じていないらしい。指は柔らかく包まれ、まるで粘り気のある水に浸かっているようだった。孫博翔《スン・ボーシャン》の学習能力は高く、どのように指を出し入れすれば、相手が幸せそうな喘《あえ》ぎ声を上げるのかがすぐにわかるようになった。盧志剛《ルー・ジーガン》は楽しむかのように頭を下げ、腰を上げて、後ろへ擦り返した。その動きで、どこを愛撫すればよいのかを相手に知らせたのだ。経験上、どのように体が反応すればそれより先に進めるかはわかっていた。穴のヒクヒクする力が弱まると、体はそろそろ、より太くて硬いものを入れられるようになる。

彼は鏡越しに孫博翔《スン・ボーシャン》に目で語りかけた。顔をじっと見ていた孫博翔《スン・ボーシャン》はその合図を受け取ると、すぐに意図を理解した。

「あっ!」

孫博翔《スン・ボーシャン》の先端が入った瞬間、二人は同時に声を上げた。盧志剛《ルー・ジーガン》は予期せぬ痛みに気持ちが萎えかけたが、その痛みの裏にはそれを上回る快感が芽生えていた。

盧志剛《ルー・ジーガン》は目を開き、そしてまた閉じて、自分を抱いている鏡の中の少年が、苦しそうな顔をしながらも慎重な姿勢を崩さずにいる、その様子を心に刻んだ。こんな時にでさえ、相手の感覚を優先してくるということに感動を覚えずにはいられなかった。

「あっ、うん!」

「志剛《ジーガン》、兄……ああ……」

孫博翔《スン・ボーシャン》は低い声で叫んだ。耳を傾けて聞かなければ、ただの呻《うめ》き声にしか聞こえない。初めての経験に興奮した彼は、相手の胸をしっかり抱きしめて、深いところまで自分のものを押し込んだ。

「はっ、ああ！」

盧志剛《ルー・ジーガン》は、痛みが弱まってきたことを感じていた。

体を後ろに反り返らせて相手に身を委ねると、自分のものをしごいた。一方孫博翔《スン・ボーシャン》は相手の顔を少し強く引っ張って、キスを要求した。その支配的な態度に盧志剛《ルー・ジーガン》は胸が高鳴った。

「うん……ああ……」

体が慣れてきて、もはや痛みはまったく感じなくなっていた。

孫博翔《スン・ボーシャン》の出し入れで、盧志剛《ルー・ジーガン》の敏感な部分が時折擦られた。初心者なので、スピードや力をコントロールできない。しかし情熱的に全身の力で強く押し込んでいた。二人が結ばれている部分には快感が急速に広がり、腰までしびれを感じていた。

「おっ、あっ！　うう……」

久しく忘れていた感覚が押し寄せてきて、盧志剛《ルー・ジーガン》の顔が引きつった。孫博翔《スン・ボーシャン》の頭をなでていた手に力を込め、体をこわばらせた。穴が頻繁にひくつき、孫博翔《スン・ボーシャン》のものを切断するかのように締め上げた。

「志剛《ジーガン》兄、志剛《ジーガン》兄……」

その愛しい声を聞くと、盧志剛《ルー・ジーガン》は喜びに震えた。幸福感を思い出すと同時に、深く愛してくれている相手の感覚も大切に思った。

上《のぼ》り詰める前に、盧志剛《ルー・ジーガン》は若い恋人を抱きしめてキスをし、さらにより強く激しく突かれる中、全身のしびれを感じていた。そして孫博翔《スン・ボーシャン》が腰を振り続けると、最後には二人とも絶頂へと駆け上った。

「はっ、はっ……」

孫博翔《スン・ボーシャン》はさすがに若いので、出した後も硬いままで、中をゆっくりと擦り続けた。このしびれ感は辛く、盧志剛《ルー・ジーガン》は震えながら、相手の動きを止めさせた。達した後では耐えがたいのだ。孫博翔《スン・ボーシャン》も強すぎる刺激を避けるため、入れたまま相手を抱きしめて、時々肩や首にキスをした。

オーガズムの余韻が熱く湿った空気に溶け込み、孫博翔《スン・ボーシャン》はその中に溺れたまま抜け出せなかった。盧志剛《ルー・ジーガン》は、相手の幸せそうな顔を見ると、体液で汚れた洗面台を掃除して帰らなければならないという現実には、またしばらくしてから向き合うことにしたのだった。

*　*　*

期末試験の結果が発表され、項豪廷《シャン・ハオティン》は「期待に応えて」二位の成績を取った！

友達と祝杯を上げている時も、最も感謝すべき于希顧《ユー・シーグウ》のことを忘れることはなく、その場で父親からの夕飯への誘いを伝えた。

「本当に？」

于希顧《ユー・シーグウ》にとって、項豪廷《シャン・ハオティン》はすでに大切な人になっていたので、もちろんうれしかった。

項豪廷《シャン・ハオティン》の家に着くとすぐに、于希顧《ユー・シーグウ》は両親に挨拶しようとした。

「いいんだ。二人はいないから」

項豪廷《シャン・ハオティン》はしゃがんでスリッパを于希顧《ユー・シーグウ》の前に出しながら言った。

「父さんは友達のところに行ったし、母さんは地域のボランティアに出かけたから」

「妹は？」

「買い物に行ったんだろ」

項豪廷《シャン・ハオティン》は、「女の子がショッピング好きなわけがわからない」と、軽い調子で言った。自分は買い物する時はいつも、決めた物だけを見て買う。妹みたいにあれこれ見てから買うことはしない、と。

「ああ」

「じゃあ……今は誰もいないってこと？」

あれ？　待てよ、誰もいない？　項豪廷《シャン・ハオティン》は突然気付いた。つまり、今は好きな人といちゃいちゃできる絶好のチャンスってこと？

何かを企んでいるかのような笑顔を于希顧《ユー・シーグウ》に向けたが、于希顧《ユー・シーグウ》はそれには反応せずに、「はあ？」と言っただけだった。

一方項豪廷《シャン・ハオティン》は、何も言わずにカバンを置き、コートを脱ぐと、狼のような仕草で相手に向かっていった。于希顧《ユー・シーグウ》は彼の様子を面白がり、それに合わせるように「じゃ、あとでまた来るね」と言いながらゆっくりと後ろへ下がった。

「何であとで？」

項豪廷《シャン・ハオティン》は彼を両手で掴むと、ピアノの上に座らせた。四本の手が叩く音は、まるでワルツの前奏曲のようだった。短期間に近しい間柄になった二人には、まだ恥ずかしさや緊張感があった。今までも二人だけの時はあったが、部屋の外には家族がいたし、学校にはほかの生徒がいた。一緒に星を見た時は外だったから、今回のように閉ざされた空間に二人っきりになるのは初めてだった。


「エロい奴。まだ何も言ってないのに、もう想像したのか？」

項豪廷《シャン・ハオティン》は邪悪そうな笑みを浮かべて、相手の首に顔を近づけた。かすかな汗の匂いと服の香りが混じり合い、うっとりとした。

「僕は、僕はただ、君の部屋じゃなくて、リビングでテレビを見たいんだ」

彼は項豪廷《シャン・ハオティン》を軽く押し、目を合わせないようにした。

「何？　孫博翔《スン・ボーシャン》のように、ズボンを脱がされるのが怖いのか？」

「君たちは、何でもやり放題だからね」

于希顧《ユー・シーグウ》からすれば、彼らは自由奔放そのもので、学校や社会のルールなどには束縛されないように見える。

「どうして知ってる？」

不意に、于希顧《ユー・シーグウ》は両手で後ろから強く抱きしめられた。背中が分厚い胸にぴったりとくっついている。反応できずにいると、ジッパーが引き下げられる音が耳に入り、ジャンパーが床に投げ捨てられた。耳に入ってきた囁きが于希顧《ユー・シーグウ》を震えさせた。

「そして、場所を気にしないのさ！」

この言葉はこれから始める、と言っているようなものだ。

「ふざけるなよ」

于希顧《ユー・シーグゥ》は低い声で言った。ところが、次の瞬間には、ソファーに押し倒されて、項豪廷《シャン・ハオティン》が上に覆いかぶさっていた。腰から下は少し動いただけでも感じられるほどぴったりとくっついていた。

二人の呼吸が急に速くなり、心臓が高鳴った。于希顧《ユー・シーグゥ》の口の中は、燃えているかのようにカラカラになり、息をするたびに熱くなった。


「ふざけていない。真剣だ」

項豪廷《シャン・ハオティン》は相手の頭をなでた。掌《てのひら》が汗まみれで、ネットリとしていた。

「キスをしたいんだけど……」

彼は荒い息を吐きながら、必死で堪《こら》えているようだった。先に進めたくても、于希顧《ユー・シーグゥ》の許しを得なければならない。

女の子とつき合っていた時は、二人でいい感じになってお互い嫌じゃなければ、キスをして、さらに先に進められた。でも、相手が于希顧《ユー・シーグゥ》となれば、話がまったく違う。彼には少しでも不愉快な思いをさせたくないのだ。

項豪廷《シャン・ハオティン》の気遣いが、于希顧《ユー・シーグゥ》には美しいものと感じられ、自分の方からキスをした。そうなれば、次へ進むのは難しくない。

この前のキスはあっさりと軽く唇が触れ合っただけだったが、今回は違った。唇を舐めたり、吸ったりすることにより欲望が強く激しくなっていった。于希顧《ユー・シーグウ》は本能に従い、相手の腰に当てていた手をだんだん上に滑らせた。なでられた肌は火が燃えるように熱くなった。欲望に駆り立てられ、于希顧《ユー・シーグウ》は受け身の姿勢をやめて、体を支えて起き上がった。

項豪廷《シャン・ハオティン》は彼の顔をなで、優しくキスをしながら、先に進むかどうかを目で相手に聞いた。于希顧《ユー・シーグウ》は相手のシャツのボタンを外して、それに答えた。彼の真剣な目を見た項豪廷《シャン・ハオティン》は、全身がしびれるようだった。

今まで、彼がこんな真剣な目をしていたのは、勉強と試験の時だけだった。ところが、自分に向き合っている今も真剣になっている。これは、ついに自分も試験と同じぐらいに重要になってきたということなのか？ 項豪廷《シャン・ハオティン》は思わずそう考えた。

こんなに激しく興奮したことはなかった。于希顧《ユー・シーグウ》と出会ってから、すべてが変わった。彼に見られているだけで、体が反応してしまう。

于希顧《ユー・シーグウ》もこんなに興奮したことはなかった。どうすれば項豪廷《シャン・ハオティン》を喜ばせられるか、だけを考えていた。

胸に当てている手からは心臓の鼓動が感じられる。湿った触感が想像を掻き立てた。激しくキスをすると、脚の間が擦り合わされ、苦しくなった。二人は、脚の間に隙間ができないように深く抱き合った。わずかな動きが、解放感に似た快感の爆発を呼び込んだ。

性的欲求が強い年頃の二人は、感情が高まるにつれ、一刻も早く相手を裸にしたいと思った。ここが閉じられた空間ではないことすら忘れていた。キスと愛撫だけでは、満足できなくなり、全身がもっと深く触れ合いたいと叫んでいた。その瞬間、耳に飛び込んできた……。

「きゃ——！」

第七章

両親に見られた瞬間、項豪廷《シャン・ハオティン》は教官室の時と同じように、咄嗟《とっさ》に于希顧《ユー・シーグウ》を守ることを選んだ。

「俺が無理にやったんだ」

項豪廷《シャン・ハオティン》は続けて言った。

「好きになってくれとせがんだから、彼は仕方なく応じただけだ！」

この言い訳がいかに馬鹿げているかは、彼もわかっていたが、これ以上の方法がなかった。何とかして、両親の怒りの炎を自分に集めようとした。

「何か理由があるのか？」

父親は頭に血が上《のぼ》り、声を荒げた。

「もう、何バカなことを言ってるの……」

母親は、息子の口を封じたかった。火に油を注ぐようなことを言って父親を怒らせるな、と。

「バカなことなんか言ってない。本当のことだ！」

仕方なく、写真の合成の件を無理強《じ》いした理由にした。今は、于希顧《ユー・シーグウ》に早く帰ってもらうことが一番大事だ。

ところが父親は、直接于希顧《ユー・シーグウ》に聞いてきたので、今度は、于希顧《ユー・シーグウ》が「イエス」か「ノー」かを選べずに困ってしまった。どちらを選んでも、項豪廷《シャン・ハオティン》も自分も、窮地に追い込まれてしまう。ジレンマに陥り悩んでいると、項豪廷《シャン・ハオティン》が自分の前に立ち、親に向かって「俺に言えよ」と叫んだ。申し訳ない気持ちで、于希顧《ユー・シーグウ》は何も言葉を発することができなかった。


「モラルや恥はないのか！　こんなおかしなことをして、よく堂々としていられるな！」

「男を好きになることが恥だっていうわけ？」

いったいいつの時代の話なんだ。父親がこんな古臭いことを言うのが信じられなかった。

「誰を好きになろうと俺の自由だ！」

「項豪廷《シャン・ハオティン》！」

母親は、喧嘩《けんか》がどんどんひどくなることを怖れた。息子は聞く耳を持たない。しかも、「俺に最後まで話をさせてくれ」とまで言っている。不安で目に涙がにじんだ。

「とにかく全部俺のせいだから」

彼は一人前の男のように、于希顧《ユー・シーグウ》の前に立っていた。そして、どんなことがあっても俺がいるからと言わんばかりに、于希顧《ユー・シーグウ》の手を握った。

握り合っているその手を見て、父親は気色ばんだ。

于希顧《ユー・シーグウ》はその顔を目尻に捉えると、急に不安になり、全身に力が入った。嫌な予感が湧き上がってきたが、まだ自分の身の処し方を決められなかった。そこへ、項豪廷《シャン・ハオティン》の言葉が耳に入ってきた。

「俺たち、つき合うことにしたから」

瞬時に、様々な感情が父親の目を過《よ》ぎった。于希顧《ユー・シーグウ》は、その中にこれ以上ないほどの重い意味を読み取り、自ら手を離した。

「だめだ！」

父親は、項豪廷《シャン・ハオティン》が自分と同じ苗字である限り、絶対に認めないと言った。

「だったら、苗字を変える」と項豪廷《シャン・ハオティン》は負けずに言い返した。

于希顧《ユー・シーグウ》はハッと息を吞んだ。状況はますます悪くなり、父親は容赦なく手を出してきたが、項豪廷《シャン・ハオティン》は頑《かたく》なに于希顧《ユー・シーグウ》の前に立ちはだかっていた。母親は泣きながら「喧嘩しないで」と叫び、二人を引き離した。目の前の状況が混沌《こんとん》とすればするほど、于希顧《ユー・シーグウ》は罪悪感と不安を覚えた。自分のせいで、項豪廷《シャン・ハオティン》の家族に辛い思いをさせたことが申し訳なかった。特に父親の反応はまるで棘《とげ》のように心に突き刺さり、気が遠くなりそうだった。

「申し訳ありません」

彼は謝ることしかできなかった。自分のことで、項豪廷《シャン・ハオティン》が大切な家族と喧嘩になるのは、一番見たくないことだった。

事態が悪化するのを見て、母親はカバンとジャンパーを手に取り、于希顧《ユー・シーグウ》に渡した。目が赤くなっていたが、落ち着いて伝えようとした。

「于《ユー》君、帰ってくれる」

于希顧《ユー・シーグウ》は無言で荷物を受け取り、帰ろうとした。このままここにいると、状況が悪化する一方なのは確かだった。父親と同じように頑固者の項豪廷《シャン・ハオティン》が、引き下がるはずがない。それに今は……自分の存在が引き金になっているから、どういう顔をしてここにいればいいのかもわからなかった。

「于希顧《ユー・シーグウ》！」

項豪廷《シャン・ハオティン》の怒りと痛みに満ちた声が響いた。けれども、于希顧《ユー・シーグウ》はそれに応えられなかった。たとえ彼と目を合わせるだけでも、この家の諍《いさか》いを悪化させてしまうからだった。

ドアの開く音に促された。それに続いて、父親の怒鳴り声と母親が泣きながら「部屋に戻りなさい」という声が混じり合いながら耳に届いた。それに続いて、ドアが「バン！」と閉められる音が響き渡った。

項豪廷《シャン・ハオティン》がついてこなかったことに、于希顧《ユー・シーグウ》は安堵した。その時になって、自分の目に涙が溢《あふ》れていることに、初めて気付いた。目を開けることも、声を出すこともできなかった。項豪廷《シャン・ハオティン》の両親にも、妹にも申し訳なかった。家族は世界で一番身近な存在であり、傷つけてはいけない人たちなのに……。

彼は叔母や、ばら星雲にいる両親のことを思い出した。もし自分が項豪廷《シャン・ハオティン》の立場だったら、彼のように勇気ある決断ができるのだろうか？　と自問せずにはいられなかった。

頭が混乱して、答えを見つけることはできなかった。項豪廷《シャン・ハオティン》が自分を呼ぶ声を思い出すと、辛かった。それは今までにない感覚だった。これがもし愛だとすれば、思っている以上に項豪廷《シャン・ハオティン》のことを好きになっているのかもしれない。

＊　　＊　　＊

項永晴《シャン・イオンチィン》は晩ご飯を持って、そっと兄の部屋に入っていった。彼は、泣いているような低い声で電話をしていた。

「代わりに世話を頼む」

そう項豪廷《シャン・ハオティン》は話していた。

こんな状況になっても、于希顧《ユー・シーグゥ》のことが心配なのだ。

項永晴《シャン・イオンチィン》は、言葉にできない感情が心の中に渦巻くのを感じた。兄がいつもと違って素敵に思え、より好きになった気がした。

「晩ご飯、ちっとも食べなかったってママが言ってた」

彼女はお盆を置いて言った。

「腹が減ってない」

彼の世界からは色彩が消えてしまったようだ。項永晴《シャン・イオンチィン》は兄の様子に心が痛んだ。丼ぶりを持ちながら兄の隣に座った。

「お兄ちゃん、本当に男の子が好きなの？」

「あいつだけが好きなんだ」

「前は、巨乳が好きだったのに……」

「巨乳より、あいつの方が好きだ」

そのぶれない答えに、「ふーん」と言いながら、兄がいつも通りであることを確認した。そして、今までのどの彼女にもこんなに優しくしてあげたことはなかったし、世話をほかの人に頼むこともなかったな、と思うのだった。

さっきの騒ぎを彼女はそばで見ていた。傍観者には物事がはっきり見えるものだ。親の怒りの火が于希顧《ユー・シーグウ》に移らないように、項豪廷《シャン・ハオティン》は于希顧《ユー・シーグウ》の前に立ちはだかって、必死にかばい続けていた。

「あいつはケータイを持ってないから」と、項豪廷《シャン・ハオティン》は困ったように言った。

項永晴《シャン・イオンチィン》はびっくりした。今時、ケータイを持っていない人がいるなんて考えられない。


彼女が持っている丼ぶりからは麺のいい匂いがしていた。項豪廷《シャン・ハオティン》は頑固で意地っ張りだが、妹の思いやりには勝てず、丼ぶりを受け取った。つまり、妹ばかりか、家族の気持ちも受け取ったというわけだ。

「あいつと連絡が取れないんだ」

項豪廷《シャン・ハオティン》は深く息を吸った。于希顧《ユー・シーグウ》を探しに行きたいのだ。

「あいつは今、絶対怯《おび》えてる。勉強や将来に影響が出るんじゃないかって。高三に何とかたどり着いたんだ。だから……」

俺と一緒にいるようになったせいで騒動がいろいろ起きて——項豪廷《シャン・ハオティン》は最後まで話すことはできなかった。

項豪廷《シャン・ハオティン》は口いっぱいに麺を詰め込んでいたが、突然、顔をクシャクシャにして泣き出した。子どものように泣きじゃくる様子に、妹も、そしてドアの外で盗み聞きしている人も心を痛めた。

「あいつはそのまま帰ってしまった。呼び止めて、『怖がらないで！　俺がいるから！』って言ってやりたかった……でも、できなかった……」

肩に置かれた小さな手から温もりが伝わってきた。項豪廷《シャン・ハオティン》はもう、涙を止められなかった。さっきは、急いで連絡しなければならないということで頭がいっぱいで、ほかのことを考える余裕がなかった。今になって落ち着いたら、いろいろなことが頭に浮かんできた。気が気でなく、箸をしっかり握ることさえできなくなってしまった。


「大学に入ったら……自由だ」

やせ我慢しようとしたが、余計に落ち着かず、気持ちがどんどん沈んでいった。

「それまでは、あいつに連絡しなくてもいいし、会わなくてもいい。声をかけなくても、好きだと言わなくてもいい。愛してると言わなくてもいいんだ……だけど、もし、万が一、あいつが諦めたらどうするんだ？もし、離れていったら？　それが本当に怖い……」

愛を貫くためなら、何だって我慢できるのに。

項永晴《シャン・イオンチン》は、兄がこんなにも深く相手を思い、苦しんでいる様子を初めて見て、一緒に泣いてしまった。なんと慎ましやかな愛なのだろう。そして項豪廷《シャン・ハオティン》が、于希顧《ユー・シーグウ》に捧げる愛の裏側にほとばしる、一途なまでの情熱。

兄妹二人は抱き合いながら泣いた。項豪廷《シャン・ハオティン》は、二人の関係が突然このようになってしまったことに泣き、項永晴《シャン・イオンチン》は、親の脅しだろうが何だろうが恐れることのなかった兄が、こんなにも壊れてしまったことに心穏やかではいられなかった。

部屋の外でこっそりと聞いていた母親も思わず涙を流した。息子はきっと、腹を立て、怒鳴り散らして、すねて食事を拒否するものと思っていたのに、こんな弱々しい息子を目にすることになるとは。しかも……自分の苦しみ以上に他人の大変な立場を思い、それを何とかしようとしている。自分の悔しさを堪《こら》えて、困難を乗り越えようとしているのだ。こんな大人びた息子を見るのは初めてのことであり、なんとも言えない複雑な気持ちになった。

＊　＊　＊

寒空の下、項永晴《シャン・イオンチィン》は于希顧《ユー・シーグウ》を待っていた。その待ち人がようやく来ると、手元の紙袋を突き出して、兄に頼まれたからと説明した。于希顧《ユー・シーグウ》は受け取ろうとしなかったが、腕の中に押し込むと、相手に一言も言わせずに風のように走り去った。とにかく受け取ってくれさえすれば、任務は完了なのだから！

走って家に帰り、家族を起こさないように、そーっとドアを開けた。こんな夜中にあの袋を渡すために出かけたのは、項豪廷《シャン・ハオティン》の絶望的な顔と涙を見たからだった。そうじゃなかったら、わざわざ寒い中、怒られるようなリスクを冒すわけがない！

誰も気付いていない。バッチリ完璧。彼女は忍び足で部屋へ向かった。ダイニングルームを過ぎれば何も問題ない。

「項永晴《シャン・イオンチィン》！」

その響き渡る声に驚き、動きが止まった。

振り向くと、母親が待ちかねていたとばかりに近寄ってきた。

「こんな遅くまでどこに行ってたの？　そんな格好で危ないでしょ」

そう叱りつけてから、続けた。

「この前、夜中に帰ってきた時言ったわよね。もしまた同じことをしたら、お小遣いカットで、十日間の外出禁止って！」

項永晴《シャン・イオンチィン》は不満げな顔で言った。

「ママ……あの時はスマホの電池が切れちゃって、それで時間が過ぎちゃったの……これからはもうしないから！」

「じゃあ、今回は何なの？」

娘が無邪気なふりをしているのを見て、

「お兄ちゃんのために、何をしてきたの？」と静かに聞いた。

項永晴《シャン・イオンチィン》は一瞬固まり、目をしばたたかせた。

「私が何も知らないとでも？　あなたたちは私の子どもなんだから、何を考えているのか全部わかっているのよ、それから……」

母親は目を伏せた。心の中の揺れ動く思いを口に出すのは、思った以上に難しい。子どもが苦しんでいるのを見ることほど辛いことはなかった。よくよく考えても、やはり子を思う気持ちには勝てない。

「お兄ちゃんのために、何かしてあげてもいいんだけど、危ないことはしないで。わかった？」

項永晴《シャン・イオンチィン》はすぐ頷《うなず》き、目をゆっくりと大きく見開いた。つまり……項永晴《シャン・イオンチィン》は賢いので、驚きつつも母が暗に言っていることを理解したのだ。

気持ちを奮い立たせて話したので、疲れがどっと押し寄せた。娘に「早く風呂に入って寝るように」と言って、部屋に戻っていった。そして、自分の気持ちをごまかすように「あなたのショートパンツは短すぎるのよ」とぶつぶつと続けた。

「お兄ちゃんったら……あーもう！」

項永晴《シャン・イオンチン》は、「災いは幾重にもやってくる」ということを今日しみじみと理解した。部屋に入ろうとした瞬間、人影が飛び出してきて彼女の口を塞ぎ、リビングルームへと引っ張っていった。そしてそいつは、母親が戻ってくるのを怖れるように、神経を尖らせながら、夫婦の寝室のドアをじっと見ていた。

「そこにいたなら、どうして助けてくれなかったのよ！」

項永晴《シャン・イオンチン》はプリプリ怒りながら兄を睨《にら》んだ。

「渡してくれた？」

項豪廷《シャン・ハオティン》は「わかってるだろ」と言いたげに聞いてきた。そんな時にもし出ていったら、一緒に怒られるに決まっている。パーティーの割り勘のように、人が多ければ安くなるというのとは違うのだ。一人でも二人でも怒られることに変わりはない。

「渡したわよ！」

その答えを聞くと、項豪廷《シャン・ハオティン》はようやく安心した。約束の五百元を差し出し、妹の頬っぺたをつまんで「サンキュー」と言うと、すばやく部屋に戻っていった。人生は困難の連続で、そして、五百元を稼ぐのはあまりにも大変なことだ、と項永晴《シャン・イオンチン》はしみじみと思うのだった。

項豪廷《シャン・ハオティン》は部屋に戻ると、ベッド脇に寝転んだ。スマホを手に取り、また戻して、どうして電話をかけてこないのだろうと不安に思っていた。いつもであれば、于希顧《ユー・シーグウ》はこの時間にはすでに仕事が終わって家にいるはずだった。シャワーの時間や何かを食べる時間を考えても……。

項豪廷《シャン・ハオティン》は浮かない顔をしながらも、できるだけマイナスなことを考えないようにした。けれども、「まさか諦めたりしないよな」という考えが時折頭を過《よ》ぎる。不安にさいなまれ、疲れているにもかかわらずどうしても眠れなかった。ただただ于希顧《ユー・シーグウ》の声が聞きたかった。「項豪廷《シャン・ハオティン》」というその一言が。

＊　　＊　　＊

于希顧《ユー・シーグウ》がカッターで包みを開けると、一番上に置かれたチョコが目に入り、頬が緩んだ。会いたいよ――チョコの袋には見慣れた文字が書かれていた。この前もらったのは、今も大事に取ってある。

次に大きな箱を取り出して開けると、新品のスマホが入っていた。思っている以上に貴重なプレゼントだった。スマホに貼られた付箋《ふせん》には数字が書かれていて、設定はすべて終わり、あとは電源を入れて使えばいいだけのようだった。

スマホとチョコを持ったまま、あれこれ考え続けた。項豪廷《シャン・ハオティン》の家を後にしてから、ずっと考えている。それでも、日々の生活があるので、いつまでも落ち込んでいるわけにはいかず、勉強やバイトもいつも通りにこなしていた。しかし夜中に一人になると、彼のことを考えずにはいられなかった。頭の中は混乱していたが、そんな中でも諦める、という選択肢はなかった。

「思った以上に項豪廷《シャン・ハオティン》のことが好きだ」ということについて、以前は疑問があったかもしれないが、今やその疑問はすっかり消えてしまっている。いつからこの恋にハマり、抜けられなくなったのかは思い出せないが……その沼は深く、思いは一途だった。

どうすればいいんだろう？　通話ボタンを押しながら、考えていた。

プルルル……プルルル……。

耳の中に響くベルの音は、遠くで漂っているようだった。しばらくすると、電話がようやくつながった。

「もしもし、もしもし」

切羽詰まってはいるが、温もりに包まれた声が何度も耳に入ってきた。于希顧《ユー・シーグウ》は項豪廷《シャン・ハオティン》の声に泣けてしまう自分に驚いた。彼の声は心地良い湯水のように体に流れ込み、心に染み渡った。

「ごめん、ひどい目に遭わせて……」

于希顧《ユー・シーグウ》は、自分が大変だったとはちっとも思っていなかった。家族の反対と無理解に直面した項豪廷《シャン・ハオティン》こそ、自分とは比べものにならないほど大変なはずなのだ。それなのに、項豪廷《シャン・ハオティン》はずっと自分のことを心配してくれている……温かくて、優しく、それは人を安心させるものだった。

「頑張れよ。俺も頑張るから、信じてくれ！　聞こえる？」

于希顧《ユー・シーグウ》は何も答えなかった。どう答えたらいいのかわからなかった。元々感情の浮き沈みは激しくないし、それを表に出すこともなかった。いつも自分の中に抱え込んでいるので、ほかの人は誰も彼の気持ちがわからなかった。そうしているうちに冷淡な人になってしまったが、項豪廷《シャン・ハオティン》があり余る愛をくれた。今、項豪廷《シャン・ハオティン》が自分の名前を呼ぶのを聞きながら、彼は涙を流すほかなかった。

于希顧《ユー・シーグウ》は、嗚咽《おえつ》が漏れる前に電話を切り、何度も大きく深呼吸を繰り返した。

ひときわ静かな部屋の中で、後ろに貼られたばら星雲の写真と、もう一枚の小さな星空の写真を見ながら、項豪廷《シャン・ハオティン》が「両親はきっと君を見ている」と言った時の誠実な眼差しを思い出した。

頭を上げて目を閉じ、項豪廷《シャン・ハオティン》の言葉を心に刻み込んだ。今度は自分が勇気を出す番なのだ。

*　　*　　*

年末が近づくと、項《シャン》家では全員が大掃除に駆り出されるが、それぞれの担当はそれほど大変ではない。母親の指揮の下、順序良く行われる。

父親は机を拭きながら、息子をちらっと見て、妻に声をかけた。

「あいつ、今日はよくやっているじゃないか。ただで手伝っているし」

「パパ、喜ぶのは早いわよ」

母親は目をクルクルさせながら言った。

「あの子がいい子にしてるってことは、おかしいってことよ」

ここのところ、項豪廷《シャン・ハオティン》はずっとおとなしくしていて、于希顧《ユー・シーグウ》についても、一言も言わなかった。しかも、人の話をちゃんと聞き、頼まれた家事も頑張ってやっている。父親は安心したが、一方、母親はびくびくしていた。息子がいい子であればあるほど……まずいことなのだ。

母親が考え込んでいると、掃除の音に紛れそうになりながら、ドアのベルが鳴っているのが聞こえた。項永晴《シャン・イオンチィン》がドアを開けると、于希顧《ユー・シーグウ》が目の前に立っていた。びっくりして大きく目を見開き、「お兄ちゃん」と呼んだ。

その瞬間、項豪廷《シャン・ハオティン》の体に魂がようやく舞い戻ってきた。目がキラキラと輝き、喜び勇んで玄関に駆け寄った。于希顧《ユー・シーグウ》が来たことはとてもうれしかったが、同時に来た理由がわからず、戸惑いもした。

「ご両親に会いに来た」と于希顧《ユー・シーグウ》は言った。

父親は于希顧《ユー・シーグウ》を見ると、もちろんいい顔はせず、怒って帰るように言った。一方母親は、来たことに驚き、来意がわかると、さらに驚いた。来た人は誰であれお客なのだから、娘にお茶を淹れるように言ってから、于希顧《ユー・シーグウ》をリビングルームに招き入れた。

両親がまた于希顧《ユー・シーグウ》を困らせるのではないかと心配して、項豪廷《シャン・ハオティン》はこの前のように怒った顔で、于希顧《ユー・シーグウ》の前に立ちはだかった。その様子を見て、母親は父子がまた喧嘩になるのではないかと恐れ、二人の間に急いで立った。

「私たちに話したいことがあるのよね？」

と母親は聞いた。

于希顧《ユー・シーグウ》は深く息を吸い、二人をじっと見た。その目に宿る決意の固さには人の心を揺さぶるものがあった。そしてその表情から、それは決して一時の情熱や衝動によるものではない、と母親はわかったのだ。

「僕たちがつき合うことを認めていただきたいんです」と于希顧《ユー・シーグウ》は言った。

「何だと！　絶対許さん！」

父親は立ち上がるや、すぐに反対した。

母親はまたも夫を止めながら、心の中ではむしろ違う思いが芽生えていた。

「今は受け入れられないでしょうし、きっと心配されてしまうことはわかっています。けれども、項豪廷《シャン・ハオティン》と一緒に頑張れば、より良い未来を手に入れられると信じているんです」

心からほとばしる言葉は決して攻撃的なものではなく、穏やかで説得力があった。

しかし、父親は聞く耳を持たず、「あり得ない」と叫んだ。

「未来があるっていう、その自信はどこから来てるの」と母親は冷静に尋ねた。

「僕は成績がいいですし、今まで何も問題を起こしていませんから、国立のトップ大学に間違いなく受かります。さらにもっと勉強して、いいところに就職し、出世できるように努力します」

これは確かに于希顧《ユー・シーグウ》が計画した未来だ。少しの偽りもない。そして、以前は含まれていなかった項豪廷《シャン・ハオティン》が、今はこの計画に入っている。

父親は怒りが収まらなかったが、母親は何とかして夫を止めた。

「あなたは確かに優秀だけど、うちの息子は……あまりできが良くないし」

勉強嫌いの息子が恋愛したら、きっとそっちに夢中になってしまう。どうして受験勉強をできるはずがあるだろう？　スムーズに卒業できるかどうかもわからないし……。

于希顧《ユー・シーグウ》は微笑《ほほえ》んだ。今日、ここに来てから初めて浮かべた笑みだった。彼が狙っていたのはまさしくそのことだったからだ。どうやって本題に入ろうかと悩んでいたのだが、まさか、彼女の方から先にそこに触れてくれるとは思っていなかった。

「その点は安心してください。勉強は、僕が項豪廷《シャン・ハオティン》に教えますから。必ず大学に進学させます。問題があれば、彼と一緒に解決します」

「項豪廷《シャン・ハオティン》が大学に入れるかどうかは、君には関係ないんだよ！」

父親は頑なに話を聞こうとせず、納得しなかった。しかし母親は、すぐ夫を裏切り、小さな声で「現役で？」と聞いた。裏切られた方は、信じられないといった目で妻を見て、「ママ」と叫んで、不満を示した。

「大丈夫です」

あらゆる角度から考えた結果、簡単ではないが、大学に受かる確率はかなり高いと于希顧《ユー・シーグウ》は結論づけた。

「何が大丈夫ですだ！」

父親は、妻の裏切りもあり、さらに激昂《げっこう》した。そろそろ手が出そうだった。

「大学に入れるかどうかは別の話だ。男とつき合うのは絶対だめだ！」

「父さん、そんなこと言うなよ！」

「お前は黙ってろ！　何だその目は！」

父親は引き下がる気はなかった。一方で項豪廷《シャン・ハオティン》は、父親の于希顧《ユー・シーグウ》に対する態度が許せなかった。母親も、もはやこの父子を止められなくなってきた。二人は今にも喧嘩になりそうだったが、項豪廷《シャン・ハオティン》は前に出てくるどころか……逆に少し後ろに下がった？

そう見えたような気がして下の方に目をやると、于希顧《ユー・シーグウ》が項豪廷《シャン・ハオティン》の袖を引っ張っていた。自分が体を張って全力で夫を止めているのとは違い、この男の子が袖を引いただけで、反抗的で争いごとが好きな息子が、ちゃんと言うことを聞いている。

「ご両親と話したくて来たんだから、君は黙ってて」と于希顧《ユー・シーグウ》は顔をしかめて言った。

項豪廷《シャン・ハオティン》の胸の中には怒りが渦巻いていたが、すぐに身を翻《ひるがえ》すと、于希顧《ユー・シーグウ》の後ろに立った。怒りは収まらず、父親を睨んではいたが、于希顧《ユー・シーグウ》の言うことは彼にとって鉄のルールであり、従わなければならないのだ。

その項豪廷《シャン・ハオティン》の様子を見るや、母親は目を見張った。


「おじさん、おばさん、どうかチャンスをください。たとえどんな問題が起きようと、逃げずに解決しますので。どうか自分たちのことを認めて下さい」

母親は頷くところだった。

「絶対ダメだ！」

「父さん！」

また手に負えなさそうな状況になってきてしまい、母親は疲れてきた。

「今すぐには答えられないから、少し時間をちょうだい。今日のところは帰って」と于希顧《ユー・シーグウ》に言った。

一見、父親の面目を保ったように見えるが、実際にはその逆で、于希顧《ユー・シーグウ》と息子をあまり追い詰めないために一歩譲ったのである。

「諦めませんから」

于希顧《ユー・シーグウ》がそう言うと、父親は怒ったまま後ろを向き、その場を離れた。于希顧《ユー・シーグウ》は持ってきた手土産を置き、また後日来ると言って玄関に向かった。


「項豪廷《シャン・ハオティン》、窓を拭いて！」

息子が于希顧《ユー・シーグウ》と一緒に行こうとするのを見て、母親は強く命じた。娘は大人になれば家からいなくなるものだと言われるが、まさか息子もこういうことになるとは。しかも、息子が素直に家に残ったのは、于希顧《ユー・シーグウ》が彼をじっと見て、さらに考えがあると目で知らせたからだ！

頭が痛くなった彼女は目を閉じた。その一方で、怒ったままダイニングにいる夫が心配で、娘にお茶を淹れて持っていくように頼んだ。それから夫のそばに行くと、「あいつは本当に頭がどうかしちゃっている」と夫はすぐに不満をぶつけてきた。

「パパ、最近うちの雰囲気がおかしいと思わない？」

彼女は忍耐強く、努めて柔らかい口調で言った。

「あの子との会話はだんだん少なくなっているし、顔を合わせればすぐ喧嘩だし、まずは冷静になってくれない？」

まだ怒り心頭の父親は、「最後まで反対する！」と言い張った。

「じゃあ、あの子と縁を切りたいっていうこと？　そう言ってあの子を脅すつもりなの？　絶対にあの子は妥協しないから。本当よ！　言いたいだけ言って、さっさと家から出ていってしまうわ！　それでいいの？」

そう言いながら、項家《シャン》のこういう強情っぱりの遺伝子は困ったものだ、と思っていた。

彼女はこんこんと言い聞かせるように話し続けた。息子は自我を持つようになってからというもの、脅しには屈しないし、コントロールもできない。でも、そんなに悪くもならずに無事に成長できたのは、心根が本当は優しいからだ。そして、これこそが人として一番大事なことなのだ、と。

妻が言っていることは正しいし、最後まで反対し続けたら、息子をどんどん追い詰めてしまい、死ぬまで会えなくなってしまうかもしれない、と父親も思った。とはいえ、彼らのことを認めるのは……難しかった。夫に迷いがあることがわかると、それに乗じるように彼女は続けた。

「それにね、わかったのよ……あの子ったら、彼の言うことは聞くの！」

「そうなのか？」

父親は察しが悪い上に、怒鳴ってばかりいたので、そんな細かいところまで気付いていなかった。

二人が顔を見合わせて考え込む中で、一種微妙な暗黙の了解が密《ひそ》かにゆっくりと醸《かも》し出されていた。母親は、夫ほどは強く反対していなかった上に、心の中である考えがはっきりしてきていた。

＊　　＊　　＊

プルルル……プルルル……。

于希顧《ユー・シーグウ》はすぐには電話に出ずに、黙ったままベッドに座っていた。

彼は落ち込んでいた。勇気を出して行ったのに、相手の両親の同意を得られないばかりか、危うく喧嘩になりそうになってしまった……気持ちを立て直す時間が必要だった。自分のためばかりではなく、この気分を項豪廷《シャン・ハオティン》に伝えないためでもあった。

今度は、自分が項豪廷《シャン・ハオティン》を守るのだ。


スマホは鳴り続けた。何回目かにようやくつながった時、この前と同じように、項豪廷《シャン・ハオティン》は「もしもし」と叫び続け、どうして電話に出なかったのか、と不安そうに尋ねた。心配と恐れとが、電話越しに伝わってきた。

「何か言ってくれよ！　何だっていうんだ。諦めたのか？　もう俺は、要らないっていうのか？」

その言葉を聞くと、于希顧《ユー・シーグウ》の胸には温かいものが流れ、それと同時に沈んでいた気持ちも癒やされていった。一つひとつの言葉が耳に入ると、その意味が１８０度回転した。項豪廷《シャン・ハオティン》が本当に言いたいことは、真逆のことなのだ。

諦めないで。俺が要ると言ってくれ。


「項豪廷《シャン・ハオティン》」

于希顧《ユー・シーグウ》はフフフと笑って相手の名前を呼んだ。あの夜、項豪廷《シャン・ハオティン》が繰り返し彼の名前を呼んだように。

「項豪廷《シャン・ハオティン》、項豪廷《シャン・ハオティン》、項豪廷《シャン・ハオティン》……」

電話の向こうの表情は見えないが、きっと困惑しているだろうと于希顧《ユー・シーグウ》は思った。

「僕を呼んでいる声が聞こえたので、今度はお返しに君を呼んでる。聞こえた？」

「聞こえたよ」

その言葉は、少し子どものように甘えていた。

「心配しないで。諦めたりしないから。君と、そして自分のために頑張る」

この前のように、怒鳴られて、家から叩き出されるようなことが何度あろうとも、一緒にいられるようになるために、頑張り続ける。

「うん！　一緒に頑張って、一緒に勇気を出して、ずっと、ずっと、ずっと一緒にいよう」

項豪廷《シャン・ハオティン》は、目の前に希望が開けたように感じた。何もうまくいかず、もやもやと過ごしてきたこれまでとは違い、共通の目標ができた今、熱意をもってゴールを目指して頑張れると思った。その目標は、于希顧《ユー・シーグウ》とずっと一緒にいられるようにすることなのだから。

「一緒にいるよ、項豪廷《シャン・ハオティン》」

于希顧《ユー・シーグウ》は、約束や願い事を唱えるように低い声で繰り返した。

＊　＊　＊

時は瞬く間に過ぎ、大晦日《おおみそか》になった。

盧志剛《ルー・ジーガン》は、「一人よりみんなで過ごした方がいい」と言って、バーでの仕事仲間との年越しパーティーに、于希顧《ユー・シーグウ》を誘った。みんなで思いっきり飲み食いして騒ぎ、ジョンからはお年玉ももらった。まるで大きな家族のようだった。

それが終わると、盧志剛《ルー・ジーガン》は于希顧《ユー・シーグウ》を家まで送った。一人になると、孫博翔《スン・ボーシャン》がそばにいない寂しさが募った。項豪廷《シャン・ハオティン》たちが、どれだけ苦境に立たされているかは知らなかったし、それに比べると自分の恋愛がずっと順調であることも知らなかった。

元々、反対されることを心配して、孫博翔《スン・ボーシャン》とのことは孫文傑《スン・ウェンジェ》に伝えなかった。しかし、孫文傑《スン・ウェンジェ》の観察眼は鋭く、何回も意味ありげに自分を見ていた上に、この前は自分を捕まえようと「少小白《シャオシャオバイ》」までやってきたのだ。交際の可否について、激しく言い合いになるかと思いきや、意外にもコンドームを三箱渡されただけだった。そして、安全なセックスの大切さを説き、人の話を聞かない従弟《いとこ》のことをひとしきり嘆いた。


盧志剛《ルー・ジーガン》は今、幸福感に満たされていた。

孫博翔《スン・ボーシャン》は心から彼のことを愛している。時には彼よりももっと嫉妬深くて気まぐれなので、なだめるのに苦労したりするが、それでも愛しいのだ。数か月前までは、こんな素晴らしいことが自分の身に起こるとは思ってもいなかった。けれども今はもっと欲深くなっている。

本当は、年越しだって一緒に過ごせれば尚良かった。自分は欲張りすぎだと思いながら、孫博翔《スン・ボーシャン》が家でおとなしくしているかが気になった。この前、一緒に買い物した時に、孫博翔《スン・ボーシャン》は帰りたくないとごねていた。それを聞いて盧志剛《ルー・ジーガン》は、家族を大切にした方がいいと意見したのだ。自分は家族と決別してしまって、今は帰りたくても帰れないのだから。

大きな橋を渡りながら、盧志剛《ルー・ジーガン》は父の声を聞きたくなった。電話をかけようとしたが、怖くなってやめてしまった。結局、実家の方を向いて、「あけましておめでとう」と言うのが精一杯だった。

若者は年越しで集まっているのだろう。誰も外に出てこない。一人佇《たたず》んでいた盧志剛《ルー・ジーガン》は、後ろに人がいることに気付かなかった。家族や、何年も帰っていない故郷のこと、またこの過ぎた一年のことや、こんな日々がいつまで続くのかなどに思いを巡らせ、感傷に浸っていた……。

「志剛《ジーガン》兄」

耳に届いたその声に驚いて振り向くと、目の前に笑顔の孫博翔《スン・ボーシャン》がいて、すぐさま抱きしめられた！

「どうしてここにいるんだ？」

きつく抱きしめられた盧志剛《ルー・ジーガン》は、そこから抜け出ようとしたが、放してもらえなかったので、そのまま身を任せた。冷たい風が吹く中でのハグが、彼の心を温め、それが手足にまで広がり、ついには鼻をツンとさせた。

「年越しの食事が終わったばかりなのに、外に出て家族に叱られないのか？」

盧志剛《ルー・ジーガン》は心配だった。

「もう十二時過ぎてるよ！」

孫博翔《スン・ボーシャン》は子どもみたいに言った。

「会いたかったんだよ」

こんな子どもっぽくて自分に甘えてくる孫博翔《スン・ボーシャン》が好きでたまらない。

「それに、ちょっと話したいことがあるんだ」

「何なの？」

孫博翔《スン・ボーシャン》は顎《あご》を上げて、得意げな顔で聞いた。

「俺の新年の願い事を知ってる？」

盧志剛《ルー・ジーガン》は首を振った。

「志剛《ジーガン》兄の実家に一緒に行くこと！」

そう、誇らしげな答えが返ってきた。

「追い出されてしまった家に、俺が帰らせる。だって、自分の家でしょ。そしてご両親に俺たちのことを認めてもらって、俺たちの愛を信じてもらう！」

そう言った後、孫博翔《スン・ボーシャン》は突然片膝をついて、盧志剛《ルー・ジーガン》を驚かせた。


「かつての恋人は初恋の人だったけれど、俺は最後の恋人になるんだ」

掌《てのひら》より少し大きめの箱が開けられると、中には、二連のシルバーリングが入っていた。盧志剛《ルー・ジーガン》が好むシンプルなタイプだが、同時に孫博翔《スン・ボーシャン》が好きな鮮やかなデザインも施されていた。

指輪が薬指にはめられると、温もりが広がった。それは、指輪が火で温められたかと思うほどだった。どうしてこんなに温かくなり、胸を締め付けるのだろう。

顔を上げると、孫博翔《スン・ボーシャン》がにこやかに笑い、手を挙げた。その指にもペアのリングがはめられていた。

「俺たちの名前も彫ってあるから！　つまりこれから、志剛《ジーガン》兄は俺のものだ！」

抱きしめる以外に、愛を表す方法を盧志剛《ルー・ジーガン》は思いつかなかった。

盧志剛《ルー・ジーガン》は、無意識の中でまだ怖がっていた。だからこんな誓いみたいなことをする気もさせる気もなかった。それは重すぎるのだ。けれども孫博翔《スン・ボーシャン》は、思っていた以上にダイレクトに直球を投げてきた。いきなりプロポーズしてくるなんて……。

孫博翔《スン・ボーシャン》も考えなしにしたわけではない。がんじがらめに束縛するのは嫌だった。ただ若者らしい勇敢さと、何をも恐れない気持ちに満ち溢れていたのだ。

「その人とは五年つき合ったでしょ。だから俺とは五年の十四倍！」

「何で十四倍？」

そう聞かれると、若い方はニヤニヤと笑った。

「十四倍の時間が経つと、志剛《ジーガン》兄はちょうど百歳になる！　将来は科学が進歩して、もっと生きられるかもしれないけれど、百歳はちょうどいいと思うんだ。だから百歳までずっと幸せでいよう」

すべての愛の言葉は、もとを正せば子どもじみた言葉から生まれたのだろう。孫博翔《スン・ボーシャン》の言葉は単純でありきたりではあったが、心に響きわたった。盧志剛《ルー・ジーガン》は思わず相手を抱きしめてキスをし、滅多に言わない愛の言葉を口にした。それを聞いた方は舞い上がり、新年にプロポーズして本当に良かったと思うのだった。

「愛してる」

「俺の方が、もっと愛してる」

誰がより愛しているかだって？　そんなことは、もはや重要ではない。二人の心はぴったりと寄り添い合っているのだから。この新年はそんなに寒くないばかりか、少し暑いようだ。体も心も温かく、ハッピーだった。

第八章

項豪廷《シャン・ハオティン》の両親は、結局最後には妥協した。息子はたくさんの女の子とつき合ってきたけれど、言うことを聞かせられるのは于希顧《ユー・シーグウ》だけなのである。それは宝くじに当たって三百億元をもらうよりも難しい、という母親の言葉に、父親も目を覚まさせられたのだ。

父親はまだ反対だったが、妻を言い負かすことができなかったので、従うことにした。けれども、項豪廷《シャン・ハオティン》がトップ5の国立大学に今年合格することに加え、人気がない専攻はだめだ、という条件も出してきた。条件を満たせば、二人の交際を認めるという。

翌々日、項豪廷《シャン・ハオティン》は友達とカフェに集まり、そこに于希顧《ユー・シーグウ》も参加した。トップ5に合格するという条件は……確かに厳しいけど、みんなは二人の現状と先々の見通しに対して祝福した。

「安心してくれ。五か月は十分に長い。この前も一、二週間頑張っただけで、荘《チュアン》っていう奴に勝っただろう？俺が本気出したら、自分でも怖くなっちゃうほどだよ！」

項豪廷《シャン・ハオティン》は自信満々に宣言した。最も不安に思っているのは彼自身なのに、受からないかもと思っている于希顧《ユー・シーグウ》を慰める余裕を見せたのだ。

しかし項豪廷《シャン・ハオティン》が自信満々に言い放った言葉は、翌週、学測模試[8]の成績が発表されて、あっという間に否定されることとなってしまった。

「今回の模試は不正確だよ！」

項豪廷《シャン・ハオティン》は不満げな顔で叫んだ。

「全然本気を出してなかったし、あの時俺たち離ればなれだったし！　だから今回の成績は、気にするなよ……」

「でも、あまりにも低すぎるよ！」

于希顧《ユー・シーグウ》は、築いてきた自信を打ち砕かれ、少し怒っていた。

項豪廷《シャン・ハオティン》は言い訳を続けた。あの時はテストに集中していなかっただの、問題を見た途端、適当に答えを書いて出しただの、だから点数が低いのは当たり前だ、等々。于希顧《ユー・シーグウ》はそんな戯言《たわごと》は聞きもせずに、ムスッとしていた。それで項豪廷《シャン・ハオティン》は仕方なく、自分が本気で頑張りたいと思っていることを証明するために、昨夜遅くまでかかって書き上げたスケジュール表を取り出した。

シャワーや食事、睡眠の時間まで事細かに書かれているのを見ると、怒っている人は眉をひそめて、軽くため息をついて言った。

「僕が模試で五科目ともトップクラスだったから、今週末志剛《ジーガン》兄さんがお祝いに夕飯をご馳走してくれるけど、君は来ないで、このスケジュールに沿ってちゃんと勉強して」

二人が一緒にいられるわずかな時間さえもなくなってしまったことがわかると、項豪廷《シャン・ハオティン》は泣きそうな顔に

8　大学学科能力測験の略。日本の大学入学共通テストにあたる。

なり、「でも、俺もちゃんとご飯を食べなきゃ」と言った。

「レストランでやるから、行き帰りに時間がかかってしまう。時間を無駄にしたいの？」

「俺も祝いたいよ！」

しつこい相手を放っておいて、于希顧《ユー・シーグウ》は黙々とご飯を食べた。項豪廷《シャン・ハオティン》は取り付く島もないので不機嫌になり、何も話さなくなった。于希顧《ユー・シーグウ》は、その子どもっぽい様子を面白がっていた。そしてこっそりあたりを見回して、誰も見ていないのを確認すると、顔を近づけて――チュッ。

「その会が終わったら君のところに行くから」

そう言って、目を泳がせながら、恥ずかしそうに頬を真っ赤に染めた。

項豪廷《シャン・ハオティン》はうれしそうに笑って、抑えた声で、

「俺、本気出して頑張るから。じゃ、今度の週末……何かご褒美をくれよ」

そう言うとお返しのキスをした。周りの人に気付かれないようにこっそりとする恋愛は、口に入れたキャンディのように甘く感じられた。

＊　＊　＊

項豪廷《シャン・ハオティン》は自ら言った通りにまじめに頑張っていた。

于希顧《ユー・シーグウ》は、学校とバイト以外のすべての時間を項豪廷《シャン・ハオティン》のために費やし、学校で、また項豪廷《シャン・ハオティン》の家で、勉強を教えた。項永晴《シャン・イオンチィン》は、兄の部屋に人がもう一人いることに、すっかり慣れっこになっていた。けれども、

「お兄ちゃんは野獣だから、ドアを閉めちゃだめだってママが言ってた！」

彼女は母親の言いつけを忘れてはいない。

項豪廷《シャン・ハオティン》は脅したりすかしたり、あらゆることをやってもだめだったので、諦めて妥協した。どのみち成績が気になっている于希顧《ユー・シーグウ》は、可能な対策はすべてやってほしいと思っているから、それ以外のことを考える余裕がないのだ。

「ほら、これ、放物線……」

于希顧《ユー・シーグウ》は教科書を開いて、鉛筆で大事なところを書いてみせた。数学は国語や地理と違って、暗記すれば点を取れるわけでなく、あくまで問題演習が必要だ。そして集中力も不可欠で、理論と数式をまず覚えておかなければ、使いこなせない。

「黄《ホワン》先生は言っただろう。これがあったら、まずこの点の座標を求めるって……」

彼がまじめに教えているのに対して、項豪廷《シャン・ハオティン》は気が散っているようで、ニヤニヤ笑いながら、于希顧《ユー・シーグウ》の手首を掴んだ。于希顧《ユー・シーグウ》は眉をひそめて手を振り払い、続けた。

「それから、このYマイナス2の二乗、解ける？」

「うん！」

「じゃあ、やってみて」

于希顧《ユー・シーグウ》が教科書と鉛筆を渡そうとすると、またもや手首を掴み、顔を近づけて鼻をクンクンさせ、匂いを嗅いできた。于希顧《ユー・シーグウ》は怒って、声を張り上げた。

「項豪廷《シャン・ハオティン》！」

「ご褒美をくれるって言ったじゃないか」

彼は眉を上げて、にやにや笑いながら聞いた。

まだ始めてもいないのに、もう褒美をねだってくるとは……困ったものだが、項豪廷《シャン・ハオティン》の欲しいものをあげてもいい、と于希顧《ユー・シーグウ》は思った。元々は、最後にあげようと思っていたのだが、先にあげたっていいのだ。

于希顧《ユー・シーグウ》はカバンを開けて、ペロペロキャンディを取り出して差し出した。

「なんだこれ？」

「ご褒美！」

「ああ……ほかには？」

どうして目が輝いているんだ？　于希顧《ユー・シーグウ》はわからないまま「ほかに？」と聞いた。それを聞いた項豪廷《シャン・ハオティン》は、怒り出した。

「これだけ？　いやだ！　もっと欲しい！」

彼は大声で叫んだ。

彼の癇癪《かんしゃく》に対してどう対処すればいいかを、于希顧《ユー・シーグウ》はすでに考えてあった。それは放っておくことである。子どもを躾《しつ》けるのと同じように、正しいことをするまで、何もしてあげない。そこで于希顧《ユー・シーグウ》は、すぐに教科書を手に取り、勉強し始めた。一方、項豪廷《シャン・ハオティン》は悲痛な声を上げた。

「お祝いの会に行かせてもらえなかったんだから、もっとほかの褒美があると思ったんだよ！　からかわれた！」

「僕たちは、まだ正式につき合っていない」

于希顧《ユー・シーグウ》は顔を曇らせた。からかわれたなんて、言いすぎだ。

「君が国立大学に合格して初めて正式につき合えるんだから」

「いやだ！　そんなの知らない！」

子どもと恋愛しているみたいだ、と于希顧《ユー・シーグウ》は思った。それも仕方がない。自分が選んだ相手なのだから。

それに、こんな姿もそれはそれでかわいい……。于希顧《ユー・シーグウ》は深く息を吸って、厳しい顔を向けた。

「模試であんなに悪い点数を取ったくせに、本当につき合いたいの？」

「勿論だよ。でも、褒美は欲しい」

ブチッ。理性の糸が切れた。

「そうか。もう勉強しなくていい。つき合うのもなしだ」

于希顧《ユー・シーグウ》はそう言いながらカバンを片付け始めた。

こんなに考えているのは自分だけなのか？　確かに条件を言い出したのは自分だけど、項豪廷《シャン・ハオティン》も納得したじゃないか。将来のために頑張っているのに、どうして一緒に前に進もうという気がないんだ。もしそうなら、自分が馬鹿みたいだ……。

悲しそうな顔をしているのを見て、項豪廷《シャン・ハオティン》はやりすぎたことがわかり、慌てて、片付けている手を押さえた。数秒目を合わせた後、項豪廷《シャン・ハオティン》は「ごめん」と小さな声で謝った。

「いい加減だった。今日から本気を出して、もっとまじめにやるし、もっと努力するから」

彼は真剣な表情で教科書を開くと、于希顧《ユー・シーグウ》が言った数式を考え始めた。

叱られないとまじめにならないなあ、本当に子どもみたいだ。

于希顧《ユー・シーグウ》が安心しかけると、項豪廷《シャン・ハオティン》がキャンディを手にして、またこっちへすり寄ってきた。気にしないつもりだったが、耳に届いた言葉に顔が赤くなり、心臓がドキドキした。

「大学に入ったら、お前とキャンディを一緒に食ってやる！」

そう言うと、キャンディの袋を噛む真似をした。于希顧《ユー・シーグウ》は笑ってしまい、深刻なふりができなくなってしまった。その後、項豪廷《シャン・ハオティン》が解けない問題を聞いてきたので、于希顧《ユー・シーグウ》の唇の端に笑みが戻ってきた。子どもを躾ける方法は本当に役に立つ。

＊　＊　＊

「サプライズだ！」

体にたくさんの電球を巻きつけて、突然ドアの前に現れた項豪廷《シャン・ハオティン》を呆れたように見つめながら、于希顧《ユー・シーグウ》は尋ねた。

「今は勉強の時間じゃないの？」

「お誕生日おめでとう！」

彼は愛情を込めた笑顔を向けた。

「十八歳だよ。つまんないこと言うなよ。当然だろ。それに……」

秘密がありそうな顔で、小さな箱を取り出した。手作りのケーキだという。

「フフ。蛍もケーキを作れるのか？」

電球を巻きつけた様子はまるで蛍みたいだ。


二人でテーブルを囲むと、項豪廷《シャン・ハオティン》はハッピーバースデーを歌った。その熱い思いのこもった歌はプロよりもうまかった。于希顧《ユー・シーグウ》は揺れるローソクを見て幸せそうに笑っていた。こんなふうに誕生日を祝ってもらうなんて、今までにないことだった。

項豪廷《シャン・ハオティン》に促されて、于希顧《ユー・シーグウ》は手を合わせて願い事をした。

「一つ目の願いは、項豪廷《シャン・ハオティン》が無事にトップ5の志望大学に合格できますように」

これは現在一番重要なことだと言っても過言ではない。

「もったいないよ！　そんなこと願ってもらわなくても叶うから！」

「いいから！　二つ目の願いは、叔母さん、志剛《ジーガン》兄さん、孫博翔《スン・ボーシャン》、夏恩《シャ・ン》、夏得《シャ・ダー》、高群《ガオ・チュン》、皆が健康で幸せでありますように」

俺は……どうして俺のことを言ってくれないのだろう？　項豪廷《シャン・ハオティン》はちょっと落ち込んだ。でも、誕生日の人が一番大事だ！　項豪廷《シャン・ハオティン》は于希顧《ユー・シーグウ》に三つ目の願いを促し、それは声に出さないように言った。

于希顧《ユー・シーグウ》が真剣に集中している様子を見ると、項豪廷《シャン・ハオティン》は自分がその願いに入っているような気がした。

「じゃあ、吹き消して」

優しくそう言うと、ローソクに向かって息を吹きかけている于希顧《ユー・シーグウ》の額にキスをした。その慈愛溢《あふ》れるキスに于希顧《ユー・シーグウ》は感極まり、涙が流れた。

見た目は素人が作ったケーキそのものだったが、味は悪くなかった。濃厚なチョコと新鮮なクリームの味が味覚を刺激し、その上、勉強によって足りなくなった糖分も補ってくれた。二人は寄り添うように並んで座り、ケーキを分け合った。口も心も甘さでいっぱいだった。


「ねえ、豪廷《ハオティン》」

「ん？」

「どっかに行っちゃだめだよ」

見つけられないところへ行ったらだめ……はっきりとは言わなかったが、于希顧《ユー・シーグウ》は、項豪廷《シャン・ハオティン》もまたいつかばら星雲へ行ってしまうのではないかと恐れていた。一度幸せを手に入れたら手放せなくなり、あまつさえもっと欲しくなってしまう。項豪廷《シャン・ハオティン》といつまでも手をつないで、歩いていきたいと思うようになっていた。

「うん」

何、馬鹿げたことを言っているんだと笑う一方で、于希顧《ユー・シーグウ》の孤独と寂しさに項豪廷《シャン・ハオティン》は心を痛めた。一生涯、どんな困難に出会っても、ずっと于希顧《ユー・シーグウ》の手を握り、しっかりと歩んでいく、と心の中でかたく誓った。

肩に寄りかかる頭の重み、邪念のないキス、それらはすべて二人の誓いそのものだった。

＊　＊　＊

項豪廷《シャン・ハオティン》の変化は誰の目にも明らかだった。

今までは、学校が終わったら、夏恩《シャ・ン》たちと一緒に外でバスケットボールをしたり、何か飲んだり食べたりして過ごした。授業中は、おしゃべりをするのはまだましな方で、実験のような授業ともなると、まるで休憩時間と同じように騒いだ。授業中にさされても、寝たふりをして答えもしない。ところがこういうことは、今はもうまったくなくなっていた。

授業が終わっても外に出ないし、教室の窓辺に座ってイヤホンをつけ、英語や国語の文章を暗記したりしている。授業中はおしゃべりもせずに、板書をしっかり書き写していた。お陰で、先生にも褒められるほどだ。そして質問されても、スムーズに答えられる。試験の成績は言うまでもなく大幅に良くなった。「項豪廷《シャン・ハオティン》は改心した」という話が、教務室の話題になり、女子生徒の間にも噂《うわさ》が広まった。

周りでいろいろ言われていることに対して、二人は特に気にしていなかった。勉強の方が大事なので、時間があれば二人は図書館に籠もっていた。項豪廷《シャン・ハオティン》は自分で言った通りに、「本気を出して、もっとまじめに、もっと努力する」ようになった。そして、二人きりの時も、あの日のように気を散らすことはなかった。

「この二つはとっても似ているから、違いをちゃんと覚えないと。もしわからないなら、後の問題は解かなくていいから」

于希顧《ユー・シーグウ》は真剣に大事なところを押さえようとしている。

項豪廷《シャン・ハオティン》は教科書と、忙しく動く于希顧《ユー・シーグウ》の手をじっと見ていたが、突然目がチカチカしてきて、我慢できずに手で擦った。

「どうした？」

「わかんないけど、ちょっとおかしい」

項豪廷《シャン・ハオティン》は痛そうな声を上げた。

「見せて」

于希顧《ユー・シーグウ》は相手の肩を押してちゃんと座らせ、目を開けるように言った。

「いいんだ……」

項豪廷《シャン・ハオティン》は断った後に目を開けると、後悔してしまった。目の前で、于希顧《ユー・シーグウ》が心配そうな顔で熱心に目を見てくれている。途端に息が苦しくなった。ここのところ、勉強に集中していたのと、その進捗状況を気にしすぎていたので、于希顧《ユー・シーグウ》と身近に触れ合うことがしばらくなかった。

項豪廷《シャン・ハオティン》はつばを飲み込んだ。いつも思うことだが、さらに細くなった顔、キラキラしている目、上下に動く喉ぼとけがエロチックだ。一番上まで留められたシャツボタンと、きちんと締められたネクタイは、乱れている時よりもより目がくぎ付けになる……。

項豪廷《シャン・ハオティン》が手を伸ばして相手の口元に触れると、二人の距離が急速に縮んだ。キスしそうになったところで、于希顧《ユー・シーグウ》が後ろへ一歩下がった。その反射的な動きで、項豪廷《シャン・ハオティン》は目が覚めた。

今……キスしそうだった？　目を見開き、信じられないという気持ちで大きく息を吐いた。

「お前、お前の口、汚れてる、ほら……」

いかにも本当っぽく、手で相手の唇を拭いた。

「油だよ。お昼を食べて口を拭かなかっただろ。手が汚れた……また手を洗わないと」

そう言うと、彼は外へ出た。困ったように頭を抱え、壁に寄りかかった。何だってあんなことをしそうになったのだろう。何かに魅入られたように、唇にキスをしたくなってしまうなんて……。

「うぅ……だけど、あいつはかわいくて、欲しくなる……」

彼は嘆きながらも、「もうすぐ試験だ」と言って自己暗示をかけようとした。こういう体の反応は、運動で何とかしよう！　汗を流せば気が紛れるし、疲れれば五感が麻痺するので、エッチなことも頭から消えるだろう。

そう考えると、すぐに実行に移した。思いっ切り開閉ジャンプをし、邪念を頭から振り払おうとした。いくらエッチなことをしたいと思っても、どんなに満たされなくても、そのまま流されるわけにはいかない。今こそ重要な時期であり、将来の幸せのためにもっと努力して、こんな欲求は抑えつけなければならないのだ。

「努力するんだ」「頑張れ」という言葉が、ようやく頭の中に満ちてきた。理性に従い感情をコントロールすることがどんなに難しいことなのか、ようやくわかった気がした。未来のためには、どんな困難でも乗り越えなくてはならない。

＊　　＊　　＊

幾《いく》ら于希顧《ユー・シーグウ》が鈍感でも、最近の項豪廷《シャン・ハオティン》は何かおかしい、と感じていた。理由を聞いても、いつもうまく避けられてしまう。いつからそうなったのだろうか。誕生日の頃はまだ仲が良かったのに、その後は……変わってしまったようだ。

自分と話している時も心ここにあらずのようで、その上、復習を手伝ってくれなくてもいいとも言われた。今までなら、勉強のためとはいえ、于希顧《ユー・シーグウ》の家へ行けると聞けば、うれしそうに笑っていたのに、今は言を左右にして言葉を濁す……その変化は、急に伸びた成績と同じように劇的な変化で、無視できないものだった。体調が悪いのか、それとも勉強に疲れすぎたのか、と于希顧《ユー・シーグウ》は考え始めていた……。

「項豪廷《シャン・ハオティン》？　今日は病欠だよ。聞いてなかった？」

「病欠？」

まさか、本当に病気にかかってしまったとは！

放課後、于希顧《ユー・シーグウ》は取るものも取り敢えず、すぐさま項豪廷《シャン・ハオティン》の家に向かった。幸い、家には母親しかいなかった。彼が来たのを見ると、「項豪廷《シャン・ハオティン》は頭を使いすぎてストレスが溜まり、抵抗力が落ちたせいで、熱が出やすくて病気にかかりやすいの。今朝、医者に診てもらったら、よく寝て、汗をかけばよくなる、ですって」と、状況をあれこれ説明した。

熱が出るほど猛勉強するとは……。于希顧《ユー・シーグウ》は驚いて口をつぐんだ。

母親は急いで出かけなければならないとかで、于希顧《ユー・シーグウ》に看病を頼んで、電話をかけてから慌てて出ていった。忙しそうな母親を見送り、于希顧《ユー・シーグウ》はカバンを置き、そっとベッドに近づいて項豪廷《シャン・ハオティン》の額に触ってみた。

肌を通して伝わってきた熱さに彼は震えるほど驚いた！

「あっつい……」

項豪廷《シャン・ハオティン》は熱にやられて意識が朦朧《もうろう》とし、本能的なものしか残っていないようだった。于希顧《ユー・シーグウ》の体温はいつも低いので、掌《てのひら》を頬に当てるとまるで真夏に冷たい飲み物を熱い肌に滑らせるように気持ち良いのだろう。

「熱い」とうわ言のように言った。

項豪廷《シャン・ハオティン》の服が汗で湿っているのがわかった。病気の原因について考えると、于希顧《ユー・シーグウ》は辛くなった。急いでタオルを水で濡らし、項豪廷《シャン・ハオティン》の額を拭いて冷やそうとした。しかしその前に、濡れた服を着替えさせなければ、風邪がまたひどくなってしまう。

ふと、項豪廷《シャン・ハオティン》が目を少し開けたようだったが、ひどい高熱のせいか焦点が于希顧《ユー・シーグウ》の上で定まることはなかった。于希顧《ユー・シーグウ》は代わりの服を持ってきて、早く着替えさせようと思った。しかし、振り返って立ち上がろうとする前に、思いがけず後ろに引っ張られ、倒れてしまった！

項豪廷《シャン・ハオティン》は于希顧《ユー・シーグウ》の腕を掴むと、目の前に引っ張り、止めるのも聞かずに、手をベッドに突いて起き上がった。自分が来たことがわかって、怒り出したのかと于希顧《ユー・シーグウ》は思った。ところが項豪廷《シャン・ハオティン》は、于希顧《ユー・シーグウ》の腰を抱きしめながら、「会いたかった」と、囁《ささや》いたのである。その目にあるのは隠しきれない欲望だった。

逃げようとする意図を察した項豪廷《シャン・ハオティン》は、相手の手を後ろ手に回して腰に固定すると、「くれよ」とか、「欲しい」と叫んだ。

「やめろよ……」

于希顧《ユー・シーグゥ》は眉をひそめて断った。相手は病人で高熱を出している。横になって休む以外は、何もすべきではない。

項豪廷《シャン・ハオティン》は苦しそうな息をしながら、片手で相手の手首を掴み、もう一方の手で胸のあたりに触れてシャツのボタンをはずし、現れた肌の中に顔を埋めた。べたつく汗がうぶ毛を刺激し、擦られると体が震えた。

于希顧《ユー・シーグゥ》は慌てて項豪廷《シャン・ハオティン》を押しのけたかったが、高熱の病人なので強く押せなかった。それが、半分同意しているように見えた。

于希顧《ユー・シーグゥ》が躊躇《ちゅうちょ》していると、項豪廷《シャン・ハオティン》はさらに一歩進めて、握った手を自分の股間に持っていった。何かに触れた瞬間、于希顧《ユー・シーグゥ》の顔は真っ赤になった。この前のリビングルームでは、まだここまではしていなかったので、知らなかったのだ。項豪廷《シャン・ハオティン》のものが……こんなに大きくて、こんなに熱いとは……。


「頼む……」

人間は感覚に支配されている生き物だ。荒い息遣い、擦れ合う肌、実際に性器に触れる、という三つの刺激を受ければ、最初はその気がなくても、どうしても反応してしまう。彼らは若いだけでなく、恋人同士でもあり、好きな人と深い関係になりたいというのは至極当たり前のことなのだ。

于希顧《ユー・シーグゥ》の呼吸は荒くなっていき、手足がこわばった。手の中のものは濡れているようであり、下着も少しベタついてきた。耳元の喘《あえ》ぎ声や呻《うめ》き声、直接触れているものから強い刺激を受け、于希顧《ユー・シーグゥ》は一瞬言葉を失って、項豪廷《シャン・ハオティン》を見つめることしかできなかった。

欲望に満ちた目で見られて、項豪廷《シャン・ハオティン》は我慢できなくなり、唸《うな》った。握っていた手首を放すと、相手のベルトを外して、ズボンを脱がせようとした。

「俺も手伝うよ」と囁きながら、相手の敏感な部分に触れた。やや荒々しく触られると、于希顧《ユー・シーグウ》の理性は完全に追いやられた。

下着越しにまさぐられる刺激は特に強烈だった。生地が少し濡れて、性器に張り付き、さらにきつく握られ、擦られた。于希顧《ユー・シーグウ》は震えるほどの刺激を受け、腰が抜けそうになり、項豪廷《シャン・ハオティン》に寄りかからないと倒れ込みそうだった。

「はっ……う……」

項豪廷《シャン・ハオティン》は口を開けたまま、呻き声や喘ぎ声を上げた。時々擦られる肌の感触は、まるで靴の上から痒《かゆ》いところを掻いているようで耐えがたかった。高熱で朦朧としており、すべてが本能に支配されていた。

二人の視線は何度も絡み合った。于希顧《ユー・シーグウ》の口は乾き、頬は熱くなり、体はある種の欲望を叫んでいた。前回、突然止められた欲望がここで膨れあがり、ズボンの中をまさぐる手の巧みさで、于希顧《ユー・シーグウ》は何度も出してしまいそうになった。

「ああ……」

于希顧《ユー・シーグウ》は目をカッと見開いた。

項豪廷《シャン・ハオティン》の手の動きは加速し、目覚めた欲望が興奮状態になり、股間から伝わる異様な感覚がより強くなった。項豪廷《シャン・ハオティン》は手で相手の首の後ろを支えることで、手で擦り上げることによる快感を本当のセックスの快感に近づけようとした。

「うっ、あ！」

首を支えている手は熱く、虚ろな目をしている項豪廷《シャン・ハオティン》は、さらに妖しい魅力を全身から放っていた。

于希顧《ユー・シーグウ》は、肉体の快感と精神的なエクスタシーを同時に味わうのは初めてだった。突然強い身震いが起こると、項豪廷《シャン・ハオティン》の手の中に射精した。同時に、于希顧《ユー・シーグウ》の手にも液体が流れているのを感じた。それは項豪廷《シャン・ハオティン》の呻き声や喘ぎ声のように温かくて粘り気があった……。


オーガズム後に力が抜けた于希顧《ユー・シーグウ》は、倒れそうになって、項豪廷《シャン・ハオティン》の首筋にもたれかかり息を整えた。余韻が冷めやらないうちに、理性が先に戻ってきた。

理性が追いやられていた時のぶっ飛んだ感じと、それが戻ってきた時の慌てふためく感じの両方を于希顧《ユー・シーグウ》は体験した。

項豪廷《シャン・ハオティン》を強くベッドに押し付けると、ドアのところへ走っていき、服の乱れを直した。絶頂を味わった直後であったため、慌てすぎてしまい、いつものベルトの穴すら見つからなかった。それにズボンをはいたはいいが、シャツを先に入れるのを忘れて、またやり直さなければならなかった。

下着は精液で汚れてしまい、歩くのもぎこちなかったが、帰る前にどうにかする気力は残っていなかった。その場を離れる前に、まだ獣のような病人に布団をかけることを忘れなかっただけでも、賞賛に値するというものだ。

項豪廷《シャン・ハオティン》の部屋から出ると、リビングのソファーに半分寝っ転がっている項永晴《シャン・イオンチィン》がいることに気付いた。彼がびっくりして慌てて逃げるのを妹が見たことは、項豪廷《シャン・ハオティン》の預かり知らないことである。項豪廷《シャン・ハオティン》にとっては、すべてはただの夢であり、その夢の中で、彼はしたいように欲求を解消しただけなのだ。

＊　＊　＊

「母さん、おはよう」

一夜明けて目が覚めると、項豪廷《シャン・ハオティン》は体が軽くなったように感じた。体力はまだ完全に回復していないが、全体的には昨日よりだいぶ良くなっていた。

「まあ、こんなに汗かいて！」

汗で、グラデーションになってしまった服を見て、母親は痛々しげに息子の額をなでた。

「うん、まずシャワーを浴びたい」

「そうね。薬を飲むのを忘れないで」

母親はドレスアップして出かけるところだったが、出る前にふとあることを思い出し、それを言うためにまた戻ってきた。

「そうそう、あのクラスメートにお礼を言わないとね。于希顧《ユー・シーグウ》だったわよね？　于希顧《ユー・シーグウ》！」

「何で？」

項豪廷《シャン・ハオティン》は何の話だかちっとも見当がつかなかったので、思案顔で聞いた。

「覚えてないの？　昨日の午後、あなたの世話をしに来てくれたのよ！」

それを聞いて、項豪廷《シャン・ハオティン》は飲んでいた水を全部吐き出してしまい、項永晴《シャン・イオンチィン》は慌てて横へ飛びのいた。

「昨日？　昨日、来たの？」

母親と妹が頷《うなず》くのを見ると、それで理解した……あれは夢だと思っていたけど、というか、夢だと思ったので、いつも理性で抑えつけていた欲求不満を夢の中の人に求めたつもりだったが……どうやら、本当のことらしい。

頭皮がしびれる感じになったが、心の底から湧く喜びには勝てなかった。ここのところ、惑わされるようなことは何も考えないようにしていた。考えることは毎日ひたすら勉強、勉強、勉強のみ。それを全うすべく、于希顧《ユー・シーグウ》を避けるようにしていた。大学に入って初めて濃密に触れ合うことができる、と考えていたのだが——。

「うん！　ふふふ……」

いきなりおかしな笑い声を上げると、項永晴《シャン・イオンチィン》にすり寄っていって、妹を気持ち悪がらせた。最後には「病気だね」と、妹に言われる始末だった。

*　　*　　*

すっきりした後は、やるべきことに直面しなければならない。

交際の条件は国立大学に合格することであり、今は努力して、もっと頑張ると約束したことも項豪廷《シャン・ハオティン》は忘れていない。しばらくして落ち着くと、素早くシャワーを浴び、母親が作ってくれた栄養たっぷりのご飯を食べ、その後、于希顧《ユー・シーグウ》の家へ向かった。

于希顧《ユー・シーグウ》は怒っているかな？　どう考えてもその可能性が高いけど、そんなことでびくびくするわけにはいかない！　頬をつねって、改めて笑顔を作り、ベルを押した。

ドアが開かない。

彼はドアに顔を寄せ、しばらく耳を澄ませた。足音や服が擦れるような音が聞こえたことを確認してから、声をかけた。

「于希顧《ユー・シーグウ》、怒ってるのか？」

しかし、返事は返ってこない。「本当に怒ってる」と思えてきて怖くなり、項豪廷《シャン・ハオティン》は笑顔を引っ込めてから言い訳を始めた。

「昨日は、熱が高かったから、はっきり覚えていないんだ。ぼんやりと断片的なんだよ！　ごめん！　昨日お前に何を、まさか……」

ドアがものすごい勢いで開けられた。

于希顧《ユー・シーグウ》はきまりの悪そうな顔でドアの向こうに現れると、声を落として言った。

「本当に何もなかった」

けれども、二人の目は一瞬合っただけで、また離れてしまった。于希顧《ユー・シーグウ》の方からそらしたのだ。赤くなった于希顧《ユー・シーグウ》の頬と耳たぶ、そしてドギマギとした話し方、それらすべてを項豪廷《シャン・ハオティン》は見逃しはしなかった。

「実は……僕たち……」

「実は、何？」

項豪廷《シャン・ハオティン》は部屋に入るとドアを閉め、緊張気味に相手の肩に手を置いて、静かに近づいた。

「あの……その……」

話すのをためらい、逃げようとしている様子を見て、項豪廷《シャン・ハオティン》は手で相手を窓の方に押しやった。そして相手が恥ずかしそうな顔をしているのを見ながら、「壁ドンっていいものだな」と思うのだった。

「何もなかったよ」と于希顧《ユー・シーグウ》は言った。「ただ触っただけ」

それを聞くと、項豪廷《シャン・ハオティン》はほっとして、相手を強く抱きしめた。最後の一線を越えてなくて良かった。何をしたかわからないほど朦朧としていた時に、もし何かして、相手を怪我させていたら……項豪廷《シャン・ハオティン》は想像するだけで怖くなった。

彼は密《ひそ》かに誓った。初夜は慎重にしないと。気持ち良く楽しんでもらうんだ、と。

ゆっくりと于希顧《ユー・シーグウ》を抱きしめると、爽やかな匂いが鼻をかすめた。項豪廷《シャン・ハオティン》の好きな匂いだった。于希顧《ユー・シーグウ》は節約しているので、いつも香りのない石鹸《せっけん》で体を洗っている。その混じりけのない体の匂いこそが、項豪廷《シャン・ハオティン》の心を一番惹きつけるのだった。

「ごめん」

項豪廷《シャン・ハオティン》は気が咎《とが》めて、静かにそう言った。

「残り一か月しかないのに、まだ俺がこんな調子で……」

相手の吐く息が首にかかるのを、于希顧《ユー・シーグウ》は感じた。震えるようなヒリヒリとした感覚がゆっくりと広がっていった。項豪廷《シャン・ハオティン》との触れ合いは嫌いではないが、その前に項豪廷《シャン・ハオティン》を国立大学に合格させなければならない。優先順位ははっきりさせなければならないのだ。気がかりなことがある愛は……辛くて、いつ爆発するかわからない時限爆弾みたいなものだった。

時限爆弾……この言葉で、最近項豪廷《シャン・ハオティン》が自分を避けていたこと、二人きりになれないいろいろな理由を上げていたことを思い出した。もしかすると、彼も我慢していたのではないだろうか？　そう疑問に思いながらも尋ねはしなかった。恥ずかしさもあり、それに……。


「大丈夫。わざとじゃないって知ってるから。それに君は絶対合格できる」

項豪廷《シャン・ハオティン》を見つめて、于希顧《ユー・シーグウ》はそう言った。その言葉には相手への信頼が滲《にじ》み出ていた。項豪廷《シャン・ハオティン》がどれほど頑張ったかは、自分が一番知っているのだから。于希顧《ユー・シーグウ》はしばしば教務室に出入りし、その際、先生たちが「項豪廷《シャン・ハオティン》はこのまま頑張り続ければ、国立大学に受かるのも夢ではない」、と話しているのを小耳に挟んでいた。入試の結果が発表される前に、こんな些細《ささい》なことで気を散らすべきではない。


「お前のために、俺絶対受かるから！」

于希顧《ユー・シーグウ》の言葉を聞いた項豪廷《シャン・ハオティン》は目を輝かせた。

于希顧《ユー・シーグウ》は彼を優しく抱きしめて、「このところ本当に頑張ったし、あと一か月なんだから、もう少し頑張って」、と励ました。そして、「今回のことで自分を責めたりしないで。何も起こっていないんだし、病気だったんだから」、と言って安心させた。気にするとしても、それは一か月後の話だ。

＊　　＊　　＊

孫博翔《スン・ボーシャン》は最後の追い込みをかけていた。

項豪廷《シャン・ハオティン》が目標を目指して、必死に頑張っているのを見て、自分ももっとまじめにやらなくちゃ、と思ったのだ。だからバイトが終わった後や、休みの時は、休憩室にこもって復習をしていた。盧志剛《ルー・ジーガン》は客がいない時や閉店後に、飲み物やクッキー、饅頭《マントウ》を持ってきて、エネルギーを補給してくれた。

閉店後に、盧志剛《ルー・ジーガン》がラズベリー蒟蒻《こんにゃく》の粒々ドリンクを孫博翔《スン・ボーシャン》に持ってくると、渡された孫博翔《スン・ボーシャン》は顔を上げて笑顔を向けた。目には甘えが漂っている。

「もうすぐだね、指考。[9]緊張してる？」

盧志剛《ルー・ジーガン》は心配そうに聞いた。

「まあ大丈夫だけど、ちょっと足りない」

孫博翔《スン・ボーシャン》は困ったように、口を尖らした。

「足りない？　何が？」

何かを企んでいるような笑顔の孫博翔《スン・ボーシャン》は、盧志剛《ルー・ジーガン》をキュンとさせた。特に「志剛《ジーガン》兄が」と言って口を突き出し、キスをねだられるともうだめである。盧志剛《ルー・ジーガン》は相手の要求に応えてキスをした。しかし、若い恋人はそれだけでは飽き足らず、さらに五回のキスをおねだりしてきた。盧志剛《ルー・ジーガン》は困ったものだと笑いながら言った。

「欲張りだな」

目の前の幼い恋人を見ていて、突然、先日のことを思い起こした。

本を買って帰ろうとした時、意外な人に会ったのだ。甥《おい》の程清《チョン・チン》だった。

9　大学入学指定科目考試の略。前述の「学測」の後に実施される二次試験。

実家を出てからというもの、家族とは一切連絡を取っていなかった。あれから数年が経ち、その時まだ少年だった甥も成長して様変わりしていたので、初めは誰だかわからなかった。

程清《チョン・チン》の話によれば、家は何も変わりなく、祖母と母親がずっと自分に会いたがっているという。女性は水のようなもので、心がとてもしなやかだ。父だけは何を考えているかわからない。だから誰も父の前で盧志剛《ルー・ジーガン》のことを敢《あ》えて話そうとしないので、父の考えは、程清《チョン・チン》も知らないとのことだった。

「だけど、おじさんが家に帰れる日は遠くないと思う」

甥は自分を励ましてくれようとしているのだろう。あの時、家族の中で自分を支持してくれたのは程清《チョン・チン》だけだった。家を出た後は、程清《チョン・チン》に迷惑をかけたくないので会わないようにしたが、やはりほかの人より親しみがある。ただ、この話を聞いた時、頭に浮かんだのは孫博翔《スン・ボーシャン》の顔だった。

家に帰る。

今の自分にとって、孫博翔《スン・ボーシャン》も家なのだ。つまり、二つの家がある。

一番帰りたいと思っている家は、自分を受け入れてくれるかどうかはわからない。昔だったら、ここまで考えると、落ち込んで辛くなり、孤独を感じてしまっていた。もちろん今でもそういうことはある。けれども孫博翔《スン・ボーシャン》のことを考えれば平気なのだ。彼は、何も意に介さずに告白してくれて、いつも自分を第一に考えてくれ、年上の自分の方が幼稚であることを気にせず、さらに……自分のことを世界のすべてだと思ってくれている。これ以上感動させられることがあるだろうか？


「ありがとう」

微笑《ほほえ》みながら、孫博翔《スン・ボーシャン》を抱きしめ、相手の頭を自分の胸にもたれかけさせた。

「僕の人生に入ってきてくれて、そしてそれを素晴らしいものにしてくれてありがとう」

それを聞いた孫博翔《スン・ボーシャン》は、口元に少年のような笑みを浮かべて言った。

「何があろうとそばにいて、いつも俺のことを愛してくれればそれでいいんだ」

孫博翔《スン・ボーシャン》にとって、幸せは極めて単純なことであり、心配や恐れなんか全部余計なものだ。誓いのリングをはめた手をつないでいる限り、怖いことなんか何もない。

とても子どもっぽいがその心温まる言葉を聞くと、盧志剛《ルー・ジーガン》は鼻の奥がツンとして、視界が霞《かす》んだ。恐怖を乗り越えて進み、この男の子の手を握って本当に良かった。彼と手をつなぎ、一緒に実家に帰るのは……きっと大丈夫だ。これから一緒に歩く道は長い。うまく事が運ぶまで、ゆっくり考えながら試せば良いだけなのだから。

第九章

于希顧《ユー・シーグウ》はバイト中なのに、下を向いたままずっとスマホを見ていて、まったく落ち着きがなかった。

何を心配しているのかを盧志剛《ルー・ジーガン》はわかっていたので、責める気はなかったが、どうして電話をしたり、メッセージを送って直接聞かないのか、少し不思議に思った。一人で悶々《もんもん》とするよりその方がいいのに。

「それはだめです」

于希顧《ユー・シーグウ》はすぐ頭を振って言った。

「ただでさえプレッシャーが大きいのに、ここで電話をかけたらさらに動揺しちゃいますから」

項豪廷《シャン・ハオティン》がどれだけ繊細であるかはよくわかっている。今このタイミングで聞くことはできなかった。

盧志剛《ルー・ジーガン》は少し考えた後、静かに尋ねた。

「もし落ちてたら……どうするんだ？」

この問いは于希顧《ユー・シーグウ》の痛いところを突いた。万が一、落ちたら……あいつはきっと悲しんで落ち込むだろう。けれど、またその弱さを隠して強がってみせるに違いない。そんな姿を想像するだけで胸が痛んだ。

「わからないです。けど、何とかして慰めます」

「僕が言いたいのは、彼の両親が許さなかったらどうする、っていうことだよ」

盧志剛《ルー・ジーガン》はこのカップルがつき合う条件を忘れてはいなかった。

「えっ？」

「もうつき合っているつもりなんだろ？」

いかにも青春真っ只中で、見ているだけでもそのアツアツぶりが漂ってくる。

于希顧《ユー・シーグウ》が困って考え込んでいると、ドアの音がして、項豪廷《シャン・ハオティン》が重苦しい表情で入ってきた。全身から負のオーラを発し、誰も近づくなと言わんばかりだった。

まさか……不合格？　盧志剛《ルー・ジーガン》は、さっきその話題を持ち出したことをすぐに後悔した。今度は于希顧《ユー・シーグウ》が本当に悩んでしまう。

項豪廷《シャン・ハオティン》は何も言わずに頭を横に振ると、視線を落とし、苦しそうな表情で伸ばした手を、恋人の首の後ろに回した。泣きそうだ、と盧志剛《ルー・ジーガン》と于希顧《ユー・シーグウ》が思ったその時、項豪廷《シャン・ハオティン》はいきなり恋人にキス！　をしてきた。

「えっ！　いったいどうなってるんだ？」

盧志剛《ルー・ジーガン》よりも、于希顧《ユー・シーグウ》はもっと緊張してハラハラしていた。だから、ひどいショックでこんな変なことをしたのではないかと思ったのだ。それは落ちるより深刻なことだった。

心配する二人に対し、項豪廷《シャン・ハオティン》はいたずらっぽく笑い、試験の結果を大声で発表した。

「中央大学《チョンヤン》！　I Got it（やったよ）！」

びっくりした後、于希顧《ユー・シーグウ》は相手を強く抱きしめると「よかった！」と叫んだ。結果は予想以上に素晴らしく、からかわれたことも、この幸せな気分の中ではどこかへ行ってしまった。

二人は喜びのあまり、店にいることをすっかり忘れてしまい、項豪廷《シャン・ハオティン》は相手の顔をなでながら、二回、三回と立て続けにキスをした。さらに声を落として、「俺に捧げる準備はできたか」なんて聞いている。于希顧《ユー・シーグウ》が頷《うなず》いたら、今すぐ始めてしまいそうだった。

不意を突かれた盧志剛《ルー・ジーガン》はむせてしまった！

「おい、僕がいるんだけど」

自分がいることを忘れられないように、口を挟まなければならなかった。そうでもしないと、この喜びに沸き立つ二人の若者は、店の中で無料のアクションロマンス映画を演じてしまいそうだった。

「あ、へへ……」

項豪廷《シャン・ハオティン》は苦笑いをすると、すぐに落ち着きを取り戻した。

苦しみが終わり、愛し合うことができるようになった二人を眺めて、盧志剛《ルー・ジーガン》は安堵の笑みを浮かべた。まるで子どもが育ち、その幸運を味わえた父親のようだった。

「お祝いをしないとな」と盧志剛《ルー・ジーガン》は言った。

＊　＊　＊

大学を決めた後は、専攻を決めなければならない。

于希顧《ユー・シーグウ》は一緒に、そのための書類を書いてあげているのだが、本来の当事者はあまり興味がないらしく、その代わりに部屋探しと——身体で愛を表現することに熱心だった。

触れ合っていると、どうしても欲求が高まるというのは于希顧《ユー・シーグウ》も理解できるが、それにしても、項豪廷《シャン・ハオティン》はあまりにしょっちゅうだった。二人きりでキスする時はいつも全身をなでまわし、「欲しい」と言う。しかし、于希顧《ユー・シーグウ》の心の中には、何とも言えない感情が次第に湧き起こっていた。

そんな雰囲気になっても、于希顧《ユー・シーグウ》は避けるだけで、項豪廷《シャン・ハオティン》とセックスをしたくなかった。幸いなことに、項豪廷《シャン・ハオティン》も強引に求めることはせず、いつも笑って話をそらしてくれるのだった。于希顧《ユー・シーグウ》は、どうして自分がそうなるのかはわからなかった。この感情は多分、心配や恐怖心とか不安感から来ているのだが、誰も相談できる人がいないので、そのままにしておくしかなかった。

けれども感情というのは、放っておくと発酵するし、ずっと蓋を開けずにそのまま我慢すると、ようやく開けた瞬間に爆発する恐れもある。

ある日の午後、二人はたくさん買い物をして帰ってきた。家に着いて荷物を置くと二人とも汗だくだった。外は恐ろしいほどの暑さで、項豪廷《シャン・ハオティン》は部屋に入るやいなや、

「扇風機をつけて」と叫んだ。

于希顧《ユー・シーグウ》は苦笑した。

「うちには、扇風機はないよ」

彼は笑いながら窓を開け、風が室内に入るようにした。ここ数年、彼はいつもこういう感じで夏を過ごしてきたが、別に暑いとは思っていなかった。一方の項豪廷《シャン・ハオティン》は、エアコンなしでは生きられない人間なので、暑いと叫びながら、こんな質素な生活をしている于希顧《ユー・シーグウ》を気の毒に思うのだった。

「ベタベタ」

于希顧《ユー・シーグウ》は笑いながら相手を押しのけた。二人は汗まみれで、くっつくと気持ちが悪い。

「はいはい、仕事に行かなきゃ。早く片付けて」と項豪廷《シャン・ハオティン》を促した。

試験が終わって大学も決まったので、暇な時間が多くなった。于希顧《ユー・シーグウ》は大学の学費を稼ぐため、その時間をバイトで埋めていた。今日はバイトの時間が遅いので、昼のうちに日用品などを買いに行ったのだ。

項豪廷《シャン・ハオティン》は暑いので服を脱ぎ、ベッドに寄りかかって大きく息をついていた。于希顧《ユー・シーグウ》は、喉の乾きを癒してもらおうと水を渡し、さらにタオルを持ってきて汗を拭いてやった。その時項豪廷《シャン・ハオティン》は、于希顧《ユー・シーグウ》が着替えたことに気付いた。その服は……とても刺激的だった。

通気性が良く、汗を吸収しやすいゆったりとした綿シャツである。于希顧《ユー・シーグウ》は、汗を拭くために前かがみになっているので、襟元から胸がはっきり見え、そこがかすかに赤みを帯びて、挑発しているようだった。

「はい、自分で拭いて」

自分が相手の目には嗜好品として映っていることを、于希顧《ユー・シーグウ》はまったく知らなかった。床に置いたままの物が気になり、バッグを拾って買ってきた物を戸棚に入れようとした。しかし、少し離れかけたところで、すぐに元のところに引き戻された。

「何、食べたいの？」

于希顧《ユー・シーグウ》は、項豪廷《シャン・ハオティン》がお腹が空いたのかと思ったので、お菓子を取り出して聞いた。

項豪廷《シャン・ハオティン》は行動で直接答えた。手の甲から始まったキスは、ゆっくりと上に向かい、キスが通りすぎたところはこそばゆさが残った。もう片方の手は、シャツの裾から入り、中を探ろうとしていた。于希顧《ユー・シーグウ》は笑いながら「くすぐったい」と言って、体をひねって避けようとした。しかし不意に、項豪廷《シャン・ハオティン》は彼の腰を掴んで腕の中に引きずり下ろし、抱きしめて、逃げさせなかった。

「何する気？」

項豪廷《シャン・ハオティン》が耳元で何事か囁《ささや》くと、于希顧《ユー・シーグウ》は心が安まり、幸せそうに微笑《ほほえ》んだ。その笑顔は、恋人の目には無言の誘いのように見えた。シャツの中の項豪廷《シャン・ハオティン》の手はさらに進み、その手の動きは次第に妖しく挑発的になっていった。

肩がくすぐったく、項豪廷《シャン・ハオティン》が服の上から軽く噛むと、歯が服越しに肌を擦り、鳥肌が立った。于希顧《ユー・シーグウ》は笑って、いつものように避けようとしたが、欲望と執拗《しつよう》さに満ちた相手の目には妖気が漂っていた。その上、体をなでる手の動きも今までとは違い、嫌がればやめるというものでもなさそうだった。

于希顧《ユー・シーグウ》は突然パニックになった。どうしてこれ以上ことが進むのが嫌なのかは、自分でもわからなかった。彼もまたセックスに反応しやすい年頃だし、恋人の要求ももちろんわかる……ただ、まだ準備ができていない状態ではしたくなかった。

振り払おうとしてみたが、項豪廷《シャン・ハオティン》は彼の首に口づけをしたまま、やめようとはしないばかりか、それはいつもよりもっと激しく、恐怖を十分に感じるほどだった。于希顧《ユー・シーグウ》は何回か試みたが、相手を止められなかった。不安、緊張、恥ずかしさが、説明できないほどの感情と混ざり合って押し寄せ、于希顧《ユー・シーグウ》は一気に相手を強く突き飛ばした。項豪廷《シャン・ハオティン》はそれで目を覚ました。

「うっ！」

後頭部をベッドに打ちつけ、痛くはなかったが、突き飛ばされたことへの落胆と、いつも拒絶され避けられていることへの疑念が少しずつ湧いてきた。それはまた、床に倒れた瓶からゆっくりと流れ出る液体のように、頭の中に徐々に広がっていき、そしてショックによって目からは生気が消え失せていた。

「大丈夫か……」

于希顧《ユー・シーグウ》もびっくりしたが、自分が押したせいで相手が後頭部をぶつけたので不安になり、すぐ様子を見ようと手を伸ばした。けれども項豪廷《シャン・ハオティン》はその好意を受け入れなかった。

「俺が怖いのか……?」と、つぶやくように低い声で聞いた。

これまで何度か巧妙にかわされた時には、于希顧《ユー・シーグウ》がたまたまその気がないだけだと思って、何も感じなかった。振り返って考えると、今まではいつも、専攻を決めている時や、部屋を探している時、未来について計画を立てている時といった何か大事なことをしている時だったので、拒まれても特に不思議はなかった。

しかし、今この瞬間、于希顧《ユー・シーグウ》が自分を怖がっていることを、はっきりと感じ取れた。

もっと言えば、単に怖がっているというより、むしろ強い恐怖心とか拒絶に近いものを感じたのだ。特に、于希顧《ユー・シーグウ》が、「ごめん」と言うのを聞くと、毒蛇が胸に巻きついたように、息ができなくなった。

自分がきっと気まずい様子を晒《さら》しているのだろうと思うと、顔が燃えているように赤らんだ。

いつもであれば、笑って話を変えられるのに、于希顧《ユー・シーグウ》の心配そうな、そして後ろめたそうな目を見ると、心の中に強い嫌悪感が湧いてきた。それは、この状況を引き起こしたことと、さらには欲望を解放できなかったことに対する自己嫌悪だった。

頭の中はこんがらがり、整理できないまま、洋服をひっ掴むと気まずい思いを引きずりながら家を出た。

于希顧《ユー・シーグウ》は彼を引き止めたかったが、今の状況と自分の気持ちをどう説明したらいいのか……しかも彼を拒んだ理由さえわからず、ただ心配な気持ちが喉に引っかかっている。そのことだけがわかっている状況では、言葉のかけようがなかった。

突き飛ばさなければよかった……于希顧《ユー・シーグウ》は、すべて自分のせいだと思った。

于希顧《ユー・シーグウ》は知らなかったが、項豪廷《シャン・ハオティン》も自分を責めていたのだ。階下に降り立ち、于希顧《ユー・シーグウ》の部屋の窓をしばらく見上げていると、突き飛ばした後の于希顧《ユー・シーグウ》の泣きそうな顔が頭に浮かんできた。

好きな人のそんな表情は見たくなかった。しかも原因は自分にある。だけど……何でこんなことになったんだ？　正式につき合う前は、キスしても触っても拒まなかったのに、つき合うようになってからは、どうして避けるようになったんだろう？　項豪廷《シャン・ハオティン》は理由がわからなかった。唯一想像できたのは、自分が積極的すぎたので、エロいことばかり考えていると思われて、嫌がられたのではないかということだった。

もしかすると、そっちの方はあまり興味がないのだろうか？　だとしたら……自分の気持ちや態度を整理しないといけない。そうじゃないと、この状態が続いてしまう。どうすればいいんだ？　それにこれから一緒に旅行するというのに、このまま気まずいままでいるわけにはいかない……項豪廷《シャン・ハオティン》は家に向かいながら、重苦しい表情を浮かべていた。

その晩、項豪廷《シャン・ハオティン》は部屋にこもって何時間も必死で考え、メッセージを書いては消し、書いては消しを繰り返した。ようやく于希顧《ユー・シーグウ》に送信すると、もはや既読の確認や返事を待つ勇気はなく、直《ただ》ちに電源を切った。まるで初めて誰かに告白する時のようにドキドキとしていた。

＊　　＊　　＊

目の前にゴージャスな別荘風の宿が現れると、孫博翔《スン・ボーシャン》は「すげえ、バリ島みたいだ」と叫んで、駆け出した。そんなうれしそうな顔を見ると、盧志剛《ルー・ジーガン》もうれしくなる。ここは多くの候補の中から彼が入念に選んだ宿だった。

「ねえ、行ったことないよね？」

孫博翔《スン・ボーシャン》はさもうれしそうに笑いながら、バリ島に行ったことがあるかどうかを聞いた。

「あるよ」

盧志剛《ルー・ジーガン》は優しそうな笑顔で答えた。

「これからは俺としか一緒に行けないんだよ！」

「社員旅行は？」

オーナーだから、もちろん出したお金の分は楽しむつもりだ。

「俺も連れてって！」

厚かましくも無敵の若い恋人である。

「君次第だけどさ……」

盧志剛《ルー・ジーガン》は元々そのつもりだったが、孫博翔《スン・ボーシャン》には言っていなかった。一人増えようが負担はあまり変わらない。けれど……調子に乗っているのを見ると、ちょっとイジってやるのも面白い。

この二人のラブラブぶりに比べ、項豪廷《シャン・ハオティン》と于希顧《ユー・シーグウ》の方はぎこちなかった。

昨日、駅に来るかどうかを尋ねるメッセージを読んだ時は、あのことは終わったことになったのだと理解し、于希顧《ユー・シーグウ》はほっとしたのだった。しかし道中、二人の間で交わされた会話は、たった五つの文にしかならないほど簡単なものだった。項豪廷《シャン・ハオティン》は、于希顧《ユー・シーグウ》にくっついたりせず、しかも、相手のことが目には入っても手をつなげられない微妙な距離を保っていた。限りなく奇妙な感じだった。

項豪廷《シャン・ハオティン》が宿の前に立ってあたりを見回すと、笑顔の于希顧《ユー・シーグウ》と目が合った。その瞬間、少し心がざわついたが、すぐ目をそらした。咳払いをすると、

「先にチェックインする」と言って、宿へ入りかけた。

「おい！　まずは写真を撮ろうぜ！」

孫博翔《スン・ボーシャン》は旅の記録を残そうと、集合した時からずっと写真を撮り続けていた。そこでまず、「宿の前で写真を撮ろう」とみんなに声をかけた。レンズを通すと、いつも誰よりもクレイジーな友達が引きつった笑みを浮かべていることに気付き、「遊びに来たんだから、もっと楽しそうにしろよ」と文句を言った。

そう言われた項豪廷《シャン・ハオティン》は、仕方なく笑顔を作った。孫博翔《スン・ボーシャン》は良い絵が撮れればいいので、それ以上は何も言わなかった。

「はいはい、これでいいだろ」

項豪廷《シャン・ハオティン》はそう言うと、沈んだ表情で中へ入っていった。それを見た于希顧《ユー・シーグウ》も何か考え込んでいるようだった。

孫博翔《スン・ボーシャン》は変だとは思いながらも、恋人と旅行しているという興奮と解放感が、ほかの感情を押し流してし

まっていた。なのでその後は、盧志剛《ルー・ジーガン》の肩を抱いて、うれしそうな笑顔で写真を撮りまくることにした。

ダブルデートなので、項豪廷《シャン・ハオティン》は部屋を二つ予約していた。片方の鍵は、写真を取り終えてやってきた孫博翔《スン・ボーシャン》に渡し、もう一方の鍵は、自分のズボンのポケットに押し込んだ。それから、遊びに来た感じがまったくないままに、こわばった表情で書類を書き始めた。

一方で、于希顧《ユー・シーグウ》の落ち込んでいる様子や、そこに漂う虚ろな感じを、窓越しに盧志剛《ルー・ジーガン》は見ていた。昨日、お店でも何をするにも元気がなく、おかしいと感じていたのだ。まるで……項豪廷《シャン・ハオティン》とその仲間たちとのトラブルに巻き込まれた時のようだった。

「顧《グウ》ちゃん、どうした？　ここが気に入らなかった？」

「そんなことないです。いいところです」

于希顧《ユー・シーグウ》は無理矢理笑って答えた。

その時孫博翔《スン・ボーシャン》がせかせかとやってきて、「先に荷物を置いてから温泉に行こう」と言って、鍵を振り回しながら盧志剛《ルー・ジーガン》を引っ張っていった。

于希顧《ユー・シーグウ》は、まだ受付にいる項豪廷《シャン・ハオティン》を見つめた。自分のせいで旅行が台無しになってしまったと思うと、大きな石を胸に抱えたまま息をしなくてはならないような感覚に襲われ、きれいな空気もまったく感じられなかった。

ワクワクと楽しみにしていた旅行のはずだったのに……どうしてこんなことになってしまったのだろう？　于希顧《ユー・シーグウ》はやるせなかった。

「行こう」

項豪廷《シャン・ハオティン》が受付のある建物から出てきて言った。

部屋にはベッドが一つしかなかったので、項豪廷《シャン・ハオティン》はソファーで寝ると言って、ベッドを于希顧《ユー・シーグウ》に譲った。

確かにそれは恋人に快適に過ごしてほしいという思いやりのある言葉だったが、于希顧《ユー・シーグウ》は、なんだか……悲しい気持ちになってしまった。

これは、優しいふりをしながらまた攻撃しようという策ではないことを、于希顧《ユー・シーグウ》はわかっていた。自分が突き飛ばしたことで、相手は尻込みしたばかりか、再び前に進めようという気もなくなったのだ。この優しさには怒りが包まれているのではなく、深い自責の念が包まれているようだった。

「項豪廷《シャン・ハオティン》……」

何かを言って、今のこの気まずさを解消したかった。そうじゃないと、このままあと一日以上一緒にいるなんて無理だろう。しかし項豪廷《シャン・ハオティン》は、そのチャンスを与えてくれはしなかった。

「あ！」

プールに入るには海パンが必要だったのに、持ってくるのを忘れた、などと突然言い出して、項豪廷《シャン・ハオティン》はカバンを持って出ていってしまった。出る前に鍵を渡すのを忘れなかったが、それはただ逃げたようにしか見えなかった。

宿の周りは深山幽谷《しんざんゆうこく》の趣があり、まるで桃源郷のようだった。于希顧《ユー・シーグウ》は部屋にこもって悶々とするのが嫌で、外をぶらぶらしていると、盧志剛《ルー・ジーガン》に会った。

「志剛《ジーガン》兄さん、どうしたらいいのかわからないんです。あいつに、俺のことが怖いのかと聞かれて……だけど、怖くはないんです」

決して項豪廷《シャン・ハオティン》が怖いのではなく、恐れているのは、あの行為と背中合わせのインパクトやそれに対する感情であった。それは、項豪廷《シャン・ハオティン》自身とは無関係なのだ。

于希顧《ユー・シーグウ》が悩んでいる姿を見ると、盧志剛《ルー・ジーガン》はフッと笑い、遠くを見つめた。この悩みこそは、まさしく青春そのものである。

「あいつと一緒にいるのが好きだし、僕に笑いかけてくれるあいつも好き……だけどどうしてこうなるのかがわからないいんです。優しくされて、近づいてくれればくるほど、僕は……」

なんだか落ち着かない気持ちで、うろたえてしまっている。大学受験が終わった後は、特にそうだった。

「避けたくなっちゃうって？」

「はい」

今の状況について何かを教えてくれるのではないかと、于希顧《ユー・シーグウ》は自分を救ってくれる流木を掴んだかのように、期待の眼差しを盧志剛《ルー・ジーガン》に向けた。

「それが愛だよ」

于希顧《ユー・シーグウ》のどこか虚ろな表情を見て、盧志剛《ルー・ジーガン》は粘り強く説明した。

「彼がそういうことをしたのは、君のことを思っているからだよ。だから何かあるなら、直接彼に言った方がいい」

昔々、盧志剛《ルー・ジーガン》も一人で悩んで、袋小路に入ってしまったことがある。学生時代は時間がたっぷりあったが、社会に出ると、時間はすぐに貴重な資産になり、悩みや気持ちの整理に時間を使うのはあまりにもったいないことなのだ。

「自分に自信を持って、自分の気持ちを信じて、勇気を持って自分の心に従うんだ」

于希顧《ユー・シーグウ》はバカじゃないので、つまりこれは勇気を出して項豪廷《シャン・ハオティン》と話すべきだということだと理解した。それにあの時、項豪廷《シャン・ハオティン》が無理強《じ》いする気はなかったこともわかっていた。あの時、強引に進めたのは……そういう雰囲気になって、頭に血が上《のぼ》ったからだろう。突き飛ばした後は、しつこく迫《せま》ったりはしなかったではないか。

盧志剛《ルー・ジーガン》は話し終わると、軽く肩を叩き、去っていった。この種の悩みが極めて個人的なプライバシーに関わる話だと盧志剛《ルー・ジーガン》はわかっている。だから、于希顧《ユー・シーグウ》が自分に話してくれたというのは、自分を信頼してくれている証でもあった。盧志剛《ルー・ジーガン》はそれがうれしくもあり、同時に、あのカップルが互いに素直に向き合えるといいのだが、と思うのだった。あの二人は困難を乗り越えて、やっと一緒になれたのだから。

盧志剛《ルー・ジーガン》が去った後も于希顧《ユー・シーグウ》はしばらくそこに留まり、自分の顔が映る水たまりを眺めながら、長い間考えていた。

項豪廷《シャン・ハオティン》とは誤解から始まり、それから向こうが自分を口説こうとしてきた。そして最後には彼の粘り強さと真剣さに心動かされ、自分も積極的に彼の両親に認めてもらおうと頑張った。それから……元々その気があったのか、たまたまだったのかわからないが、濃密すぎる触れ合いになったこともあった。

夢と現実の区別ができないほどの高熱が出て、熱に浮かされたあの時を除けば、項豪廷《シャン・ハオティン》は無理強いしたことはない。

涼しい風に吹かれながら、二人が出会ってから恋に落ちるまでのことを思い返した。大変だったこと、うれしかったこと、ドキドキするような楽しかったことなどが心に浮かび、それらがまるで昨日起こったかのように鮮明に蘇ってきた。その思い出を振り返る中で、最初は重苦しかった表情に、徐々に笑顔が混じるようになった。目は幸せが宿ったように輝き、彼を見る人は誰でも同じような笑顔になってしまいそうだった。

＊　＊　＊

そよ風が吹く中、幸せな思い出に満たされた于希顧《ユー・シーグウ》は、勇気を出して部屋に戻った。

部屋の中では、項豪廷《シャン・ハオティン》がつまらなさそうにテレビを見ていた。于希顧《ユー・シーグウ》が戻るとテレビを消して、そろそろご飯を食べに行こうと言った。もし于希顧《ユー・シーグウ》が外で彼に対する思いを深めていなかったら、また話をそらされて、話す機会を逃したかもしれない。

項豪廷《シャン・ハオティン》の前に真っすぐ歩み寄ると、何も言わずに顔を包み込んで、唇にキスをした。

不意を突かれた項豪廷《シャン・ハオティン》は、呆気にとられていた。唇が離れると、于希顧《ユー・シーグウ》の気持ちのこもった目が項豪廷《シャン・ハオティン》の心の中を射抜き、震えるようだった。

「本当に本当に好きなんだ。君がいる毎日は、幸せで幸せで……世界中を手に入れたくらいに最高なんだ」

項豪廷《シャン・ハオティン》と一緒にいると、どんな悩みも些細《ささい》なことになる。項豪廷《シャン・ハオティン》が解決してくれるとか何とかしてくれるわけではないのに、無限の勇気が湧いてきて、どんな困難なことでも問題にならなくなるのだ。

キスに興奮した項豪廷《シャン・ハオティン》は、相手の腰を抱くと主導権を握るように、急いで相手の舌を探り、絡めてきた。

この二日間、理性で欲望を抑えて、項豪廷《シャン・ハオティン》は于希顧《ユー・シーグウ》に近づくのを我慢していた。そのため、一度挑発されるともう止まらなくなった。

「この前は、突き飛ばしてごめん」

于希顧《ユー・シーグウ》は相手の勢いに押され、少し喘《あえ》ぎながら言った。

「人を好きになることがなかったから、怖かったんだ。僕のどこに好きになってもらえる価値があるのかもわからないし……」

項豪廷《シャン・ハオティン》が、この恋を攻略ゲーム感覚で楽しんでいるのではないかという、漠然とした不安を感じていた。目標が現れるたび、項豪廷《シャン・ハオティン》は奮い立って、果敢に前に突き進んで何をも恐れない。けれどもゲームをクリアしたら？　もしかすると……新しい目標がなければ、だんだん飽きてしまうのではないか。そもそも、項豪廷《シャン・ハオティン》がどうして自分を好きなのかさえわからなかった。

そんな答えが返ってくるとは思わなかったので、項豪廷《シャン・ハオティン》は心を痛め、謝った。

「もう怖がるな」

不安そうな相手を見つめ、項豪廷《シャン・ハオティン》は相手の手を自分の胸に持っていった。ドク、ドク、ドク……心臓の鼓動が肌を通してはっきりと伝わってきた。

「お前がいるから、俺は俺らしくいられるんだ」

目頭が熱くなり、于希顧《ユー・シーグウ》の胸の中に温かいものが広がって、不安を押し流した。あの時何で嫌だったのだろう？　自信がなかったからなのか、あるいは愛を伝える言葉がどれほど強力なのかを忘れていたからなのかもしれない。

于希顧《ユー・シーグウ》は恥ずかしそうに微笑みながら言った。

「愛してる」

「俺も、愛してる」

項豪廷《シャン・ハオティン》は満足げに強く抱きしめた。そしていきなり相手を抱き上げると、ベッドへ押し倒し、恥ずかしそうな表情をしながら柔らかいシーツに沈み込んだ相手を見つめた。股間が猛然とキツキツになる中、夕飯は食べられないな、という考えが頭をかすめた。

おでこから始まったキスは止まることなく、鼻先、唇、顎《あご》、そして鎖骨へと続いた。項豪廷《シャン・ハオティン》の動きは極めて優しく、服を脱がせる時も丁寧で、欲望が抑えられなくなりそうになっても、そこに荒々しさは見られなかった。

シャツの中に手を滑り込ませると、濃厚なキスのせいで、乳首はすでに勃《た》っていた。指先でそっとつまんで愛撫すると于希顧《ユー・シーグウ》は激しく反応した。

「ああ……」

于希顧《ユー・シーグウ》は喘ぎながら、肩を反らせた。

「怖がらないで……」

項豪廷《シャン・ハオティン》はかすれた声でなだめながら、初めてのことに緊張して震えている于希顧《ユー・シーグウ》に気付き、それにもまた惹きつけられるのだった。

「痛かったら言って。すぐやめるから」

項豪廷《シャン・ハオティン》は、口にしたことは裏切らないことを、于希顧《ユー・シーグウ》はわかっている。

「痛くはない、それは……」

触られたところ、キスされたところは、どこも低温の炎が肌の表面で燃えているように感じられた。ヒリヒリとした感じや、しびれ、痒《かゆ》みがあって、思わず震えて体を丸めてしまうが、拒否はしなかった。

「気持ちいい？」

項豪廷《シャン・ハオティン》は相手をじっと見つめ、少し見当がついてきたので、笑みを浮かべた。

人を好きになるのは初めてだと、さっき于希顧《ユー・シーグウ》が言ったことを思い出した。つまり、こんな深い触れ合いも初めてだろう。戸惑うのも無理はない。

「大丈夫。リラックスして、俺に任せて」

白いシャツを口で咥《くわ》えてゆっくりと上に捲《めく》ると、白い肌が少しずつ現れた。プレゼントを開ける時のように、早く全部を見たいという欲求が湧き起こる。このシーンを、項豪廷《シャン・ハオティン》は夢で何度も見てきた。さらに、現実が夢のように思えることもあった。しかし、実際に一歩踏み込む段になった今は、ことに慎重になっていた。

項豪廷《シャン・ハオティン》はキスをしながら下へ下へと向かっていった。絶え間ないキスの刺激で、于希顧《ユー・シーグウ》の声も徐々に甘みを帯び、感じているような喘ぎ声になっていった。相手のズボンを脱がし、自分のシャツを脱ぎ、二人は下着一枚になった。肌を擦られると、まるで電流が流れるようだった。

「項豪廷《シャン・ハオティン》……ああ……」

于希顧《ユー・シーグウ》は声を引き絞るように呻《うめ》きながら、股間に顔を埋めて下着越しに性器を舐《な》めている項豪廷《シャン・ハオティン》を見つめた。逃げようとしたが、手首を掴まれたため逃げられなかった。于希顧《ユー・シーグウ》は、唾液で下着が濡らされているのを、ただ見ていることしかできなかった。

隆起したものが下着から取り出されると、于希顧《ユー・シーグウ》はどこかの穴に入りたいほど恥ずかしくて、顔が真っ赤になった。この時、項豪廷《シャン・ハオティン》が掴んでいた手首を緩めたので、ようやく自由がきくようになった。

項豪廷《シャン・ハオティン》は多くの記事や動画で予備知識を仕入れてあった。それにより、初めての時は負担が大きいということはわかっていたので、気を利かせて枕を相手の腰の下に入れて支えとし、そのついでに相手の下着を脱がせた。そこは唾液なのか、先走りなのか、それともその両方なのかはわからないが、ぐしょぐしょに濡れていた。

「潤滑剤《ローション》を忘れちゃったから……」

申し訳なさそうに微笑むと、指を使って尻を掻き分け、窄《すぼ》まったところを露出させた。今まで誰にも見られたことがないし、于希顧《ユー・シーグウ》自身も見たことがないところを、項豪廷《シャン・ハオティン》の舌や指が探っている。痛みに加え、変な感じがして体に力が入った。

「緊張しないで。ゆっくりやるから……」

項豪廷《シャン・ハオティン》は、少しずつ指を進めた。さっき手に唾液をつけてみたが、それは今や大して役立たなくなっていた。于希顧《ユー・シーグウ》は痛みで声を上げそうになったが、項豪廷《シャン・ハオティン》が途中でやめてしまうことを恐れて我慢した。

「あ！　ちょっと待って。咥えないで……うっ！」

あまりに緊張しすぎているので、項豪廷《シャン・ハオティン》はリラックスさせようと、口でペニスの先端を舐めた。これで痛みはすぐに和らいだが、于希顧《ユー・シーグウ》は目の前が真っ暗になり、気が遠くなりそうだった。ペニスの先端は敏感極まりなく、咥えられた刺激で、目尻には涙が浮かんだ。

熱く湿った舌は自意識を持つかのように、先走りを滴らせる泉を見つけ出し、そこに絶え間なく刺激を与え続けた。後ろの穴もその影響を受けて、痙攣《けいれん》の頻度と強さがさっきとは比べられないほど強くなり、そうこうするうちに項豪廷《シャン・ハオティン》の指一本が入れられるようになった。

ネットに書いてあった敏感スポットは確かここにあるはず……項豪廷《シャン・ハオティン》は、前立腺の探し方が書いてあったくだりを思い出そうと必死だった。そしてそうしている間も、于希顧《ユー・シーグウ》の反応に注意を払うことを忘れなかった。于希顧《ユー・シーグウ》が少しでも嫌がったら、すぐにやめる。そのことに迷いはない。

「あ！」

于希顧《ユー・シーグウ》が大きな声で叫んだ。

項豪廷《シャン・ハオティン》はすぐ止めようとしたが、その叫びは何か少し違うようだった。痛みというより、気持ち良さから無意識に出た喘ぎのようだった。頭を上げると、さっきとは違う于希顧《ユー・シーグウ》がそこにいた。

肌は魅惑的なピンク色になっていて、目は涙と欲望に満ち、喘ぎ声が出ないように手で口を必死に押さえていた。そしてもはやアソコは、拒まずにゆっくりと異物を受け入れようとしている。項豪廷《シャン・ハオティン》はそれで敏感スポットに当たったことがわかった。

「気持ちいい？」

眉をひそめながら聞いた。

于希顧《ユー・シーグウ》は頷いた後に、すぐ首を振った。彼自身もよくわからなかったが、内側のどこかを指で擦られると、それに伴って体が震えてしまう。それが快感をコントロールするスイッチのようであり、出してしまいたいという欲求が特に強まるのだ。

その様子を見た項豪廷《シャン・ハオティン》は、もっと気持ち良くさせて、これから行うことに対しても于希顧《ユー・シーグウ》が耐えられるようにしようと、いっそう頑張った。

二人がようやく一つになった時、于希顧《ユー・シーグウ》は力が入らず、呻くことしかできなかった。

「あ、あ……項豪《シャン・ハオ》、廷《ティン》……」

両足を相手の腰にしっかり巻きつけたままベッドに横たわり、今まで愛されたことのないところに項豪廷《シャン・ハオティン》のものが突き刺さっている。味わったことがない強烈な刺激が、于希顧《ユー・シーグウ》の理性をふっ飛ばしていた。

「俺がいる、いる……ああ……」

時間をかけて愛撫に力を注いだお陰で、ついに一つになれた。項豪廷《シャン・ハオティン》はこれ以上ないほど満足だった。特に、相手が思っていたほど拒まなかった上に、挿入後に中が温かく柔らかくなったのに気付いた時は、うれしくてたまらなかった。

初めてなので、項豪廷《シャン・ハオティン》は乱暴にことを進める気はなかった。腰の下に置いてあった枕はそのままで、慎重に腰を手で支えた。そして進めた後も慌てて動かずに、脚をしっかり腰に巻きつけてから、ようやく身をかがめ、ゆっくりと腰を振った。

「しびれちゃう、熱い……あ！」

経験したことのない快感に襲われ、考える力を失ったため、ただ体が感じる悦びに身を任せるしかなかった。項豪廷《シャン・ハオティン》がペニスを深く押し込む度に大声で呻き、そして引き抜く時には、抑えられずにピクピクと締め付けた。そうなると項豪廷《シャン・ハオティン》も、我慢できずに発射してしまうところだった。

「希顧《シーグウ》、希顧《シーグウ》……うっ……はあ……」

口を開け、相手の唇を求めて絡ませながら、温かい口の中の蜜を貪るように吸った。

「あ！」

于希顧《ユー・シーグウ》は突然腰を丸め、相手の肩甲骨のくぼみに爪を立て、

「今、多分……」と、項豪廷《シャン・ハオティン》の耳元でつぶやいた。

経験はなかったが、項豪廷《シャン・ハオティン》と一つになれた満足感がテクニックの未熟さを十分に補ってくれた。今まさに、項豪廷《シャン・ハオティン》の動きで快感が高まるポイントがあることがわかったが、それがどこであるかを言い表すことができなかった。せいぜいできるのは、その感覚に再び襲われた時に相手の耳元で喘ぐことだけだった。

「そこが気持ちいい？　よし……」

項豪廷《シャン・ハオティン》はポイントを押さえて、そこを擦り続けた。

厳密に言えば二人とも初めてなのだが、ずっと抑えていた欲望が一気に噴き出したため、特に于希顧《ユー・シーグウ》の方は、体の奥底から湧き上がる強烈な快感の波で全身が震えた。

「項豪廷《シャン・ハオティン》、項豪廷《シャン・ハオティン》……」と繰り返しながら相手を強く抱きしめる。突き上げられたところはすでに赤く腫れ上がっていたが、その瞬間、項豪廷《シャン・ハオティン》は突然キスをし、同時にペニスを深く沈めた。最小限の抜き差しが、得

も言われぬ快感を引き起こし、于希顧《ユー・シーグゥ》は反応できないまま、抱かれた状態でイッてしまった。

「うっ！　ああ……」

全身が痙攣《けいれん》し、コントロールできぬままに、項豪廷《シャン・ハオティン》のものを締め付けた。

欲望に流されそうになったが、項豪廷《シャン・ハオティン》は最後の一瞬で抜くことができた。精液はほんの少しだけ中に出てしまったが、残りはシーツと于希顧《ユー・シーグゥ》のお尻に噴射された。桜色の肌に白濁した色が映え、とても淫靡《いんび》な感じだった。

「はっ……はあ……項《シャン》、項豪廷《シャン・ハオティン》……」

今の于希顧《ユー・シーグゥ》はセクシーすぎる。セックスの快感を味わい、目は朦朧《もうろう》として焦点が定まらず、涙が睫毛《まつげ》に張り付いてかすかな光を反射し、体は柔らかく痙攣し続けた。彼の喘ぎ声は繊細であると同時に挑発的でもあった。もし未経験者だと知らなければ、項豪廷《シャン・ハオティン》はきっと相手のことをセックスの達人ではないかと疑ってしまうだろう。そうでなければ、こんなセクシーなわけがない。

「希顧《シーグゥ》……」

そう言いながら、相手を抱きしめ、乱れて濡れた髪を額の横に掻き上げると、再び優しくキスをした。オーガズムの余韻に浸っている二人の目には相手しか映っておらず、長く見つめ合った後、互いの頬を抱き寄せて、再び唇を重ねた。もはや、言葉で気持ち良さを確かめる必要はなかった。

「愛してる。本当に愛してる……」と、項豪廷《シャン・ハオティン》は静かに言って、うなじにキスをした。

「僕もだ。項豪廷《シャン・ハオティン》……」

于希顧《ユー・シーグゥ》は肩を少しすぼめると、にっこりと笑った。

今、この時こそが二人にとって最も貴重な時であり、あらゆる意味で記憶の奥底に残す価値があることだった。

＊　　＊　　＊

予定していた夕食の時間になっても、二人が姿を現さないということは、万事うまくいっているということである。しかし、孫博翔《スン・ボーシャン》は事情が飲み込めておらず、電話をかけて呼び出そうとして、盧志剛《ルー・ジーガン》に止められた。

「だけど、今日、項豪廷《シャン・ハオティン》は変だったよ。ここに着いた時から、何かおかしいと思ったんだ……」

「いいから、食べて」

あの二人がお楽しみのあまり夕食を逃そうと知ったことではない、と盧志剛《ルー・ジーガン》は思っていた。彼は笑顔を見せながら、自分のボウルに取ったブロッコリーを、相方の口に入れてあげた。入れられた方は、ちょっとの間だけおとなしくなったが、しばらくすると、また騒ぎ出した。

「でも、このレストランは項豪廷《シャン・ハオティン》が予約したんだよ！　来なかったら何を食べるんだ？　ダメダメ、やっぱ電話する……」

「孫博翔君《スン・ボーシャン》」

盧志剛《ルー・ジーガン》はたしなめるような声で、不機嫌そうに呼びかけた。

孫博翔《スン・ボーシャン》が振り向くと、明らかに不愉快そうな顔が彼を見ていた。

「座ってからずっと『豪《ハオ》』、『豪《ハオ》』と言って、僕のことは考えてるのかい？　いつまでもそうなら、隣のテーブルに移るよ」

「はいはい！　ごめんごめん。さあ食べよう！」

孫博翔《スン・ボーシャン》は笑いながら、嫉妬しているのかと尋ねた。

再びこちらに関心を向けさせることができたので、盧志剛《ルー・ジーガン》は一安心する一方、今までは、孫博翔《スン・ボーシャン》がやきもちを妬くことが多かったので、たまには逆の立場になるのも、新鮮で面白いと思うのだった。

とはいえ、ここはしっかり最後までやり遂げなければならない。とにもかくにも、あの二人が自ら部屋から出てくるまで、この目の前の人の気持ちを自分に向けさせておく必要がある。そのために嫉妬は最も有効で直接的な方法だ。

そこで、怒ったふりをして、黙々とご飯を食べた。孫博翔《スン・ボーシャン》は、久しぶりに妬かれたことがうれしくてたまらず、脇でずっとニコニコ笑っていた。

夕食を逃した二人は、翌日の朝食も逃した。

＊　＊　＊

朝の日差しが部屋に降り注ぎ、その光が于希顧《ユー・シーグウ》を包み込むと、息を呑むほどの美しさだった。もし毎朝この光景が見られたら、どんなに幸せなことだろうと項豪廷《シャン・ハオティン》は思った。

そしてその隣に座ると、肩から下へ優しくなでた。于希顧《ユー・シーグウ》がその動きに誘われて目を覚ますと、ぼんやりした目で相手を見上げた。

項豪廷《シャン・ハオティン》が口元に微笑みを浮かべて言う「おはよう」は、蜂蜜のように甘ったるかった。

今や、二人の間には何のわだかまりもなく、ただ見つめ合うだけでも幸せだった。座っていた人は身をかがめて、昨夜、数えきれないほどキスをし、数えきれないほど愛の言葉をほとばしらせた唇に近づいた。

于希顧《ユー・シーグウ》は体を起こして座ると、甘えるような笑顔で相手を抱きしめて言った。

「昨日みたいなギクシャクした状態じゃなくて、これこそが思い描いていた旅行だよ」

そして続けて言った。

「朝ご飯を食べに行こう」

「いやだ、いやいやいやだ！」

項豪廷《シャン・ハオティン》は相手の膝の上に寝転び、子どものように駄々をこねたが、そんな様子がかえって于希顧《ユー・シーグウ》を安心させるのだった。于希顧《ユー・シーグウ》にとって、こんな項豪廷《シャン・ハオティン》こそがあるべき姿なのだ。大人びた姿ももちろんいいが、わがままで、子どもっぽくて、短気で、やりたい放題なのが彼本来の姿であり、それこそが于希顧《ユー・シーグウ》が好きな姿だった。

「何をしたいの？」

苦笑しながらそう尋ねた。

「一日中ずっと抱いていたい。どこへも行かない！」

二人は笑顔で見つめ合いながら、二人きりの時間を大切に過ごした。この前、恐怖心のせいで逃げてしまった分を、全部一気に取り戻すためでもあった。そう考えると二人は、本当にチェックアウトの時間までずっとベッドで過ごした。時間になると、ノロノロと荷物をまとめ、盧志剛《ルー・ジーガン》たちと合流した。昨日とは全然違い、二人は何を言ってもしっかりと手を握って見つめ合っているので、孫博翔《スン・ボーシャン》に「ラブラブだな」と言われる始末だった。

＊　＊　＊

旅行が終わると、すべての計画は順調に進んだ。新しい部屋が決まって手付金も払った。于希顧《ユー・シーグゥ》の専属運転手になろうと、項豪廷《シャン・ハオティン》は新しいバイクを買った。大学の手続きも完了した。項豪廷《シャン・ハオティン》が家から引っ越す日がきた。いつも厳しいことを言う父親も、「母さんや妹を心配させないように、ちょくちょく帰ってきなさい」と一言だけ言って、二人のことを黙認した。

すべてのことがいい方向へ進んでいる。

引っ越しが終わると、まず、いろいろ助けてもらった友達を家に呼びたいと考えた。二人は朝から料理に励み、ご馳走を用意した。そんな料理をする項豪廷《シャン・ハオティン》など見たことがなかった友人たちは皆驚き、新居は活気溢れる陽気な笑い声に包まれた。幸せな気分になった于希顧《ユー・シーグゥ》は、皆が帰った後一人で屋上に上がり、満天の星を眺めて微笑んだ。

「今日の月はとてもきれいだ。そこから見える？　教えてくれないかな？」

突然、鼻の奥がジーンとしてきた。胸いっぱいに広がる温かさは今までにないものだった。今日、項豪廷《シャン・ハオティン》の隣に座るだけで、おしゃべりに参加してもしなくても、幸せで満足だった。以前は、本だけが友達だと思っていたし、試験でいい成績を取らなければならないとか、お金を稼ぐために働かなければならないとかのプレッシャーが毎日肩にのしかかっていた。ある日突然、利害関係のない人とおしゃべりができるようになるなんて想像もしていなかった。これは喜ばしいことであり、本当にうれしいことだった。

「そこの兄さん、一人かい？」

項豪廷《シャン・ハオティン》は後ろから近づくと、タピオカミルクティーを差し出した。みんなを送り出した後、項豪廷《シャン・ハオティン》は一人で片付けを引き受け、それが終わると、于希顧《ユー・シーグウ》を探しに上がってきたのだ。

「今日は連中が来て、楽しかった？」と、項豪廷《シャン・ハオティン》は聞いた。

「とっても楽しかったよ！」

「そう？　じゃあ、これからも時間があったら遊びに来させるか」

みんなは違う大学に進学したので、今後一緒に遊べる機会は基本的にゼロだった。何か理由を見つけて集まらないと、だんだん離れていってしまうかもしれない。項豪廷《シャン・ハオティン》は絆《きずな》を大事にする人なので、みんなをつなぐ糸になりたいと、心底思っていた。

「あのさ……お前の両親は、俺のことが好きかな？」

手をそっと伸ばし、于希顧《ユー・シーグウ》の肩の上に置くと、以前より肉付きが良くなり、掴んだ時に驚くほど細いとは思わなくなっていた。わざわざ料理を習って作ってあげることは無駄ではなく、このような結果が出たことで、項豪廷《シャン・ハオティン》は満足した。

「きっとそうだよ！　君のことを知っているならいいのになあ！」

これは単なる希望に過ぎない。項豪廷《シャン・ハオティン》の頭の回転は速く、全身全霊で于希顧《ユー・シーグウ》と結びついている。だから、何か頭を悩ませて、力を尽くさねばと思うようなことがあれば、それは間違いなく于希顧《ユー・シーグウ》に関することだ。

「いつか、星に一番近いところに連れていくよ。そして、俺たちをよく見てもらおう」

「それって……ヒマラヤ？」

「えっ？」

項豪廷《シャン・ハオティン》が言いたかったのは玉山《ユーシャン》10だったので、困ったように笑った。

「お前が行きたければ……よし！　約束する。連れていくよ！」

いったいどんな願いだったら、約束できないと言うのだろうか？　于希顧《ユー・シーグウ》は思わず笑ってしまった。あまりに幸せだと感じ、現実ではないのではないかとさえ思った。この幸せがいつかいきなり消えてしまうのではないかと、怖くもなった。

二人の唇がゆっくりと近づき、言葉の代わりに情熱的で甘いキスをした。登山の知識を深めるために情報を集め始めたり、休みの時に一緒にジムに行って体や肺活量を鍛えたり、また練習のために家の近くの低い山に登ることなど、まだ急ぐ必要はない。二人には時間があり、ずっとずっと一緒にいるのだから。

＊　＊　＊

項豪廷《シャン・ハオティン》はまな板の上で手早くニンジンを切っていた。薄くした方が肉との料理に合う。ずっと鍋を見ていた于希顧《ユー・シーグウ》は、突然「あっ」と叫んだ。

10　標高三九五二メートルの台湾で最も高い山。

「今十一時だよ。間に合う？」

「間に合うだろ。母さんとは十一時半に約束したけど、あの人のことだから、十二時過ぎてから来るに違いない！　ほらもう、下準備も終わったし、あとは炒めるだけでいいんだから」

それを聞いて、于希顧《ユー・シーグウ》は安心した。昨夜から今日の段取りと内容についてずっと気にしていて、まるで初めて舅《しゅうと》と姑《しゅうとめ》に会う嫁のように緊張していた。その様子を見ていた項豪廷《シャン・ハオティン》は笑い出しそうになった。

スープをすくって、項豪廷《シャン・ハオティン》に一口味見をしてもらうと、「甘くて美味しいよ」と、于希顧《ユー・シーグウ》の頬を軽くつねりながら絶賛した。

「おじさんとおばさんの口に合うかな？」

「合うと思うよ！　あ、だけど、あの人たちはしょっぱいのが好きだからな」

スープの味は十分に美味しいと思うけど、味にうるさい二人がどう思うかはわからないし、その上、母親は料理の達人だから……うん、やっぱりわからない。

それを聞いた于希顧《ユー・シーグウ》は、もう少し塩を入れた方がいいかな、と思ったのだが、どこを探しても見つからなかった。さっきスーパーで、コーラを手に取った代わりに塩を棚に置き忘れてしまったことを思い出した。

それで彼は、急いで塩を買いに行くことにした。

「鍵を忘れるなよ！」

「うん、持った」

項豪廷《シャン・ハオティン》は、于希顧《ユー・シーグウ》のうっかりを笑いながら、またちょっとこっそりとスープをいただき、それから火を消した。とりあえず、買った物を袋から取り出して片付けようとすると、思いがけず袋の底に見覚えのある小銭入れがあった。間違いなく于希顧《ユー・シーグウ》のだ。

「もう！」

仕方なく、電話をして戻るように言いながら、財布を渡そうと階段を降りた。十字路の方へ向かうと、耳をつんざくようなブレーキ音が聞こえ、びっくりして目を見開いた——。

第十章

項豪廷《シャン・ハオティン》は、リビングルームでスマホを手に、一心不乱に何かをしていた。眼鏡のレンズの奥に潜む目は鋭く、賢そうに見える。息子がスマホを置いたのを見て、キッチンで忙しく働いていた母親は、息子に教授と連絡を取ったかどうかを尋ねた。

「うん、まあね」と、彼は簡潔に答えた。

「じゃ、飛行機のチケットの予約はいつにしたの？」

「七月中旬」

「そんなに早く！」

外国の見知らぬ土地に住むわけだし、人間関係や環境など、すべてゼロから模索しなければならないのだから、早めに行って、早く環境に慣れるのが理想的だ。慌てないように、早く着いた方がいい、と項豪廷《シャン・ハオティン》は言うのだった。

それから母親は、笑いながらどうでもいい噂話《うわさ》などをし、項豪廷《シャン・ハオティン》はただ微笑《ほほえ》みながらそれを聞きつつ、時には答えたりした。数年前に比べると、彼は落ち着き、大人びたが、同時に無口になって、感情を表に出さずに心の奥底にしまい込んでいた。

「寂しくなるわ……」と、母親はしんみりとした調子で言った。

子どもが成長して前途有望な大人になり、海外の大学院に進学するのはうれしいことだけど、母親としては、やはり近くにいてくれて、いつでも会えるのが一番いい。

項豪廷《シャン・ハオティン》はそれには答えなかった。内心では家族と離れることに心の痛みもあるが……とりたてて気がかりなこともないこの地を離れることは、想像したほど難しいことではない。少なくとも彼にとっては……泣くほどのことではなかった。

何年も泣いていなかった。そう、思い返せば……六年になる。

＊　＊　＊

もうすぐ海外へ行くのだから、多くの物を処分しなければならなかった。そして、まだ使える物は無駄にはできない。部屋だって空けば、ほかのことにも使えるだろう。

登山用品はすでにリストアップしたので、心配は要らない。今日、後輩たちに、使った教科書や参考書やノートなどを貸してくれないか、と聞かれたけど、どうせもう要らないので、彼は気前よくオーケーを出した。けれどもそれは、リストを整理した後のことだ。

彼は部屋に戻ると、本が詰まった引き出しを開け、一冊一冊見ていったが、本の下にクッキーの箱があるのを見た途端、動けなくなった。

この箱を見るのは何年ぶりだろう。あのことが起きた後、自分の思いと記憶をすべてこの箱に詰め込み、見なければ考えないで済むと考えて、自分を麻痺させることを選んだ。けれどもこの方法は、期待したほどうまくはいかず、一日中ずっと泣いていたのだった。むしろ時間こそが一番残酷で、時が経つにつれ、泣く回数も減っていった。そしてこの箱も、開けてはいけないパンドラの箱になってしまった……。

いや、パンドラの箱ならまだましだ。そこにはせめてもの希望がある。でもこの箱には希望のかけらも入っていなかった。

部屋に入ってきた母親は、涙を浮かべてあの箱を見ている息子を目にし、自分までもがこみ上げてきてしまった。項豪廷《シャン・ハオティン》にとってあの箱が持つ意味を、もちろん彼女はわかっていた。

この数年、大切な息子は、最も暗く沈み込み、精神的に打ちのめされていた時期を除けば、勉強やバイトに励み、時間を持て余さないようにすることによって、心の傷やあの人のことを忘れようとしているようだった。それは他人から見ても、心が痛くなるほどだったが、どうすることもできなかった。

ほかに何か方法があったのだろうか？　事故は、いつだって予測できない。

＊　＊　＊

孫博翔《スン・ボーシャン》が家に帰ると、盧志剛《ルー・ジーガン》が不機嫌そうにしているのに気が付いた。

彼はもはや六年前の気まぐれなティーンエージャーではない。幼さは消え、以前に比べて、だいぶ大人っぽくなっていた。彼はちょっと微笑むと、コートをかけてから、どうしたのかとさりげなく尋ねた。

「僕に何か言うことはないのか？」

盧志剛《ルー・ジーガン》は振り向きもせずに聞いた。

「えっ？　何かある？」

孫博翔《スン・ボーシャン》はとぼけているわけではなく、本当に心当たりがなかった。しかし、椅子に置いてある見覚えのあるギフトボックスを見てわかった。まあそれは、予想していたことではあったのだが。

「また返されたの？　お父さんの誕生日なんだから、何を言われようとも贈らなくちゃ！」

彼の考えはとてもシンプルだ。自分たちは礼儀正しく、気持ちをちゃんと伝えればよく、それで相手がどうしたいかまでは、もう自分たちではどうしようもない。それに毎年贈れば、もしかすると運良く、相手が好きなものに当たるかもしれない。やらなければチャンスもないのだ。

相手が笑っているのを見て、盧志剛《ルー・ジーガン》はさらに腹が立った。

「もう何も贈らないと決めただろう？　毎年プレゼントしても、返されていることを忘れてないよな！」

「でも、年々マシになってるよ！」

孫博翔《スン・ボーシャン》は楽観的だ。最初にプレゼントを持っていった年は包丁で脅されたことを思えば、誰だって楽観的になるというものだ。これ以上悪い状況にはなりようがないのだから。

今年は何と言っても、玄関に入れてもらえた——その後、すぐに追い出されたので、みんなも気まずい雰囲気になってしまったのだが。

「今年の雰囲気は去年とは明らかに違うと思うよ」

「ああ、そうだったらいいけどな！」

去年とは違うと、盧志剛《ルー・ジーガン》はまったく思っていなかった。それに、自分だけが追い出されるならまだしも、孫博翔《スン・ボーシャン》も同じように扱われることに我慢がならない。前は、いつかは帰りたいと思っていたが、今はそこまでの強い思いはない。むしろ孫博翔《スン・ボーシャン》の方が、あの頃の自分のようにだんだんと情熱的で過激になってきていた。

孫博翔《スン・ボーシャン》はさらに、「今年はお父さんは笑ったんだから、今までの硬かった顔に比べてずっといいだろう」と話し続けた。しかし、それを聞いた恋人は、「君はデザインの仕事のしすぎで目がくらくらして見間違えただけだ」と言い返した。

「そうかもね」

彼は笑顔で恋人をなだめた。

「でも、これこそが俺のモチベーションになるよ。やらなければチャンスはないんだから！」

ここまで粘り強いのは、自分のことを考えてくれているからだと、盧志剛《ルー・ジーガン》はわかっている。心が疼《うず》いてどうしようもなかったが、黙ってキッチンに戻り、野菜を切るしかなかった。恋人が近寄ってきて、包丁さばきを褒めてご機嫌を取ってきた時も、「ふん」と軽くいなし、「罰として今日はおかわりはなし」と告げた。

サク、サク……絶え間なく野菜を切る音が響いた。一日中ずっと設計図とお客さんに苦しめられ、疲れきった孫博翔《スン・ボーシャン》は静かに恋人に寄りかかり、愛のエネルギーを補給しながら、幸せそうに微笑んだ。温かい家に帰って休むことが何よりの幸せであり、一日の中で、最高の時間だった。

＊　　＊　　＊

この日、項豪廷《シャン・ハオティン》は、登山用品を優先的に譲ろうと密《ひそ》かに思っていた後輩と、カフェで会う約束をした。

店の外に立ち、ガラス窓越しに中を見た。初めてあの顔を見た時は、数多《あまた》の感情が呼び起こされた。そしてその顔が、ここ数年間の彼の一方的な心のよりどころだった。

神様は本当に冗談好きだと思う。そうでなければ、なぜ于希顧《ユー・シーグゥ》にそっくりだが、性格はまったく違う後輩に会わせてくれたのだろう？

「また遅刻！」

後輩は文句を言わずにはいられない。

「ごめんな」

項豪廷《シャン・ハオティン》は苦笑いをした。

遠慮のない奴で、もうすでに一通り注文してあり、さらに、どれが美味しいかも教えてくれた。マイペースで、楽しい奴なのだ。それにひきかえ項豪廷《シャン・ハオティン》は寡黙《かもく》に、相手の顔をじっと見つめるばかりなので、後輩は少し変だと思い、顔に何かついているのか、と何度も尋ねた。

「ついてないよ」

項豪廷《シャン・ハオティン》は首を振って答えた。

その後、登山用品のリストを渡し、欲しいものがあったら遠慮せずに言ってくれ、と端的に告げた。

「うわっ、先輩、これすごくないっすか！」

続いて遠慮なく言うには、選んだりせずに全部欲しい、これ全部普通に買うとバカみたいに高いから、ただでもらえるなら、いちいち選ぶ人なんていない、ということだった。彼は、「やったね」と言って喜んだが、その笑顔が項豪廷《シャン・ハオティン》の心に影を落とした。

同じ顔のあの人は、こんな笑顔を二度と見せてはくれない。

この四年間、寡黙さや憂鬱《ゆううつ》とは無縁の後輩の顔を見ながら、別な誰かのことを思い起こしていた。実は、今日ここで会うことも少し思い悩んだ。それは、あの箱を取り出したことによって心の奥底にしまい込んでいた記憶が呼び起こされて、心が掻き乱されたからだった。この顔を見て、心の平静を保つ自信がなくなっていた。

しかし、自分でも驚いたことに、冷静でいることができた。

もはや事実を受け入れたのかもしれない。目の前にいる人が、「于希顧《ユー・シーグウ》」という名前ではないことは、はっきりとわかっている。だからその名を口にした時、相手は少しぽかんとしていた。

「じゃあな。これでお別れだ」

今度こそ、ちゃんと于希顧《ユー・シーグウ》にさようならを言わなければならない。

自分にしかわからない悲しみや辛さを抱いたまま、項豪廷《シャン・ハオティン》はお金を置くと、カバンを持って外へ出た。

店の外で、一緒にショッピングに行こうと待っていた妹は、兄の目に宿る悲しみに気付いたが、賢明な彼女は、それを問いただすことはなかった。そして、兄の大学院への出願や住むところの手配を手伝ってくれた、女性の先輩へのプレゼント選びにつき合った。

ここ何年か、兄が再びダメージを受けるのを恐れ、敢《あ》えて話題には出さないし、出せないことがたくさんあった。

ある時、何の心づもりもしていないのに運命は襲ってくる。そしてそれは、どんなにうろたえようが、みっともなかろうが、そのまま受け入れざるを得ないのだ。

*　　　*　　　*

──「あなた、変わったね」

──「事故は本当に突然だったわね……彼は両親がいないから、葬式は叔母さんがやったんですってね。叔母さんが目立たないように控えめにやりたいと言ったとかで、どこでいつやったのかを誰も知らなくて……」

──「今日あなたに会っていなかったら、彼のことを思い出さなかったわ……」

六年間も逃げていたから、海外に行く前に、六年分の思いと悲しみを一気に味わわされたのだろうか？

項豪廷《シャン・ハオティン》は、街行く人が椅子代わりにする、道端の巨大な石にもたれかかるようにして、座り込んでいた。頬に感じる温かさが、何が涙で何が雨なのかを思い出させてくれた。

衣料品店で李思妤《リー・シーユー》に遭遇して、懐かしさのあまり、一緒に夕飯を食べた。互いの近況を話しているうちに、突然、于希顧《ユー・シーグウ》の話題になった。項豪廷《シャン・ハオティン》にとって、それはほかの人が絶対口にしてはいけない話題だった。

彼以外に、これほど深く于希顧《ユー・シーグウ》を愛していた人がいないのだから。それだからこそ、李思妤《リー・シーユー》の話に打ちのめされてしまった。

家に帰ると、彼はついにあのクッキーの箱を開け、記憶とともにしまい込んでいた物を一つひとつ取り出した。それぞれの物を見る度に、記憶の断片や、そのシーンが目に浮かんでくる。

あの日、教室に座って、あの伝説の優等生である于希顧《ユー・シーグウ》を待っていた。

あの日、あの顔にいたずら書きをしようとしたが、大声に驚いてベッドに倒れ込んでしまった。

あの日、于希顧《ユー・シーグウ》に一発お見舞いされた。

あの日、于希顧《ユー・シーグウ》のことを好きになったと気付いた。

あの日、二人は困難を乗り越えて一緒になった。

あの日、一緒に誕生日を過ごし、電球を巻きつけて写真を撮った。

あの日、キスを味わった。

あの日、喧嘩《けんか》をした。

あの日、抱き合った後に感じた満足感。


数えきれないあの日が、この小さな箱に詰まっている。けれど、ただそれだけだった。この記憶は増えることがなく、色褪《あ》せていき、だんだんと忘れられて、時の流れとともに消え去ってしまうのだ。

項豪廷《シャン・ハオティン》は、いつか自分も、彼の記憶がだんだんと薄れていってしまうのではないかと恐れた。だから時間があれば、山に登ったり、星に一番近いところまで走っていって、空に向かって話しかけたりしていた。その度に、「希顧《シーグウ》、最近元気？　会いに来たよ」で始め、「じゃ、また会いに来る。ご両親によろしく伝えて」で、終えた。

けれども、どれほど思っても、于希顧《ユー・シーグウ》はもう二度と戻ってはこない。

突然、無力感に襲われ、悲しみや苦しみ、不安や虚しさから、どこへ行けばいいのかわからぬまま、家を飛び出していた。雨が降りしきる中、どれほどの時間が経ったのかもわからなかった。ただわかったのは、突然、車が近づいてきて、孫博翔《スン・ボーシャン》が傘を差しながらそばにやってきたことだった。

＊　＊　＊

項豪廷《シャン・ハオティン》の失踪《しっそう》は、すぐ友達みんなに伝えられ、彼らを驚かせるところとなった。

孫博翔《スン・ボーシャン》は電話を受けた後、直《ただ》ちに車で探し始めた。思いつく限りの場所すべてを回り、最後に運良く、道端でびしょ濡れになっているところを見つけた。家に連れて帰り、熱いシャワーを浴びさせた後、みんなに見つけたことを知らせ、解決済みとした。

項豪廷《シャン・ハオティン》が落ち込んでいることはわかったが、何が起きたのかはわからなかった。聞いてみると、「俺は、変わった」の一言しか返ってこない。

「俺ら、みんな変わったよ」

「だけど、あいつは変わってない！」

項豪廷《シャン・ハオティン》は、やりきれなさそうに言った。

「あいつ」が誰のことをさしているのか、孫博翔《スン・ボーシャン》はよくわかっている。項豪廷《シャン・ハオティン》が一番苦しんでいた時、友達や家族が寄り添っていたが、その悲しみや絶望に共感できる人はいなかった。わかるのは、唯一同じ道を一緒に歩いてきた孫博翔《スン・ボーシャン》だけだった。それは心臓が半分切り取られ、そのまま戻すことのできないほどの痛みだった。

この一言で、項豪廷《シャン・ハオティン》が悲しみから立ち直っていないことを孫博翔《スン・ボーシャン》は悟った。こいつはただきれいな服に着替えただけで、自分が悲しみの泥沼から抜け出したとみんなに言っていたのだ。けれども実際には……まだその中にはまったままで、誰もその溺れている足を見ていない。何かきっかけがあれば、今夜のようにまた泥沼に落ちていってしまうだろう。

「あいつは十八歳で止まったままだが、俺は進むしかなくて、止まることができない」

目を赤くしながら、しばらく黙り、そして続けた。

「あいつのそばにいたくて、登山を続け、より星に近い山に行った。手を伸ばしたら星に手が届きそうで、触れそうで……」

涙にむせぶと、続きを話すことができなかった。

そして顔を上げるや、酒を一気に飲み干した。液体が喉を通る時のヒリヒリとした感じが、気持ちを奮い立たせると同時に神経を麻痺させた。項豪廷《シャン・ハオティン》は、意図してアルコールに頼ったのではない。偶然に酒の持つ力に気付き、眠れない夜に頭の中を麻痺させるために使っていた。

「でも、違った」

彼は軽く咳をすると、続けた。

「どれだけ近づきたくても、実際にあいつとの距離は……どんどん遠くなる。あいつは相変わらず十八歳のままだけど、俺だけが変わっちゃったんだ……」

ついに我慢できなくなり、また泣き出した。

どこにでもあるような恐れや強い不安が、今は爪のように心臓をわし掴みにしていて、自分が前に向かって歩き続けるということが、想像できなかった。歩いても歩いても……于希顧《ユー・シーグウ》のいない未来では、いったいどこへ行けるというのだろう。

この数年の努力は無駄だったのだ。たとえヒマラヤに登ったとしても、それが何になっただろう？　三十歳や四十歳になっても、そこにいるのは十八歳の于希顧《ユー・シーグウ》だ。そんなものを追い求め、よりどころにしても……考えるだけで虚しかった。

于希顧《ユー・シーグウ》のいない後半生は、死んだも同じで、意味がない。

「だけど、十八歳のあいつのそばに、十八歳のお前がいつもいたんだよ」

孫博翔《スン・ボーシャン》が慰めるように言った。

「今でもあの十字路や、あの車の夢を見るんだ。あいつはそこに倒れていて、どうやっても助けられない……何もできないんだ」

あの十字路が項豪廷《シャン・ハオティン》にとって悪夢の象徴であることはわかっている。

項豪廷《シャン・ハオティン》はグラスを空けると、またさらに一杯と飲み続けた。孫博翔《スン・ボーシャン》は酒を惜しむわけではないが、一気にそんなに大量の酒を飲んで大丈夫なのかと思い、たしなめた。

「もうやめとけ」

「あいつが残してくれたものは、本当に少しなんだ。知ってるか？　そのすべてが一つひとつのシーンになって、そして思い出になってるんだ。それが俺の中に目一杯詰まっていて、もうこれ以上抱えきれないんだよ」

彼は深く大きく息を吐いた。アルコールのせいで感情をうまくコントロールできなくなっていた。これまで無理に吐き出したり、隠し持ったりしていたネガティブな考えが、これに乗じて残らず噴き出てきた。

「博翔《ボーシャン》、知ってる？　俺本当はあいつのことを忘れようとしたんだ……」

そう言うと、親友を見上げた。唯一自分のことを一番わかってくれるであろう友を見ると、自分がそんな馬鹿げたことを考えていたことが恥ずかしくもあった。

「だけど、できなかった。

俺にできるのは、あいつのことをずっと心の中に留めて、一緒に生きていくことだ。だけどこのままだと、それが本当に辛くて……俺、本当に寂しくて、考えると胸が苦しくなる……このままじゃ生きていけない……」

この後にやってくる、二度目の十八年、三度目の十八年、四度目の十八年を考えてみると……自分は三十六歳、五十四歳、七十二歳になる。だけど、于希顧《ユー・シーグウ》は？　相変わらず……十八歳のまま……。

これより辛いことなんてあるだろうか？　項豪廷《シャン・ハオティン》は何も思いつかなかった。

「忘れなくていいんだよ。ここまで一緒に来たんだから、このまま進めばいいんだ」

忘れるなんて馬鹿げてる。それは項豪廷《シャン・ハオティン》にとって最も大切なものなのだから、忘れる必要なんてまったくない。そう、孫博翔《スン・ボーシャン》は思った。もし于希顧《ユー・シーグウ》がいなかったら、今の項豪廷《シャン・ハオティン》もいないのだ。思い出すのは辛いけれど、忘れるのは……もっと辛いだろ？　親友がこれ以上苦しむ姿は、見たくなかった。

「行くべき道がわからなくなったら、自分の心のままに従えば、いつか必ず出口は見つかる」

孫博翔《スン・ボーシャン》はこの数年間、社会でもまれ、以前のような激しい考え方は影を潜めていた。冷静で頼もしくなり、項豪廷《シャン・ハオティン》の混乱を理解できるのも不思議ではなくなっていた。項豪廷《シャン・ハオティン》の愛が深すぎたのだ。そんなに早く抜け出せるわけがない。無理に急いで元気にさせるより、今のような気持ちや後悔と共存していくことをわからせる方がいい。

項豪廷《シャン・ハオティン》は鼻をすすると、声を上げずに泣き出した。いいことも悪いことも、ポジティブなこともネガティブなことも、すべての感情が混じり合い、心の中で渦巻いて、それが彼を打ちのめした。いつもの彼だったら理性で抑えることができるが、相次ぐショックな出来事が理性を崩壊させ、頭には一つの考えしか残らなかった。

「一人でどうやって生きていけばいいんだ……」

一人は、寂しい……項豪廷《シャン・ハオティン》はひっきりなしに涙を拭い、何も考えられないほど泣いた。

「お前には俺らがいる。ずっと一人じゃなかっただろ」

于希顧《ユー・シーグウ》の代わりにはなれないけど……でも少なくとも、項豪廷《シャン・ハオティン》が壊れる時には手を差し伸べることはできるし、項豪廷《シャン・ハオティン》が求めるなら、抱きしめることもできる。これは家族や友達ができることだ。この状況から抜け出したり、この状況を受け入れたりするのに十八年がいくつ必要だとしても、俺たちはずっといる。

それを聞いた項豪廷《シャン・ハオティン》は、抑えきれなくなり、孫博翔《スン・ボーシャン》の膝に突っ伏して声を上げて泣いた。

「よしよし、大丈夫」

子どもをあやすような友達の声が耳に入ると、いっそう辛くなった。友達に迷惑をかけていると思うと同時に、これが、これからずっと向き合っていかなければならない、大きな課題であることに気が付いたからだった。

おそらく、この課題を仕上げるのに、一生を費やさなければならないだろう。そして、それを評価してくれる人もいないのだ。何しろ、人生には正解も点数もないのだから。

*　　*　　*

程清《チョン・チン》の突然の訪問に、盧志剛《ルー・ジーガン》と孫博翔《スン・ボーシャン》はとてもびっくりさせられた。

「忙しい人なのに、何で今日はこんなところまでやってきたんだ？」

盧志剛《ルー・ジーガン》は笑顔で聞いた。程清《チョン・チン》は、今や芸能界の人気者なので、スケジュールはいっぱいだし、わざわざ時間を割《さ》いてここに来るのは、相当に異例のことなのだ。

それを聞いた程清《チョン・チン》は照れたように軽く咳払いをし、少し居住まいを正してから、ゆっくりと話し出した。

「この前、二人に悪いことをしちゃったので、どう謝ったらいいのかを考えてるんだ」

向かいのソファーの二人は訳がわからぬまま、顔を見合わせた。

「何で謝るんだ？」と、盧志剛《ルー・ジーガン》は尋ねた。

「勘違いしちゃったんだ」

程清《チョン・チン》はため息をついた。仕事が忙しく、プレゼントを返してほしいという祖父の言外にある気持ちを深く考えなかったのだ。自分のこの至らなさによって起こりえる結果を考えると、背筋が寒くなり、説明しようと朝早くここへやってきたという。

彼のためらうような雰囲気は、二人からすると、まさにマイナスの信号だ。程清《チョン・チン》は彼らと故郷との唯一の接点なのだから。それにこの前プレゼントを返されたことを考えると、盧志剛《ルー・ジーガン》は急にまた苛立ちを覚えたが、程清《チョン・チン》に話を続けさせた。

「あの健康食品だけど、おじいちゃんは返してって言ったわけじゃないんだ。ただそうなんだろうと思ってしまって。でも……実は別の意味があったんだ」

盧志剛《ルー・ジーガン》は「やっぱり」と密かに思い、なだめるように膝の上に置かれた孫博翔《スン・ボーシャン》の手を握った。恋人の気持ちを抑えるためであり、もう一方では……ある意味で、自分を落ち着かせるためでもあった。

「今後は、プレゼントはもう寄越すな、とおじいちゃんは言ってたんだ」と、程清《チョン・チン》は続けた。

落胆し、やりきれなさを感じた盧志剛《ルー・ジーガン》に比べ、孫博翔《スン・ボーシャン》の反応は激しかった。お父さんがプレゼントが気に入らないなら、代わりにほかの物を送る、とすぐさま切り返した。盧志剛《ルー・ジーガン》の帰郷を切に願う姿は、当事者から見ても……百倍、千倍以上も心痛むものなのだから。

「物の問題じゃないんだ」

程清《チョン・チン》は顔をしかめて言い返した。

「どれだけプレゼントしても、おじいちゃんはどのみちわからないんだよ。おじいちゃんが言いたいのは──」

「ちょっと待って、ひどくネガティブな話なら……言わなくていい。二人とも想像がつくから」

二人は顔を見合わせた。すでに暗黙の了解はできている。この数年間、耳に入ってきた話は少なくない。むしろ一冊の本にまとめられるほどなのだから！

程清《チョン・チン》は、この数年間で身につけた話術が無駄ではなかったと思った。最後まで言わずにやめるだけで、こんなに勝手に連想させることができるのだ——そうは思ったものの、身内に実践するつもりはなかったので、すぐに話の重要な部分に入った。

「おじいちゃんは、二人に伝えてほしいと——おじさん、もう帰っておいでってさ」

あまりに突然のことで、二人は呆然としてしまった。孫博翔《スン・ボーシャン》は先に我に返り、

「つまり、志剛《ジーガン》が家に帰れるってことだよね」と、喜び勇んで聞いた。

肯定的な返事をもらうと、喜びを爆発させた。

「君も一緒に帰ってくればいい、とおじいちゃんは言ってた」

「俺、俺も？　うわ！」

盧志剛《ルー・ジーガン》は、この話がすべて本当だとは信じられず、何も言葉を発さぬままベッドルームに行ってしまった。孫博翔《スン・ボーシャン》はこの話が本当であるかを確認した後、すぐに後を追って部屋に入った。リビングルームに一人残された程清《チョン・チン》は、テレビを見て時間を過ごした。

部屋では、盧志剛《ルー・ジーガン》が肩を上下に軽く震わせながら、ベッドに突っ伏していた。

ずっと期待していた結果だったにもかかわらず、あまりにも突然の話だったので、実際にそうなってみるとどう向き合えばいいのか、かえってわからなくなっていた。それに、本当かどうかもまだ疑っていた。

そんな様子を見て、孫博翔《スン・ボーシャン》は心からうれしくなり、一緒にベッドに寝転んで、「泣くなよ」と言いながら、盧志剛《ルー・ジーガン》の涙を拭った。そして、「これこそ喜ばしいことだろ?」と付け加えた。これで、彼には本当に二つの家があることになったのだ。

「明日休みを取るよ。ね?」

そして、一緒に帰ろう。

二人はベッドに横たわったまま抱き合った。盧志剛《ルー・ジーガン》は感極まり、まともに話ができないまま、孫博翔《スン・ボーシャン》の腕の中で甘えていた。涙を浮かべた目には、見た目は大人だが、心はまだ子どものままの少年の顔が映っている。そう、それはいつも情熱を持ち続け、自分の信じることを決して変えない、孫博翔《スン・ボーシャン》の顔だった。

ようやく家に帰ることができる人は、最高の笑顔になり、泣き声にまで喜びが満ち溢《あふ》れていた。

*　*　*

昼間の台北《タイペイ》は渋滞がひどい。

車を運転していた項豪廷《シャン・ハオティン》が、横断歩道の前で止まると、見慣れた高校の体操服を着た二人組が、肩を組んで歩きながら通りすぎた。項豪廷《シャン・ハオティン》にとっては、格別にまぶしい姿だった。

その昔、自分と于希顧《ユー・シーグウ》も同じように仲が良く、若く、そして、自分たちが切り開いていく大きな未来があると思っていた。そして疲れれば、お互いの腕の中に戻って休んだのだ。幸せとは、その程度の他愛のないものだった。

しかし誰も思いもよらなかったことに、今、自分だけが残されて、于希顧《ユー・シーグウ》は永遠に十八歳のままである。あの二人の高校生を見ると、気付かなかった感情が顔に浮かびあがってきた。どんな感情なのかは、自分でも説明できなかった。孤独、寂しさ、苦しさ、懐かしさ、悔しさ、迷い……様々なものがあり、それらがすべて混じり合って、言葉にしがたいものになっていた。


──「だけど、十八歳のあいつのそばに、十八歳のお前がいつもいたんだよ」

孫博翔《スン・ボーシャン》の言葉が、突然、頭を過《よ》ぎった。

唾を飲み込むと、思い出の断片に戻り、そして数えきれない「あの日」に戻った。


あの日、二人は手をつなぎ、笑って追いかけ合い、未来への無限の美しさの想像の中にいた。

あの日、于希顧《ユー・シーグウ》の膝の上に寝転んで、同じ曲を聞いていた。何を聞いていたのかが大事なのではなく、于希顧《ユー・シーグウ》と一緒にいることが大事だった。

あの日、教室で寝てしまった于希顧《ユー・シーグウ》に上着をかけ、その寝顔を見ながら昼寝をした。午後の教室は快適な寝心地で、それは何度やってみても気持ちが良いものだった。

あの日、二人は校内の草むらに座って復習をし、珍しい四つ葉のクローバーを見つけた。

無数の「あの日」を思い返しながら、自分の口元に微笑みが浮かんだことに項豪廷《シャン・ハオティン》は気付いた。悔しさや悲しさ以外の、何か違った感情が醸し出されているようだった。十八歳の自分と十八歳の于希顧《ユー・シーグウ》は、悩みも苦痛も悔しさもないまま、永遠に一緒にいるのだ。

――「お前は、あいつのことを忘れなくていいんだよ」

多分、これからの数年は、思い出せばまだ少し悲しいだろうが、忘れることはきっとない、と思うのだった。于希顧《ユー・シーグウ》との日々、すべての瞬間をずっと記憶に留め、その思い出と悔しさとともに、前へ進む。ずっと歩いて、歩き続けて……。

一日一日は、たゆまず進み続ける。誰を待つこともなく、誰のためにも止まらず。間違いなく年を重ね、于希顧《ユー・シーグウ》とはどんどん離れていってしまう。しかし、それでいい。

大学院を終えた後のことも考えていた。さらに二年、海外に残り、十八歳の于希顧《ユー・シーグウ》を連れ、この世界をもっと見せたいと思っている。その後……準備ができたら、彼に会うために星に一番近いところへ行く。

信号が青になると、アクセルを踏み込んで通りを横切り、台北の街中へと消えていった。

The End…

IFエンディング――あの日、君はまだいる

項豪廷《シャン・ハオティン》は目を覚ますと、自分がどこにいて、自分は誰なのか、ちょっとの間わからなかった。頬は、濡れた後に風に吹かれたように冷たかった。

振り向くと、于希顧《ユー・シーグウ》の寝顔が目に飛び込んできた。高校の頃より少し頬が膨らみ、見た目が良くなっている。変わらないのは、細長い睫毛《まつげ》と青白い肌だ。ここ数年、屋外で活動することが多かったが、まったく日に焼けていない。

彼の呼吸は深くて長く、それは山では最も適した呼吸法だ。最初の頃は、この呼吸法を練習するために、二人は毎日お互いの呼吸の回数をチェックし合っていた。知らない人が見たら、ラマーズ法[11]を練習しているのではないかと思われただろう。

ああ、呼吸……自分たちがいる場所が、排雲《パイユィン》山荘[12]であることを徐々に思い出した。

あの時の光景がまた夢に出てきた。あまりの恐ろしさに全身汗まみれになり、そのせいで寝袋の中が不快なほどに蒸し暑くなっていた。視線を外に向けると、一筋の陽光が室内に射し込んできた。食事の前の短い時間で冷えた汗を拭き取ろうと思ったが、ちょっと動いたところで、于希顧《ユー・シーグウ》の目が開いた。

11 出産時に使う呼吸法。
12 玉山（ユーシャン）にある山小屋。

「時間になった？」と、于希顧《ユー・シーグウ》は小声で聞いた。

この部屋にいるのは二人だけではない。ほかに一緒に登った仲間もいるので、声が大きすぎると迷惑をかける。

「まだ」

そう言いながら、項豪廷《シャン・ハオティン》は自分のびしょ濡れの髪をさした。

「びしょびしょだ……」

于希顧《ユー・シーグウ》はぱっと起き上がると、ザックの上に置いてあったタオルをそっと探し当て、汗を拭いてあげた。ちらっと見た項豪廷《シャン・ハオティン》の顔色が悪かったので、何気なく嫌な夢でも見たのかどうかを聞くと、項豪廷《シャン・ハオティン》は全身を震わせ、顔をしかめた。

「悪夢だった？」

于希顧《ユー・シーグウ》は胸の奥が痛んだ。昨夜寝る前に、項豪廷《シャン・ハオティン》は少し不安定だったので、悪夢を見てもおかしくない。

「またあの夢だった……お前が交通事故に遭った日。血まみれで……」

夢では細かいところまではっきりしていて、あの日の恐怖が骨の髄まで染み渡り、今でも心臓がドキドキしてしまう。


あの交通事故で于希顧《ユー・シーグウ》は重傷を負い、一時は心臓も止まっていた。夢の中では、彼はすでに亡くなってしまい、自分一人だけが取り残されて、長い人生の道のりを歩いていた。大学に合格し、有名な物理学研究所に入っても、そばには彼がおらず、心は空っぽになったようだった。寝ても覚めてもパニック状態で、気が付くと顔中涙まみれになっていて……。

「だいぶ前のことだよ……」

于希顧《ユー・シーグウ》は目を細めた。心配されていることに対する喜びと、恋人への優しさが目に溢《あふ》れていた。

「僕はいるから、心配しないで」

項豪廷《シャン・ハオティン》は自分の体に食い込ませるように、相手を強く抱きしめた。彼にとって于希顧《ユー・シーグウ》は、ずっと手を携えてきた大切な宝物であり、失うことは言うまでもないばかりか、どこかにぶつけただけでも心が痛くなるだろう。

「ずっと一緒だと約束しただろ！　破るなよな！」

突然、腕の中の人が動いて、背中に回っている相手の手も震えていることがわかった。少し遅れて、自分がしたことのバカさ加減に項豪廷《シャン・ハオティン》は気付いた。

どうして不安な気持ちを伝えてしまったのだろう？　于希顧《ユー・シーグウ》のことをあんなに大切にして、悩みや辛いことも全部自分で飲み込んでいたのに……。

「昨日寝る前、体調が悪かったから！」

目をしばたたかせ、声を少し張り上げて言った。

「しっ」

ほかの仲間を起こしたらまずいので、于希顧《ユー・シーグウ》は急いで彼の口に手をやった。

「声を抑えて。大丈夫、僕はここにいるし、君を一人にはしないから」

項豪廷《シャン・ハオティン》は大きな目をぱちぱちさせると、低く絞った声を上げながら頷《うなず》いた。目に浮かんだ恐怖はまだ完全に消えてはいない。それはまるで外に漂う霧のように、しばらくの間は消え去らないだろう。

＊　　＊　　＊

二人はほかの仲間たちと一緒に朝ご飯を食べた後、排雲山荘《パイユィン》を出発した。

今日は登山の二日目だ。頂上まで登って、その後、来た道を引き返し、山荘に戻る。明日、山を下りる予定だ。

項豪廷《シャン・ハオティン》は、大学に入って登山を始めた。于希顧《ユー・シーグウ》は長い間運動していなかったし、体は細いし、その上あの事故で長く療養していたので、どれだけ山のことが好きであっても、現実的な制約があった。とはいえ、千里の道も一歩からなので、十分な準備をした上で、難易度の低い、二泊三日の山行を百岳登山の最初とした。

頂上へ向かう道中、選びに選んだザックは、荷物の重さをしっかりと支え、脚がだるくなったりしびれたりすることもない。当初于希顧《ユー・シーグウ》は、安いのでいいと言ったが、項豪廷《シャン・ハオティン》はどうしても譲らなかった。

「調べたところ、ザックと登山靴は最もお金を使うべきところだって」に続いて、

「ザックは一日中ずっと背負わなければならないし、靴は全体重を運ぶんだから！」と言われたところで、于希顧《ユー・シーグウ》は妥協した。しかし、于希顧《ユー・シーグウ》が使える貯金があまりないことを項豪廷《シャン・ハオティン》は知っているので、こっそり払ったのだ。それがばれた後、項豪廷《シャン・ハオティン》はフフッと笑いながら、これが夫としての責任だと言うので、于希顧《ユー・シーグウ》は泣くに泣けず笑うに笑えなくなってしまった。

二人とも経験が浅いので、列の最後尾に付き、経験豊かなリーダーがその後ろを歩いて、もし誰かが脱落したり、体調が悪くなったりしたら、すぐに対応できるようになっていた。

一行の登るスピードは決して速くはなかった。一泊二日で急いで下りる山行ではないので、おしゃべりに花が咲き、笑いが絶えなかった。しかし項豪廷《シャン・ハオティン》は黙り気味で、于希顧《ユー・シーグウ》が振り返って見た時だけ笑顔になった。

彼はまだ昨夜の夢のことを考えていた。あの夢の原因はわかっている。何年も前のあの交差点の光景がいまだに鮮明に記憶に残っているのだ。残念な気持ちはもはやなかったが、その恐怖は項豪廷《シャン・ハオティン》の心に深く植え付けられたままだった。

「大丈夫か？」

項豪廷《シャン・ハオティン》の足取りが浮ついている様子を見て、リーダーが心配そうに聞いた。

「あ？　あっ、大丈夫。考え事をしていただけだから……」

「集中しろよ。足を滑らして怪我をしたら、山荘に戻って休まなければならないんだからな」

リーダーは彼の肩を軽く叩いて、道の内側を歩かせた。

玉山《ユーシャン》の主峰へ登るには、二つのコースがある。東側の「八通関《バートングゥアン》ルート」は難しいので、経験豊富なベテランでもあまり選ばない。だいたいが、西側の「塔塔加《タァタァジア》コルルート」を選ぶ。このコースは、登山道や設備が整備されており、初心者にもやさしい。登山道の鎖をしっかり掴んで足元に注意すれば、周りの美しい山並みを楽しみながら登ることができる。日が昇るにつれ霧も徐々に晴れていき、空気は極めて新鮮だった。

項豪廷《シャン・ハオティン》はわずかにスピードを上げ、于希顧《ユー・シーグウ》の後を追った。汗びっしょりの于希顧《ユー・シーグウ》を見ると、腰のタオルをはずして、その汗を拭った。

「ありがとう」

于希顧《ユー・シーグウ》は呼吸法を心がけながら、一歩一歩しっかりと登っていたが、リーダーと項豪廷《シャン・ハオティン》とのやり取りを聞き逃してはいなかった。息を吸って吐く間を縫って何とか言葉を吐き出した。

「あの夢のことを考えてたの？」

「え？　考えてないよ！　考えてたのは、頂上に行くと、どんだけいい風景が見られるんだろうってこと！」

項豪廷《シャン・ハオティン》は適当にごまかした。

「風景は間違いなく美しいよ。あの夢を忘れさせるくらいに」

于希顧《ユー・シーグウ》は笑いながら言った。

彼はもはやあのあどけない未熟な少年ではないし、項豪廷《シャン・ハオティン》と一緒にいるのも一日や二日ではない。項豪廷《シャン・ハオティン》の頑固な性格はよくわかっているので、こういう時は反論できないことも知っている。話を合わせる方がうまくいくのだ。言い争っても意味がないことである。

于希顧《ユー・シーグウ》はタオルを返した後、登り続けた。この時忘れずにしたことといえば、項豪廷《シャン・ハオティン》と手をつなぎ、少し歩いてから離すことだった。登山中に手をつなぐのは危険なことだったが、しばらく掌《てのひら》に残った温もりは、あの恐怖と不安を深い深い隅っこに追いやってくれた。消すことはできなかったが、きちんと共存させることはできたのだ。

＊　　＊　　＊

頂上にたどり着いた瞬間、項豪廷《シャン・ハオティン》は眼前の風景に震えた。

目の前は鮮やかなブルー一色で、空には雲一つなく、見渡す限り山並みが広がっていた。太陽の光が降り注ぎ、山は金粉が敷かれたように輝いている。しかも、こんな輝く太陽の下にいても暑くなく、汗をかいてもタオルで拭えば、たとえ風に吹かれても風邪をひく恐れはない。

リーダーはザックを一箇所にまとめて置くように言い、それから写真を撮りたければこの時間を利用して撮り、お腹が空いているなら、今のうちにパンやチョコを食べ、そして時間になったらまた列になって排雲《パイユィン》山荘に戻る、と指示を出した。

みんなはしばらく休んだ後、次々と記念碑の前で写真を撮った。少し年長の人は、写真をたくさん撮って友達にみせびらかすと言って、特に盛り上がっていた。

項豪廷《シャン・ハオティン》はそれらには混ざらなかった。于希顧《ユー・シーグウ》をゆっくりと隣へ引き寄せ、みんなとは距離を置いた。写真も撮りたいけれど、それより于希顧《ユー・シーグウ》ともっと一緒にいたいのだ。山と空に興味を持ったのは、于希顧《ユー・シーグウ》がそれを好きだったからだ。

「夜に来られなくて、残念」と、項豪廷《シャン・ハオティン》は言った。

「いいんだよ」

于希顧《ユー・シーグウ》は、大して気にしていなかった。ここに来ることは最終の目標ではなく、スタートに過ぎないのだから。

「山荘に戻ってから言えばいいんだ。僕たち最初の一歩を踏み出したから、近づいたよって！」

本来の目標は、ヒマラヤの頂上に登って、ばら星雲の一番近いところに立ち、于希顧《ユー・シーグウ》の両親に万事順調と報告することだ！

「うん！　きっと喜ぶと思う」

「本当？」

于希顧《ユー・シーグウ》は柔らかく幸せそうに微笑《ほほえ》むと、まだ記念碑のところで写真を撮ったり、景色を見ておしゃべりをしたりしているみんなをこっそりと見た。そして、誰にも見られていないことを確かめた後、思い切って項豪廷《シャン・ハオティン》の頬にキスをした。

「ありがとう」

「ありがとうとかより、もっとキスしてよ！」

項豪廷《シャン・ハオティン》は眉を上げてからかった。

「今、外だし！」

もちろん、于希顧《ユー・シーグウ》は本当はこんなところでキスなんかできる人ではない。二人は微笑み合い、キスの代わりに、そっと手を伸ばして項豪廷《シャン・ハオティン》の掌の上に重ねた。無言の約束はどんな誓いよりも美しいものである。

二人きりの世界に浸っていると、リーダーがそろそろ山を下りると言うので、二人は急いで記念碑のところに行って、ほかのメンバーに記念写真を撮ってもらった。そのバタバタしている様子は先輩たちに笑われ、こいつらはかわいすぎると言われる始末だった。

＊　　＊　　＊

夜になってもみんなすぐに寝たりせず、玉山《ユーシャン》登頂の興奮を語り合っていた。さらに次回はほかの高峰を登ろう、ということを決めたりしていた。笑い声が絶えず、于希顧《ユー・シーグウ》も影響されて思わず笑い出した。

「うれしい？」

項豪廷《シャン・ハオティン》は温かいココアを手にしながら尋ねた。

「そりゃうれしいよ！　君と一緒にいられる上に、一緒に両親を見ることができて。めっちゃうれしいさ！」

彼は明るく笑った。

「そうだ、体は大丈夫？　耳鳴りとか、めまいや頭痛、あとは吐き気とかない？」

「ないよ！」

于希顧《ユー・シーグウ》が聞きたかったのは、体の調子ではなく、本当はあの夢のことだと項豪廷《シャン・ハオティン》はわかっていた。不思議なことに、登頂してから排雲山荘《パイユィン》に戻って今に至るまで、あの夢が頭に浮かんでこなかった。むしろ、次回どの山に登るかを考え始めていた。陽明山《ヤンミンシャン》[13]は難しいとは言えないが、ついでに温泉に入れるのが魅力だった。

「それならいいけど。つまらない夢を見ないで。僕らは百歳まで生きるんだから。それに、台湾の全部の山を登って、それから海外に行って、世界最高峰を制覇するんだからね」

この野望は非現実的に聞こえるが、二人には多くの可能性に満ちた未来がある。だから、実現できないことへの不安はなく、ただ最初の一歩を踏み出さないことだけを恐れていた。そして今、玉山《ユーシャン》に登頂したことで、最初の一歩となったのである。

項豪廷《シャン・ハオティン》はバツが悪そうに笑って、「もう見ないよ」と言い、上を向いて満天の星空を見つめた。ばら星雲は見えないが、星空はみんなつながっている。

「于《ユー》のお父さん、お母さん、聞こえていると思いますが」

13　台北市郊外にある山。

于希顧《ユー・シーグウ》の肩を抱き寄せると、もう一方の手でポケットからそっと小さな箱を取り出した。それは、ずっと前から準備していたもので、ここで渡すことに意義があると考えていたものだった。

于希顧《ユー・シーグウ》は顔を少し上げて相手を見ていたが、自分の中指が探られて、握られたことに気付いていなかった。

「今日、僕たちは頑張って玉山《ユーシャン》に登頂しました。でも残念ながら夜は登れません。もし登れたら、そこで直接あなた方にお伝えできたのですけど」

抱きかかえられている人は、後頭部で相手の胸を軽く叩き、幸せそうだった。

「僕たちはこれからも登山を続け、最後には必ずヒマラヤに登ります。ばら星雲に一番近いところで、息子さんをくださいと許可をもらいますから、それまでしばらくお待ちください。息子さんを掌に乗せて、大切にすると約束します」

「なんだよ、そんなに慎重に……」

于希顧《ユー・シーグウ》は彼のことを笑った。

「希顧《シーグウ》」

この呼びかけとともに、硬いリング状のものが中指の付け根にはめられた。ハッと思って手を上げてみると、装飾の施されていない銀色のリングがそこにあった。ただ中央にはダイヤモンドがキラキラと輝いていて、満天の星よりももっときらめいていた。

「これは婚約指輪だよ」

もう一個の指輪を于希顧《ユー・シーグウ》の手の中に慎重に入れた。

「俺たちの名前が刻まれてる。今日という特別な日には、記念の物がなければだめだと思ったんだ」

于希顧《ユー・シーグウ》がお金のことを心配しないように、指輪の値段は高くないし、二人で一緒に前に進むスタート地点に一番合う、と彼は強調した。

「俺たちがヒマラヤに行く時は、それは結婚指輪になる。その時になったら、もうヤダとは言えないよ。言えるのは『はい』だけ」

「項豪廷《シャン・ハオティン》……」

于希顧《ユー・シーグウ》は驚きのあまり言葉が出ず、指輪の跡がつくほど手を強く握りしめた。「こんな無駄遣いをして」と叱るべきか、それともこんなサプライズを用意してくれたことに対して、「何て細やかな心配りなんだ」と言うべきか、わからなかった。ただ、目に涙が溢れて、泣き出しそうだった。

「こんなことする人なんていないよ！」

于希顧《ユー・シーグウ》はかすれた声で叱りつけた。

「いるさ。俺だよ！」

項豪廷《シャン・ハオティン》はぶっきらぼうに答えた。

そして、自分にもはめてくれ、と于希顧《ユー・シーグウ》に促した。指輪の内側に刻まれた文字が、ココアで温められた肌にはっきりと感じられた。そして、「希顧《シーグウ》」と囁きながら、頬に沿って上唇にキスをした。荒くなる息とともに、甘くて濃いココアの香りがますます濃厚になっていった。でもやはり于希顧《ユー・シーグウ》は、外であることと高い山の上だということを気にしていた。呼吸が乱れやすい行為はやめるべきだと考え、暴走しそうな熱いキスを止めた。

「その時になったら、結婚指輪は僕の番だ」

于希顧《ユー・シーグウ》は、満足そうに項豪廷《シャン・ハオティン》の腕の中に隠れるようにし、上着で自分を覆って頭だけ外に出して擦りつけた。まるで寒がりのかわいい動物みたいだった。

「いいよ。一緒にデザインを選ぼう。孫博翔《スン・ボーシャン》が勧めてくれたお店で、これは選んだんだ……」

二人はどうでもいいおしゃべりを続けた。手を取り合って一緒に歩んでいくことを決めた二人を祝福するように、目の前の満天の星が優しく輝いていた。

The End.

あとがき

皆さん、こんにちは、冬彌《トンミ》です！　HIStory シリーズをずっと見てきた忠実なファンの一人として、改編著者として皆さんにお会いできたことがとてもうれしく、感動しています。

ドラマのノベライズは初めてではありませんが、毎回初めてのことのように慎重に取り組んでいます。今回の青春学園物は、私を学生時代に戻させてくれました。優秀なシナリオを書いた邵慧婷《シャオ・フイティン》さんと、そのシナリオを美しい映像に変えた蔡宓潔《サイ・ミージィエ》監督に感謝します！

皆さんは、このドラマを楽しんでいただけましたでしょうか？

私は、自分にとって特別な「あの日」を思い起こし、ドラマの様々な感情に巻き込まれました。そして同時に、脚本家が書いたシナリオに現れる感情表現に深く感じ入ったのです。自分にとって、たくさんのあの日が、実は自分を作り出している根本的なものなのです。

特別な「あの日」がなければ、私たちは特別な「自分」ではなくなってしまいます。

この小説を書く時、大きなプレッシャーを感じました。脚本の人物はすでに素晴らしく、豊かで、彼らの間に散る火花も輝いているので、どこを削除していいのか、いけないのかがかえってわからなくなってしまい、長く悩みました。また、どうすれば美しく書けるかも一つの課題でした。個性が強いこの子たちや、彼らと一緒に経験してきた酸っぱくも甘い、永遠に心に刻み込まれた無数の「あの日」を、この本を読み終わった皆さんが気に入ってくれるとうれしいです。

最後に、大変お世話になった編集者の淳《チュアン》さんに感謝します。あなたは本当に素晴らしい人です！

脚本家の邵慧婷《シャオ・フイティン》さん、蔡宓潔《サイ・ミージィエ》監督、素晴らしいドラマを見せてくれて、ありがとうございました！

もちろん、一番感謝するのはHIStoryシリーズの創始者たち、脚本家の林佩瑜《リン・ペイユー》、愛しています！

次の本でもお会いできることを願って。


愛しい皆様へ（♡）！

著者紹介

冬彌　トンミ

台湾人気BLウェブドラマ『ダークブルーとムーンライト』のノベライズを手がける。2018年にはノベライズ版『ダークブルーとムーンライト』が台湾の「今年の影響力のある本100」に入賞。人気BLドラマのノベライズを行っている。

邵慧婷　シャオ・フイティン

台湾・台北市出身の脚本家。主な作品に『ティアモ・チョコレート〜甘い恋のつくり方』『TrueLoveにご用心』『究極の三国志』『インボーンペア』など多数。2012年に国立台湾芸術大学デジタル・ナラティブワークショップで行われた「第4回ストーリーテリング」タレント養成イベントでは、トレーナーの一人として参加している。

訳者紹介

李響　りきょう

1990年中国北京生まれ。北京第二外国語大学日本文学学科卒。日本に留学後、筑波大学大学院修了。現在、日本語学校の専任講師。

武石文子　たけいし あやこ

茨城県生まれ。慶應義塾大学文学部人間関係学科教育学専攻卒。種々の仕事を経験後、日本語教師をしながらBL翻訳に従事。他の訳書に『セマンティックエラー』。別名義での訳書に『永遠の1位』『2位の反撃』。主な著書に『「事実婚」のホントのことがわかる本』(すばる舎)。

この作品はフィクションです。実在の人物・団体とは関係ありません。

本書は各電子書籍ストアで配信中の『HIStory3 那一天 〜あの日』1〜11話までの
内容に加筆・修正をしたものです。

あの日 HIStory3 那一天

2023年9月1日　第1刷発行

著　者　冬彌

邵慧婷

訳　者　李響

武石文子

発行者　徳留 慶太郎

発行所　株式会社すばる舎

東京都豊島区東池袋3-9-7 東池袋織本ビル 〒170-0013

PLEIADES PRESS

TEL 03-3981-8651（代表）／03-3981-0767（営業部）

FAX 03-3981-8638　https://www.subarusya.jp/

印　刷　ベクトル印刷株式会社

落丁・乱丁本はお取り替えいたします

©Rikyo, Ayako Takeishi 2023 Printed in Japan

ISBN978-4-7991-1153-6